suhrkamp taschenbuch 2398

»Der phantomatisierte Mensch ist, was Menge und Inhalt der zu ihm gelangenden Informationen betrifft, der Gefangene der Maschine: Von außen erreicht ihn keine sonstige Information.« Angesichts dieser nüchternen Prognose, die Stanisław Lem bereits 1981 in seiner *Summa technologiae* abgab, zu einer Zeit also, in der die NASA gerade ihr neues Geminiraumschiff unbemannt im Orbit testete und IBM mit der 360er-Reihe den ersten standardisierten Computer der Welt auf den Markt brachte, läßt sich das enthusiastische Staunen, mit dem Fans und Medien auf Cyberspace reagieren, kaum verstehen, schreibt Bernd Flessner in seinem Essay »Archäologie im Cyberspace«, mit dem er Stanisław Lem als den Urvater des Cyberspace dingfest macht. Keiner hat wie Lem in seinen fundierten Abhandlungen, seinen Romanen und Erzählungen über die technologische Zukunft der menschlichen Zivilisation jene computergenerierten virtuellen Realitäten antizipiert, die »gegenwärtig Computerjunkies wie Feuilletonleser gleichermaßen becircen«. Die in diesem Band versammelten Texte von Stanisław Lem führen den Beweis.
Stanisław Lem, geboren am 12. September 1921 in Lwow, lebt in Kraków.

Stanisław Lem

Die Entdeckung der Virtualität

Mit einem Essay von
Bernd Flessner

Suhrkamp

Umschlagillustration: Hans-Jörg Brehm

suhrkamp taschenbuch 2398
Erste Auflage 1996

Quellenhinweise am Schluß des Bandes
Suhrkamp Taschenbuch Verlag

Satz: IBV, Berlin
Druck: Nomos Verlagsgesellschaft, Baden-Baden
Printed in Germany
Umschlag nach Entwürfen von
Willy Fleckhaus und Rolf Staudt

1 2 3 4 5 6 – 01 00 99 98 97 96

Inhalt

Bernd Flessner

Archäologie im Cyberspace

Anmerkungen zu Stanisław Lems Phantomatik

Natürlichem genügt das Weltall kaum,
Was künstlich ist, verlangt geschloßnen Raum.
Johann Wolfgang von Goethe, Faust II

Als William Ford Gibson seinen Helden Case zum erstenmal aus der verbrauchten Wirklichkeit der Moderne in die schöne neue Cyberspacewelt entließ, als Jaron Lanier zum erstenmal der profanen Realität den von Tom Zimmerman konstruierten Fehdehandschuh hinwarf und nach den Pixeln in seiner klobigen Bildschirmbrille griff, war Cyberspace bereits mehr als zwanzig Jahre alt. Zwar widerspricht die Genealogie des derzeit arg strapazierten Modebegriffs »Cyberspace« dieser Behauptung, doch orientiert man sich an der Genese des Prinzips, so stößt man unweigerlich auf die 1964 von Stanisław Lem publizierte *Summa technologiae*.

Die Phantomatik

In dieser fundierten Abhandlung über die mögliche technologische Zukunft der menschlichen Zivilisation antizipiert der polnische Autor umfassend jene computergenerierten virtuellen Realitäten, die gegenwärtig Computerjunkies wie Feuilletonleser gleichermaßen becircen. Lem subsumiert die verschiedenen Möglichkeiten zur Erzeugung künstlicher Realitäten unter dem treffenden Begriff »Phantomatik«, wobei er zwischen zwei grundsätzlichen Varianten unterscheidet (Lem 1981a, 321). Während er unter »zentraler Phantomatik (...) eine unmittelbare Reizung gewisser Hirnzentren« durch entsprechende Drogen oder mikroelektronische Implantate versteht, definiert er die Erzeugung einer synthetischen Umwelt, die lediglich für unseren Wahrnehmungsapparat existiert und vom Subjekt nicht von konkreter Wirklichkeit unterschieden werden kann, als »periphere Phantomatik« (Lem 1981 a, 340). Darüber hinaus beschreibt Lem verschiedene Grade der Phantomatisierung, die von einfachen präphantomatischen Täuschungen bis zur perfekten Illusion reichen. Als eine mögliche Form der technischen Realisierung nennt Lem, wie kann es anders sein, eine »ein wenig komplizierte Brille«, die als »Gegenauge« fungiert und »das gesehene Bild in so viele Punktelemente zerlegt, wie die Netzhaut Zapfen und Stäbchen zählt« (Lem 1981 a, 323). Der Cyberspace-Pionier Jaron Lanier berichtet hingegen stolz, Marvin Minsky, der Chefideologe der Künstlichen Intelligenz am MIT, habe 1965 (also ein Jahr nach Lems Publikation) die Bildschirmbrille erdacht (Lanier 1991, 84).

Zwar hat die Science-fiction seit ihrer Ausdifferenzierung zur eigenständigen Gattung immer wieder technische Verfahren zur Erzeugung künstlicher Realitäten thematisiert, schon Jules Verne präsentierte im *Karpatenschloß* einen ebenso einfachen wie wirkungsvollen Projektionsapparat, doch erst eine von Lem zu Recht als revolutionär herausgestellte Qualität macht seine phantomatische Maschine zum Modell für Cyberspace: »Phantomatik bedeutet nämlich, daß zwischen der ›künstlichen Realität‹ und ihrem Empfänger wechselseitige Verbindungen geschaffen werden« (Lem 1981 a, 327). Das entscheidende Kriterium ist also die Interaktion zwischen Subjekt und virtueller Realität. Selbst die Anwendung und die soziale Funktion phantomatischer Technologien hat Lem in seinem noch immer aktuellen Werk vorgegeben. Phantomatik ist für ihn nicht nur eine wissenschaftliche Methode zur Simulation von Situationen, die normalerweise der Empirie kaum oder überhaupt nicht zugänglich sind, sondern vor allem »der Kulminationspunkt, auf den zahlreiche Unterhaltungstechniken der Gegenwart hinzielen« (Lem 1981a, 345). Die virtuelle Realität bietet wie keine andere Form der Realitätsflucht die Möglichkeit, eine unüberschaubar gewordene und als negativ empfundene Welt innerhalb von Sekunden gegen ein wunschgemäßes Universum mit phantastischer Ästhetik und überschaubaren Gesetzen einzutauschen. An der Funktion der Phantomatik als Wirklichkeitsprothese, die die abgenutzten Bilder und Phantasiedefizite unserer alten modernen Wirklichkeit zu kompensieren vermag, läßt Lem keinen Zweifel.

Noch handelt es sich bei Cyberspace und anderen Verfahren der Computersimulation um künstliche Realitäten, die auf Grund ihrer Unvollkommenheit bei bewußter Rezeption noch ohne weiteres als synthetisch zu erkennen sind. Gustatorische, taktile und olfaktorische Reize lassen sich bislang nicht in Echtzeit generieren, und den visuellen Schöpfungen der Großrechner fehlen noch immer wesentliche Eigenschaften unserer optisch erfaßbaren Realität. Lediglich synthetische Klänge reichen an die Qualitäten konkreter Geräusche und Instrumente heran. Doch die Tendenz zur perfekten Synthetisierung sämtlicher Reize ist ebenso eindeutig wie Lems Warnung vor der totalen computergenerierten Welt: »Der phantomatisierte Mensch ist, was Menge und Inhalt der zu ihm gelangenden Information betrifft, der Gefangene der Maschine: von außen erreicht ihn keine sonstige Information« (Lem 1981a, 332).

Angesichts dieser nüchternen Prognose, die Lem in einer Zeit geleistet hat, in der die NASA gerade ihr neues Gemini-Raumschiff unbemannt im Orbit testete und IBM mit der 360er-Reihe den ersten standardisierten Computer der Welt auf den Markt brachte, läßt sich das enthusiastische Staunen, mit dem Fans und Medien auf Cyberspace reagieren, kaum verstehen. Einerseits handelt es sich bei Cyberspace lediglich um einen weiteren, wenn auch bedeutenden

Schritt der Bewußtseinsindustrie auf dem Weg zur finalen Unterhaltungstechnologie, andererseits stellt Cyberspace nur die Spitze des Eisbergs eines zeitalter-spezifischen Phänomens der Postmoderne dar, das größtenteils aus den medial konditionierten Wahrnehmungs- und Erfahrungsmodi dieser immer exakter definierten Epoche resultiert. Die Erfahrungswelt des postmodernen Menschen besteht nämlich längst überwiegend aus mittelbarer und nur noch zu einem geringen Teil aus unmittelbarer Wahrnehmung und Erfahrung. Und in einer derart strukturierten Erfahrungswelt, durchsetzt und vernetzt mit Monitoren, Computern, Datenbänken, Bildern und Bits, wird, so Wolfgang Coy, die »Verwechslung von Informationsabbild und Original (...) nicht nur in der Datenverarbeitung zum allseits akzeptierten Irrtum« (Coy 1985, 142). Ein Irrtum, der im Begriff ist, Konsens zu werden und keiner perfekten Phantomatik bedarf. Die einst gültige Differenz zwischen Fiktivem und Realem, zwischen Natürlichem und Künstlichem wird im Alltag längst schleichend aufgehoben, keineswegs also erst seit und durch Cyberspace. Fernsehbilder reichen da aus, um für die Welt gehalten zu werden. Dieses Phänomen der Postmoderne als Folge unserer Bilderwelten hat Dietmar Kamper als »Zusammenfall von Imaginärem und Realem« beschrieben, der seiner Ansicht nach bereits das nahende Ende der Geschichte signalisiert (Kamper 1987, 7). Lems Prognose für eine Welt, die keinen verbindlichen Realitätsbegriff mehr kennt, klingt da nicht weniger pessimistisch: Außerdem wird sich in einem Leben, wo Wahrheit und Fiktion ununterscheidbar geworden sind, in einer Welt, wo Echtes und Trügerisches subjektiv nicht mehr zu trennen sind, manch einer derart verirren, daß er den Ausgang aus diesem Labyrinth nicht mehr findet (Lem 1981a, 347).

Soviel zu Lems theoretischen Reflexionen, die ihn zwar vor dem naiven Zukunftsoptimismus eines Arthur C. Clarke oder Isaac Asimov bewahrt haben, jedoch hinter seine literarische Auslotung des historischen Ortes Zukunft zurückfallen. Denn erst seine Romane und Erzählungen, in denen Lem die konjunktivischen und spielerischen Qualitäten der Literatur souverän zu nutzen versteht, offenbaren das ganze mögliche Ausmaß phantomatischer Wirklichkeiten. Unabhängig von wissenschaftlichen Extrapolationen und futurologischen Zahlenspielereien gelingt ihm die Einordnung phantomatischer Phänomene in lebensweltliche Zusammenhänge einer möglichen Zukunft. Gern spielt er dabei mit möglich-wahrscheinlichen bis grotesken Erfahrungen seiner Figuren, die die geltenden Kategorien tradierter Wirklichkeit nachhaltig erodieren. Während also das Gros der angloamerikanischen Autoren in den 60er Jahren, unbeeindruckt von der »New Wave«, seine Fans noch immer mit humanoiden Robotern begeisterte und astronautische Kreuzritter in die entlegensten Winkel des Alls expedierte, um mit dem Laserschwert Aliens jeder Art zu missionieren, hatten Lems Helden ganz andere Sorgen.

Einer dieser Helden ist Hal Bregg, der in dem Roman *Transfer* nach zehn Bordjahren und 123 Erdenjahren heimkehrt, um eine Erde vorzufinden, auf der seine Vorstellungen von Realität ihre Gültigkeit verloren haben. So versucht er, wider ausreichende Hinweise, in einer phantomatischen Erlebniswelt durch einen gewagten Sprung in vermeintliche Fluten einer Frau das Leben zu retten: »Ich spürte nichts außer einem starken Luftstoß und landete in einem geräumigen Saal auf nur leicht eingeknickten Knien, als wäre ich höchstens aus einem Meter Höhe herabgesprungen. Ich hörte ein chorähnliches Gelächter. Ich stand auf einem weichen, plastartigen Boden, rundum gab es eine Menge Leute, manche hatten noch durchnäßte Kleider. Sie hatten die Köpfe gehoben und brüllten vor Lachen. Ich folgte ihnen mit dem Blick, und es war unheimlich. Keine Spur von Wasserfällen, Felsen, afrikanischem Himmel« (Lem 1976, 99).

Was Hal Bregg zu seinem absurden Sprung bewogen hat, ist die perfekte Illusion der phantomatischen Unterhaltungswelt, die suggestiver und stärker war als seine Ratio, denn schließlich war ihm der illusionäre Charakter ja bekannt. Die Zeugen des Vorfalls können freilich lachen, da sie über historische Erfahrung verfügen, die ihnen eine Unterscheidung erlaubt, die die Wahrnehmung nicht mehr zu leisten vermag. Für Hal Bregg jedoch, dem diese historische Erfahrung völlig fehlt, wird die neue Welt, auf die er zurückgekehrt ist, zu einem Vexierbild. So erweisen sich Berge plötzlich als Häuser, Wolken als Projektionen, und was er »zuerst für ein Fenster hielt, war selbstverständlich ein Fernsehschirm« (Lem 1976, 52).

Von Doktor Juffon erfährt er schließlich den Grund für diese technisch aufwendigen Illusionen, die sich infolge der weitreichenden Umformung von Mensch und Welt als notwendig erwiesen haben: »Natur erträgt keine Leere: andere Elemente mußten an diese Stelle treten« (Lem 1976, 74). Die allgegenwärtigen artifiziellen Wirklichkeiten, auf die Hal Bregg trifft, haben also schlicht die Funktion, den Verlust der natürlichen Wirklichkeit zu kompensieren. Und das betrifft nicht nur die Natur im Sinne einer natürlichen Umwelt, sondern auch, wie die phantomatischen Erlebniswelten zeigen, Abenteuer und Risiken, die der Mensch bislang tatsächlich und unmittelbar wagen und erleben konnte. Die Kompensation wird zudem erleichtert, weil analog zu den uneigentlichen Wirklichkeiten jener Welt der Mensch durch einen Eingriff ins Vorderhirn einiger seiner anthropologischen Spezifika beraubt wurde, die bislang sein Mensch-Sein wesentlich geprägt haben. Diese »Betrisierung«, so der Name des gravierenden Eingriffs, hinterläßt uneigentliche Menschen ohne Aggressionen, Mut und Neugier, Menschen, deren emotionale Aneignung der Wirklichkeit operativ reduziert worden ist.

Lem präsentiert in *Transfer* also eine Welt, in der einige Möglichkeiten der zentralen und peripheren Phantomatik als Regulativ genutzt werden, um der menschlichen Zivilisation eine bis dahin unbekannte Stabilität zu garantieren. Hal Bregg und andere Astronauten, die von längeren Expeditionen aus dem All zurückkehren, werden von dieser Gesellschaft freilich als Bedrohung empfunden. Als Nichtbetrisierte verfügen sie über inzwischen antiquierte Emotionen, Aggressionen und eine Risikobereitschaft, die für ihre astronautischen Berufe einst wichtige Voraussetzungen waren, jetzt jedoch die künstliche Stabilität der Gesellschaft gefährden. Gerade der Verlust jener Eigenschaften hat die totale Befriedung der Welt ja erst ermöglicht. Doch zugleich wurden auch Abenteuerlust, Erfahrungshunger und Wissensdurst soweit reduziert, daß sie in den phantomatischen Erlebniswelten leicht zu befriedigen sind. Nach seinem mutigen wie überflüssigen Sprung und weiteren Erlebnissen setzt sich bei Hal Bregg schließlich die Erkenntnis durch, daß eine Welt, die jedes Abenteuer simulieren kann, keine Astronauten und Helden mehr braucht. Sie braucht allerdings auch keine Politik und Wissenschaft mehr, weil sie einen posthistorischen Zustand erreicht hat, der keine neuen gesellschaftlichen Ziele mehr zuläßt.

Täuschende Zeichen

Auch der Pilot Pirx, neben Ijon Tichy der wohl bekannteste Held Stanisław Lems, wird regelmäßig mit phantomatischen Wirklichkeiten konfrontiert. So beginnt seine Pilotenlaufbahn in der Erzählung *Test* gleich mit einer subtilen Prüfungssituation, die auf einer perfekten peripheren Phantomatik basiert. Die Übungsflüge, die Pirx und der von allen Kadetten bewunderte Boerst zum Mond antreten, erweisen sich nämlich als reine Simulation. Auf diese Weise können die Prüfer gefahrlos Extremsituationen herbeiführen, die von den vorgegebenen Schemata der Pilotenhandbücher abweichen. Bei Pirx sind es zwei an sich harmlose Fliegen, die sich in sein Cockpit »verirrt« haben und eine mögliche Havarie seines Projektils provozieren. Doch Pirx löst die anfangs unlösbar scheinende Aufgabe mit dem für ihn so charakteristischen Zusammenspiel von diskursivem und intuitivem Denken. Boerst, der zweite Kandidat, scheitert hingegen und verläßt die Rakete, die nie vom Boden abgehoben hat, als »taumelndes Bündel Mensch« (Lem 1981b, 48). In der Simulation war er mit dem Mond zusammengestoßen. Wie in *Transfer* erweist sich auch in *Test* die Phantomatik als perfekt, so perfekt, daß Pirx den plötzlichen Wechsel zur konkreten Wirklichkeit als Schock erfährt: »Ein Lichtstreifen fiel auf die Schirme, die Sterne darauf verblaßten, und Pirx vernahm die gedämpfte Stimme seines Chefs. ›Pilot Pirx!‹ Er wollte aufspringen, aber die Gurte hielten ihn fest. Er fiel zurück, glaubte wahnsinnig zu sein. Im Gang zwischen der Wand des Steuerraums und der gläsernen Hülle erschien der Chef. (...) Pirx wußte nicht, wie ihm geschah. (...) Die Schirme hinter dem Rücken des Chefs waren plötzlich wie weggeblasen« (Lem 1981b, 46f.).

Diese 1959 entstandene Erzählung weist bereits auf eine Problematik hin, die Lem in der *Summa technologiae* im Zusammenhang mit der Phantomatik ausführlich diskutiert. Sie betrifft die »Frage, wie man den fiktiven Charakter der phantomatischen Vision erkennen kann«, wie man zwischen Realem und Fiktivem unterscheiden kann (Lem 1981a, 332). Nicht nur in vielen Texten Lems wird diese Frage zur Kernfrage, sie ist längst zu einer fundamentalen Frage unserer Gegenwart gediehen, denn, wie bereits gesagt, die Interferenz von Fiktivem und Realem ist nicht erst

Folge von Computersimulation oder Cyberspace. Schon die simple Reproduktion unserer Welt durch die bisherigen Medien bewirkt eine graduelle Entwirklichung, die kaum vom Konsumenten reflektiert wird. Und wie leicht sich der Mensch entwirklichen läßt, wenn sein Denken und Handeln wesentlich von mittelbarer Information bestimmt wird, zeigt Lem in den beiden Pirx-Erzählungen *Der bedingte Reflex* und *Die Patrouille*.

Nachdem zwei Wissenschaftler einer Mondstation auf rätselhafte Weise tödlich verunglückt sind, beziehen Pirx und sein Kollege Langner die Forschungseinrichtung. Nach einiger Zeit tritt genau jene Notsituation ein, die Pirx sofort als die Ausgangssituation der vorangegangenen Katastrophe erkennt. Das Radargerät signalisiert ihm, daß sich sein Kollege dem Abgrund unweit der Station nähert, der auch ihren Vorgängern zum Verhängnis geworden war. Doch anstatt ihm nachzueilen, zögert Pirx und mißtraut schließlich der Apparatur: »Unversehens, er wußte selbst nicht warum, ergriff er das Antennenkabel und riß es aus dem Kontakt. Und es geschah etwas Verblüffendes: Der ›Schmetterling‹, isoliert von den äußeren Impulsen, fächerte weiter, anstatt zu erstarren ... (...) Zwei Mann waren auf der Station, Langner und er. Der Apparat hingegen sah einen dritten. Er log also« (Lem 1981b, 132).

Nicht eine perfide kybernetische Scheinwirklichkeit, nicht eine technisch aufwendige Simulationseinrichtung hatte die Lunonauten ins Verderben gelockt, sondern eine schlichte Fehlfunktion der Überwachungsanlage. Der vom Radar angezeigte Mensch war eine Kreatur der Maschine, die Pirx durch das Entfernen der Antenne als reine Fiktion entlarvt hat.

Ähnlich ergeht es Pirx in der *Patrouille*. Sensoren seiner Rakete zeigen die Existenz eines unbekannten Objektes an, dem schon zwei seiner Kameraden ins endlose All und somit in den Tod gefolgt sind. Wieder steht Pirx vor der Aufgabe, hochgradig abhängig von den Sensoren und Monitoren seines Projektils, dem anvisierten Objekt als realem zu folgen oder es als Fiktion zu entlarven. Erst nachdem er ohne Erfolg alle Register seines astronautischen Könnens gezogen hat, um das helle Objekt einzuholen oder zu identifizieren, entsinnt er sich seiner verschollenen Vorgänger: »Denn er, Pirx, mußte etwas völlig anderes tun. Sonst gab es auch für ihn keine Wiederkehr« (Lem 1977, 25). Ein Wendemanöver offenbart schließlich die Herkunft des vermeintlichen Flugobjekts: »Wenn das Pünktchen bei der Wendung weiterhin im Bild blieb, hieß das ganz einfach, daß es gar nicht existierte, daß es im Wiedergabegerät selbst erzeugt wurde!« (Lem 1977, 29.)

Beide Erzählungen zeigen, daß kleinste phantomatische Segmente, und seien es nur Lichtpunkte auf Monitoren, ausreichen, um sich in dem daraus resultierenden Labyrinth tödlich zu verirren. So ist das Spektakuläre an diesen phantomatischen Illusionen, daß sie nicht spektakulär im Sinne der virtuellen Realitäten des Cyberspace sind. Doch bereits diese Lichtpunkte verdeutlichen das, was Jean Baudrillard als die »Emanzipation des Zeichens« diagnostiziert hat (Baudrillard 1982, 18). Zunehmend wird nicht mehr mit dem Menschen und konkreten Realitäten kommuniziert und interagiert, sondern mit Bildern und Symbolen, die, so die These Baudrillards, immer häufiger über keine realen Äquivalente mehr verfügen. So interagiert Pirx in den zitierten Erzählungen nicht mit tatsächlichen Objekten, sondern mit fiktiven, die er aber, jedenfalls für eine gewisse Zeit, für tatsächliche hält. Dabei ist es völlig unerheblich, ob diese Phantome zufällig oder absichtlich generiert wurden. Für das Denken und Handeln ist einzig und allein entscheidend, daß zwei Wirklichkeitsebenen miteinander konkurrieren, wobei eine allerdings völlig immateriell und fiktiv ist.

Von der peripheren zur zentralen Phantomatik. Während Pirx sich mit vergleichsweise winzigen phantomatischen Details auseinandersetzen muß, erfährt Ijon Tichy im *Futurologischen Kongreß* eine Welt, die sich mit Hilfe einer permanenten zentralen Phantomatik gleich mehrfach ihrer konkreten Wirklichkeit entledigt hat. Bewirkt wird diese totale Entwirklichung ohne EyePhone und DataGlove, ohne Interface und Cyberspace und eröffnet eine wahrhaft horrible Vision des Jahres 2098, die die Welt der postmodernen Cyberpunks noch relativ überschaubar erscheinen läßt.

Hochkomplexe Psychopharmaka werden dem Trinkwasser beigegeben oder als Aerosole versprüht und suggerieren eine Wirklichkeit, die mit der konkreten Welt kaum noch etwas gemein hat. Nur mit illegal beschafften Antiseren läßt sich, wie Tichy von Professor Trottelreiner erfährt, die Wirkung dieser Designerdrogen zeitweise aufheben: »Mit bebenden Händen entkorkte ich das Fläschchen. Der Professor nahm es mir weg, als ich kaum den stechenden Mandelduft eingesogen hatte. In die Augen schossen mir reichliche Tränen. Als ich sie mit der Fingerspitze weggestreift und die Lider abgewischt hatte, da verschlug es mir den Atem: der herrliche Saal mit Majolika-Wänden, Teppichen, Palmen, prunkvoll schimmernden Tischen und einem im Hintergrund postierten Kammerorchester, das uns zum Bratengang aufgespielt hatte, das alles war verschwunden. Wir saßen an einem nackten Holztisch in einem Betonbunker; unsere Füße versanken in einer arg zerschlissenen Strohmatte. (...) Das schneeige Tafeltuch war fort; statt der Silberschüssel, worin auf knusprigem Brot das Rebhuhn geduftet hatte, stand vor mir ein Teller aus Steingut; darauf lag ein unappetitlicher graubrauner Breiklumpen; er blieb an der Zinngabel kleben, deren edler Silberglanz ebenfalls erloschen war« (Lem 1974, 99f.).

Doch nach dieser schockierenden Desillusionierung ahnt Tichy bereits, daß es nicht nur eine phantomatische Ebene der Wirklichkeit gibt, sondern vielleicht sogar eine Vielzahl von Ebenen. So begibt er sich mit weiteren und wirksameren Seren auf eine regelrechte Tour de force durch die im Laufe der Zeit psychochemisch generierten Ebenen einer multiplen Wirklichkeit: »Versteinert starrte ich auf die ablaufende Verwandlung, und in gräßlich würgendem Vorgefühl ahnte ich bereits, daß die Wirklichkeit nun ihre nächste Schicht von sich abschälen sollte; offenbar folgte seit undenklichen Zeiten eine Fälschung auf die andere, so daß ein stärkeres Mittel höchstens mehr an Hüllen abreißen und tiefere erreichen konnte, weiter nichts« (Lem 1974, 120f.).

Am Ende blickt Tichy auf eine vollkommen überbevölkerte Welt, deren technisch-industrielle Umgestaltung endgültig gescheitert ist. Der von allen wahrgenommene gesellschaftliche wie technische Fortschritt fand lediglich in einer durch Drogen designten Realität statt. Wie schon in *Transfer* ist auch im *Futurologischen Kongreß* der Verlust der natürlichen Lebenswelt der Grund für diese ebenso perfekte wie makabre Kompensation, wie Tichy schließlich von George Symington erfährt: »Wir spenden Ruhe, Heiterkeit und Erleichterung auf die einzige noch verbliebene Art. Wir halten in Schwebe, was ohne uns in allumfassende Agonie versinken müßte. Wir sind die letzte Stütze dieser Welt. Ihr Atlant. Da sie nun einmal zugrunde gehen muß, bleibt dafür zu sorgen, daß sie nicht leidet« (Lem 1974, 125).

Die in dieser Erzählung beschriebene Struktur der Wirklichkeit gleicht den mehrfach übereinandergeschriebenen Texten eines Palimpsestes, die zwar alle gleichzeitig existieren, jedoch nur einer nach dem anderen gelesen werden können. Es ist zwar immer dieselbe Welt, in der Tichy lebt, doch kann er jeweils nur eine ihrer zahlreich sedimentierten Wirklichkeitsebenen wahrnehmen. Die Metapher »Palimpsest« bietet sich zudem an, da Lem sie in der *Neuen Kos-*

mogonie selbst verwendet, um den Aufbau der Wirklichkeit zu verdeutlichen (Lem 1971, 176). Lem liefert mit dem *Futurologischen Kongreß* ein über den konkreten Inhalt hinausreichendes Paradigma unserer postmodernen Wirklichkeit, deren palimpsestische Struktur längst allgemein Wirkung zeigt.

Die beißende Ironie dieser Episode aus dem wahrlich ereignisreichen Leben Ijon Tichys trifft in diesem Zusammenhang insbesondere die Futurologie, jene Wissenschaft, die sich ein Objekt auserkoren hat, das zum Zeitpunkt seiner Erforschung noch nicht existiert: die Zukunft. In Lems Erzählung, darin liegt eben die Ironie, existiert sie zum Zeitpunkt ihrer Erforschung bereits nicht mehr. Während also der Achte Futurologische Weltkongreß in Costricana die Ursachen drohender Weltkatastrophen diskutiert, haben diese sich längst ereignet. Wie Tichy am eigenen Leib erfahren muß, sind auch die Futurologen Gefangene im Labyrinth der palimpsestisch strukturierten Wirklichkeit, sind auch sie Opfer der zentralen Phantomatik, die das Leben der Menschen in virtuelle Realitäten führt, weil die konkrete Welt kein akzeptables Leben mehr zuläßt.

Artifizielle Realität und Wirklichkeit

Lange vor William Gibson oder Marvin Minsky hat also Lem, wie die hier kurz skizzierten Beispiele zeigen, die Erzeugung artifizieller Realitäten theoretisch fundiert und literarisch thematisiert. Dabei rückt er weniger die konkreten wissenschaftlich-technischen Verfahren ins Zentrum seiner Antizipationen, sondern versucht vielmehr, die historische und soziale Funktion sowie die Auswirkungen auf das menschliche Realitätsverständnis zu klären. Zugleich erlaubt ihm der Begriff der Phantomatik, sämtliche Varianten artifizieller Wirklichkeiten zu erfassen, vom Lichtpunkt auf einem Monitor bis zur totalen Entwirklichung. Folgt man der Lemschen Definition, so ist Cyberspace lediglich eine dieser Varianten, eine Ebene der palimpsestisch strukturierten Wirklichkeit, die den tradierten Wirklichkeitskonsens ablöst.

Literarisch überlegen ist Stanisław Lem dem in diesem Zusammenhang vielzitierten Gibson ohnehin, denn gerade in Werken wie dem *Futurologischen Kongreß* umgeht Lem grundlegende Schwächen der Science-fiction, indem er gegenwartsrelevante Begriffe vermeidet. Während er seine Zukunftswelten mit erfundenen Begriffen sprachlich erschafft und sich damit unabhängig von konkreten Termini macht, läßt sich Gibson auf eine ausführliche Diskussion technischer Details und aktueller Begriffe ein, die rasch antiquieren, wie Peter Glaser zu Recht kommentiert: »Der *Neuromancer* liest sich heute an manchen Stellen richtig drollig und umständlich, etwa als versuche jemand, einem Watussi zu erklären, was ein Soundsampler ist« (Glaser 1991, 205).

Darüber hinaus stellt Lem ungleich humorvoller als Gibson und mit philosophischem Weitblick die zentrale und existentielle Frage nach dem Sinn der technisch aufwendigen Industrialisierung der Phantasie, deren jüngster Triumph eben Cyberspace ist. Diese Frage, deren Beantwortung dem Leser überlassen bleibt, hat übrigens auch Lems amerikanischer Kollege Philip K. Dick in seinem 1964 entstandenen Roman *LSD-Astronauten*, also ebenfalls zwanzig Jahre vor Gibsons *Neuromancer*, klar und bis heute verbindlich gestellt: »Ist nicht eine elende Wirklichkeit besser als die interessanteste Illusion?« (Dick 1971, 144.)

Literatur

Baudrillard, Jean: Der symbolische Tausch und der Tod, München 1982

Coy, Wolfgang: Industrieroboter. Zur Archäologie der zweiten Schöpfung, Berlin 1985

Dick, Philip K.: LSD-Astronauten, Frankfurt a. M. 1971 (USA 1964)

Gibson, William: Neuromancer, München 1987 (USA 1984)

Glaser, Peter: Das Innere der Wir-Maschine, in: Manfred Waffender (Hrsg.): Cyberspace. Ausflüge in virtuelle Wirklichkeiten, Reinbek bei Hamburg 1991

Kamper, Dietmar: Symbolischer Tausch oder Die Fabrikation von Ungeheuern, in: Information Philosophie 3/1987

Lanier, Jaron: Was heißt »virtuelle Realität«? Ein Interview mit Jaron Lanier, in: Manfred Waffender (Hrsg.): Cyberspace. Ausflüge in virtuelle Wirklichkeiten, Reinbek bei Hamburg 1991

Lem, Stanisław: Nacht und Schimmel, Frankfurt a. M. 1971 (Krakow 1969)

Lem, Stanisław: Der futurologische Kongreß, Frankfurt a. M. 1974 (Warschau 1968)

Lem, Stanisław: Transfer, Frankfurt a. M. 1976 (Krakow 1961)

Lem, Stanisław: Die Jagd. Neue Geschichten des Piloten Pirx, Frankfurt a. M. 1977 (Krakow 1959, 1968)

Lem, Stanisław: Summa technologiae, Frankfurt a. M. 1981 a (Krakow 1964)

Lem, Stanisław: Terminus und andere Geschichten des Piloten Pirx, Frankfurt a. M. 1981 b (Krakow 1959, 1961, 1963, 1968)

Test

»Kadett Pirx!«

Eselswieses Stimme riß ihn aus seinen Träumen. Er hatte sich gerade vorgestellt, in dem Uhrtäschchen seiner alten Zivilhose unten im Schrank stecke noch ein Zweikronenstück. Eine klingende silberne Münze, längst vergessen. Vor einer Weile war er noch sicher gewesen, daß da nichts war, höchstens eine alte Postquittung, aber nach und nach nahm die Idee Gestalt an, daß die Münze dort sein konnte. Als Eselswiese ihn beim Namen rief, stand es für ihn fest, daß er das runde Geldstück deutlich zwischen den Fingern fühlte und sah, wie es sich in der kleinen Tasche abzeichnete. Ich könnte ins Kino gehen und würde dann immer noch eine halbe Krone übrigbehalten, dachte er. Oder nur zur Wochenschau, dann blieben mir sogar anderthalb Kronen. Wenn ich eine Krone zurücklege, kann ich für den Rest den Automaten spielen lassen. Wer weiß, vielleicht spuckt er mir pausenlos Kleingeld in die hingehaltene Hand – so viel, daß ich es kaum in den Taschen unterbringen kann... Ich würde nur immer die Hand hinhalten, nur immer hinhalten... Hatte nicht Smiga so etwas erlebt? Pirx beugte sich schon unter der Last des unverhofften Gewinns, da wurde er von Eselswiese unsanft geweckt.

Der Dozent verschränkte die Hände auf dem Rücken, verlagerte sein Gewicht auf das gesunde Bein und fragte: »Was täten Sie, Kadett, wenn Sie bei einem Patrouillenflug auf das Schiff eines fremden Planeten stießen?«

Pirx öffnete den Mund, als wollte er die darin enthaltene Antwort vertreiben. Er sah aus wie der letzte Mensch – der letzte Mensch auf Erden, der zu erklären wüßte, was er zu tun hat, wenn er Raketen von fremden Planeten begegnet.

»Ich würde näher heranfliegen«, sagte er mit dumpfer, merkwürdig rauher Stimme. Die Lehrgangsteilnehmer wurden still. Sie witterten eine willkommene Abwechslung.

»Sehr gut«, sagte Eselswiese väterlich, »aber was weiter?«

»Ich würde stoppen«, platzte Kadett Pirx heraus, denn er fühlte, daß er im Niemandsland umhertappte, weit vor der vordersten Linie seiner Kenntnisse. Fieberhaft durchsuchte er sein leeres Hirn nach Paragraphen für das Verhalten im Raum. Irgendwann muß ich mal was darüber gelesen haben, dachte er. Bescheiden senkte er den Blick und sah, daß Smiga ihm etwas vorsagen wollte – er bewegte dabei nur die Lippen. Pirx begriff und wiederholte laut, bevor ihm der Sinn der Worte klar wurde: »Ich würde mich ihnen vorstellen.«

Das Auditorium brüllte wie ein Mann. Eselswiese kämpfte eine Sekunde mit sich, lachte dann auch, wurde aber gleich wieder ernst.

»Kadett, Sie kommen morgen mit dem Navigationsbuch zu mir. Kadett Boerst!«

Pirx setzte sich auf den Stuhl, als sei der aus noch nicht völlig erstarrtem Glas. Er nahm es Smiga nicht einmal sehr übel – so war er eben, er ließ sich keine Gelegenheit entgehen. Von dem, was Boerst sagte, hörte er kein Wort – er zeichnete Kurven auf der Tabelle, und Eselswiese kommentierte die Antworten des Elektronenkalkulators auf seine Art, so daß der Antwortende den Faden verlor. Die Vorschrift ließ die Hilfe eines Kalkulators zu, Eselswiese hatte in dieser Sache jedoch seine eigene Auffassung. »Der Kalkulator ist auch nur ein Mensch«, pflegte er zu sagen. »Er kann entzweigehen.« Pirx konnte ihm das nicht einmal übelnehmen, er nahm nie etwas übel. Fast nie. Fünf Minuten später weilte er in Gedanken schon wieder ganz woanders, er stand in der Dyerhoffstraße vor einem Schaufenster und sah sich Gaspistolen an, die nicht nur für Gaspatronen, sondern auch für scharfe Munition oder

Blindpatronen geeignet waren. Eine Pistole mit hundert Schuß kostete sechs Kronen... Pirx war nicht mehr anwesend, er war in der Dyerhoffstraße und starrte ins Schaufenster...

Als das Klingelzeichen ertönte, verließ er ruhig und gemessen den Saal, nicht lärmend und stampfend, wie der erste beste. Schließlich waren sie keine Kinder! Nahezu die Hälfte bewegte sich in die Messe – es gab zwar nichts zu essen um diese Zeit, aber es gab etwas zu sehen: die neue Serviererin, von der es hieß, sie sei schön. Pirx ging langsam zwischen den Glasschränken hindurch, die mit Sternglobe vollgestellt waren, und mit jedem Schritt bröckelte ein Stück von der Hoffnung ab, daß sich das Zweikronenstück in der Tasche anfinden könnte. Unten, auf der letzten Stufe, wußte er, daß dort noch nie ein Geldstück gewesen war.

Am Ausgang standen Boerst, Payartz und Smiga. Payartz war ein halbes Jahr sein Tischnachbar gewesen, im Kosmodäsie-Unterricht. Er hatte ihm alle Atlanten mit Tusche beschmiert.

»Du hast morgen deinen Versuchsflug«, sagte Boerst.

»In Ordnung«, erwiderte Pirx phlegmatisch. So leicht ließ er sich nicht foppen.

»Du glaubst es nicht? Lies!« Boerst klopfte mit dem Finger an die Scheibe des Aushanges.

Pirx wollte weitergehen, aber sein Kopf schien sich von selbst zu drehen. Nur drei Namen waren auf der Liste, und ganz oben, tatsächlich, da stand es: Kadett Pirx. Unübersehbar!

Einen Augenblick verschwamm alles um ihn herum. Dann hörte er wie aus der Ferne seine Stimme: »Na und? Ich hab doch gesagt: in Ordnung.«

Er ging an ihnen vorüber und lenkte seine Schritte durch die kleine, von Blumenbeeten gesäumte Allee. In diesem Jahr wuchs dort eine Menge Vergißmeinnicht, man hatte sie sinnigerweise in Form einer landenden Rakete gepflanzt. Pirx sah nichts von alledem, weder die Blumenrabatten, die Stege und die Vergißmeinnicht noch den Chef, der eilig aus dem Seitenflügel des Instituts trat. Um ein Haar wäre Pirx im Portal mit ihm zusammengestoßen. Er salutierte.

»Hallo, Pirx!« sagte Eselswiese. »Sie fliegen morgen. Ich wünsche Ihnen einen guten Start! Vielleicht haben Sie Glück, Kadett, und begegnen denen von den anderen Planeten!«

Das Internat, hinter hohen Trauerweiden, lag am anderen Ende des Parks an einem Teich. Sein Seitenflügel, von Steinsäulen gestützt, ragte über dem Wasser auf. Irgend jemand hatte das Gerücht aufgebracht, daß die Säulen vom Mond stammten. Das war natürlich ein Hirngespinst, aber schon die ersten Schüler hatten voller Ehrfurcht ihre Initialen und Daten in den Stein geritzt. Auch Pirx' Name stand dort irgendwo, er hatte ihn vor vier Jahren mit großem Eifer eingraviert.

In seinem Zimmer – es war so klein, daß er es mit niemandem zu teilen brauchte – zögerte er ein wenig. Sollte er den Schrank öffnen oder nicht? Er wußte genau, wo die alte Hose lag. Man durfte eigentlich kein Zivilzeug haben, vielleicht hatte er sie gerade deshalb aufgehoben. Im Grunde hatte sie für ihn keinen Wert. Er kniff die Augen zu, kauerte vor dem Schrank nieder, steckte die Hand durch die offene Tür und befühlte die Tasche. Na bitte – er hatte es doch gewußt. Sie war leer.

Pirx stand in der Kombination, die noch nicht aufgeblasen war, auf dem stählernen Brückenpodest dicht unter dem Hallendach und hielt sich mit der Armbeuge an der Leine fest, die als Geländer gespannt war. Er hatte keine Hand frei. In der einen hielt er das Navigationsbuch, in der anderen den Schmolch, eine Spickkladde, die ihm Smiga geliehen hatte. Es hieß, der ganze Lehrgang sei mit ihr geflogen. Niemand wußte zu sagen, wie sie immer wieder zurückkehrte, denn nach dem Versuchsflug verließ man das Institut und ging nach Norden, zur Basis, wo die Paukerei für das Schlußexamen begann. Wie dem auch sei – sie kam jedenfalls immer wieder zurück. Wer weiß, vielleicht wurde sie mit dem Fallschirm abgeworfen. Es war ja nur ein Scherz.

Pirx stand auf dem federnden Brett über einem vierzig Meter tiefen Abgrund und verkürzte sich die Zeit, indem er überlegte, ob man ihn wohl »filzen« würde, was leider hin und wieder vorkam. Die Kadetten nahmen zu den Versuchsflügen die merkwürdigsten Dinge mit, auch solche, die streng verboten waren: flache Schnapsfläschchen, Kautabak, Mädchenfotos – von Spickkladden ganz zu schweigen. Pirx hatte lange nach einer Stelle gesucht, wo er die Kladde verbergen konnte. Er hatte sie wohl an die fünfzehnmal versteckt – im Schuh unter der Ferse, zwischen beiden Socken, im Schaft, in der Innentasche der Kombination, in dem kleinen Sternatlas, den man mitnehmen durfte... Auch ein Brillenfutteral hätte sich gut geeignet, aber erstens hätte es riesengroß sein müssen, und zweitens trug er keine Brille. Als Brillenträger – das fiel ihm erst ein wenig später ein – hätte man ihn im Institut gar nicht aufgenommen.

Er stand also auf dem stählernen Podest und wartete auf den Chef und die beiden Instrukteure, die sich aus irgendeinem Grunde verspäteten. Es war bereits neunzehn Uhr siebenundzwanzig. Der Start war auf neunzehn Uhr vierzig angesetzt. Ein Stückchen Heftpflaster müßte man haben, dachte Pirx. Damit könnte man sich die Kladde unter den Arm kleben. Der kleine Yerkes soll das versucht haben. Ich bin kitzlig! soll er geschrien haben, als der Instrukteur ihn berührte. Er hatte eben Glück... Aber er, Pirx, sah nicht so aus, als wäre er kitzlig. Nein, nein, er machte sich keine Illusionen, und deshalb hielt er die

Spickkladde ganz einfach in der Rechten. Erst jetzt fiel ihm ein, daß er diese Hand den beiden Instrukteuren und dem Chef zum Gruß reichen mußte. Sofort wechselte er die beiden Gegenstände aus, er nahm das Navigationsbuch in die rechte und die Kladde in die linke Hand. Durch diese Manipulation hatte er das stählerne Podest in Schwingungen versetzt, so daß es wie ein Sprungbrett schwankte. Plötzlich vernahm er Schritte auf der anderen Seite. Er hatte die drei nicht gleich bemerkt, denn es war dunkel unter der Hallendecke.

Wie bei solchen Anlässen üblich, waren alle in Uniform, geputzt und geschniegelt, vor allem der Chef. Er, der Kadett Pirx, trug eine Kombination, die aussah wie zwanzig Footballdresse zusammengenommen, obwohl sie noch gar nicht aufgeblasen war. Von beiden Seiten des hohen Kragens hingen die langen Enden des Interkoms und des äußeren Radiophons herab, am Hals baumelte eine Schlange, die in den Schlauch des Sauerstoffgeräts überging, und auf dem Rücken fühlte er den Druck der Reserveflasche. Ihm war unerträglich heiß in der zweifachen Schweißschutzwäsche, am meisten machte ihm aber die Einrichtung zu schaffen, die dazu diente, daß man während des Fluges zur Verrichtung der Notdurft nicht hinauszugehen braucht (übrigens wäre das in einer einstufigen Rakete, in der die Versuchsflüge unternommen wurden, gar nicht so einfach gewesen).

Auf einmal begann das ganze Gerüst zu schwanken. Jemand nahte von hinten – Boerst, in der gleichen Kombination; er salutierte stramm mit seinem großen Handschuh und blieb in dieser Haltung stehen, als ob er Pirx hinunterstoßen wollte.

Als die anderen vorangingen, fragte Pirx verwundert: »Was, du fliegst auch? Hast du denn auf der Liste gestanden?«

»Brendan ist erkrankt. Ich fliege für ihn«, erwiderte

Boerst.

Pirx war ein wenig verlegen. Das war das einzige, aber wirklich das einzige, wodurch er wenigstens um einen Millimeter den sphärischen Regionen näher kam, in denen Boerst so lebte, als ob ihm das nicht die geringste Mühe bereitete. Boerst war der Begabteste des ganzen Lehrganges, und Pirx verzieh ihm das leicht, ja er empfand für dessen mathematisches Talent sogar eine gewisse Hochachtung, seit er erlebt hatte, wie tapfer er mit dem Elektronenkalkulator gekämpft und erst bei den Wurzeln vierten Grades an Tempo verloren hatte. Boerst war der Sohn begüterter Eltern, er hatte es überhaupt nicht nötig, von Zweikronenstücken zu träumen, die eventuell in alten Buxen verborgen waren. Aber er war nicht nur der Begabteste, er hatte auch glänzende Erfolge in der Leichtathletik aufzuweisen; er sprang wie der Teufel, tanzte ausgezeichnet, und – es ließ sich nicht leugnen – er war eine stattliche Erscheinung, was man von Pirx nicht gerade behaupten konnte.

Sie schritten über das lange Podest zwischen den Gitterstützen des Daches, vorbei an hintereinander aufgestellten Raketen, bis die Helligkeit sie überflutete, denn dieser Teil des Daches war bereits in einer Breite von zweihundert Metern zurückgeschoben worden. Auf gewaltigen Betontrichtern, die ineinandergriffen und dazu dienten, das Feuer der Düse abzuleiten, standen zwei kegelförmige Kolosse nebeneinander – in Pirx' Augen waren es jedenfalls Kolosse. Jeder von ihnen war achtundvierzig Meter hoch und hatte unten, im Booster, einen Durchmesser von elf Metern.

Zu den Luken, die bereits abgeschraubt waren, führten kleine Gangways. Den Durchgang versperrten bleierne Gewichte, die in der Mitte aufgestellt waren, jedes mit einem roten Fähnchen an einem biegsamen Schaft. Pirx wußte, was nun kam: die Frage, ob er bereit sei, die ihm gestellte Aufgabe zu erfüllen. Er würde die Frage – das wäre das erstemal in seinem Leben – mit »ja« beantworten und das Fähnchen beiseite schieben. Plötzlich bedrängte ihn das Gefühl, daß er beim Entfernen des Fähnchens über das Seil stolpern und unweigerlich der Länge nach hinschlagen würde – solche Dinge kamen vor. Wenn das überhaupt jemandem passieren sollte – ihm bestimmt. Er hatte nie Glück, es kam ihm jedenfalls so vor. Die Dozenten waren da anderer Meinung. Er sei eben ein Trottel, sagten sie, ein Tölpel. Er denke immer an alles mögliche, nur nicht an das, woran er gerade zu denken habe. In der Tat, nichts fiel ihm so schwer wie das Reden, die Konversation. Zwar klaffte zwischen seinem Tun und seinem Denken, das sich in Worte kleidete, kein Abgrund, aber immerhin war dort ein Hindernis, das ihm das Leben schwermachte. Die Dozenten ahnten nicht, daß Pirx ein Träumer war. Niemand ahnte das. Man glaubte, er denke überhaupt nicht – und das stimmte nun wirklich nicht.

Er schielte zu Boerst hinüber und sah, daß der sich so hingestellt hatte, wie es das Reglement vorschrieb: einen Schritt von der Gangway entfernt, die zur Luke führte, in strammer Haltung, die Hände an den nicht aufgeblähten Gummireifen seiner Kombination.

Boerst sieht sogar in dieser eigenartigen Kluft gut aus, dachte Pirx. Sie kleidet ihn, obwohl sie wirkt, als habe man sie aus hundert Fußbällen zusammengesetzt... Boersts Kombination war tatsächlich noch nicht aufgeblasen, seine dagegen schien an einigen Stellen gefüllt zu sein. Wahrscheinlich konnte er sich deshalb so schlecht in ihr bewegen und war gezwungen, so breitbeinig dazustehen. Er stellte die Füße nebeneinander, so gut er es vermochte, aber die Absätze wollten einfach nicht zusammenrücken. Warum bekommt Boerst das fertig und ich nicht? fragte er sich. Schleierhaft! Ohne Boerst hätte er übrigens völlig vergessen, die vorschriftsmäßige Grundstellung einzunehmen: den Rücken der Rakete und das Gesicht den drei Uniformierten zugewandt. Die drei gingen zuerst auf Boerst zu. Vielleicht taten sie das nur deshalb, weil sein Name rein zufällig mit B begann. Und dennoch – ein absoluter Zufall wäre das nicht, das heißt ein Zufall schon, aber ein ungünstiger, wie immer. Er war zum Warten verurteilt, und das machte ihn nervös. Wenn ihm schon Unangenehmes bevorstand, dann sollte es lieber gleich geschehen.

Pirx hörte nur Bruchstücke von dem, was die drei mit Boerst besprachen. Boerst war gespannt wie eine Bogensehne, er antwortete schnell, so schnell, daß Pirx kein Wort verstand. Dann traten sie zu ihm, und als der Chef ihn anredete, fiel ihm plötzlich ein, daß eigentlich nicht zwei Mann fliegen sollten, sondern drei. Wo war der dritte? Zum Glück hatte er vernommen, was der Chef sagte, und so stieß er im letzten Augenblick hervor: »Kadett Pirx zum Start bereit.«

»Hm… tja«, sagte der Chef. »Und der Kadett Pirx erklärt, daß er an Leib und Seele gesund ist… hm… in den Grenzen seiner Möglichkeiten?« Er liebte es, an die stereotypen Fragen solche Floskeln anzuhängen. Er konnte sich das gestatten, er war eben der Chef.

Pirx erwiderte, er sei gesund.

»Für die Dauer des Fluges ernenne ich den Kadetten zum Piloten…«, sagte der Chef, leierte die sakramentale Formel herunter und fuhr dann fort: »Die Aufgabe: Senkrechter Start im Booster mit halber Kraft. Aufstieg in die Ellipse B 68. Auf der Ellipsenbahn Korrektur zur festen Umlaufbahn mit einer Umlaufzeit von vier Stunden sechsundzwanzig Minuten. Warten, bis zwei direkte Verbindungsschiffe vom Typ JO 2 auf der Umlaufbahn sind. Wahrscheinliche Zone des Radarkontakts – Sektor II, Satellit PAL, mit möglicher zulässiger Abweichung von sechs Bogensekunden. Zur Abstimmung des Manövers phonischen Kontakt anknüpfen. Manöver: Heruntergehen von der festen Umlaufbahn mit einem Kurs von sechzig Grad vierundzwanzig Minuten nördlicher Breite, einhundertfünfzehn Grad drei Minuten elf Sekunden östlicher Länge. Anfangsbeschleunigung 2,2 g. Endbeschleunigung nach dreiundachtzig Minuten: null. Beide JO 2 in Dreierformation, ohne den Bereich der Phonie zu verlassen, zum Mond lotsen. In dessen Äquatorzone eine zeitweilige Umlaufbahn entsprechend den Angaben von LUNA PELENG erreichen, sich vergewissern, daß sich die beiden gelotsten Raumschiffe auf der Umlaufbahn befinden. Von dieser Umlaufbahn mit Kurs und Beschleunigung nach einem Gutdünken heruntergehen, um auf die feste Umlaufbahn im Bereich des Satelliten PAL zurückzukehren. Dort weitere Befehle abwarten.«

Die Kadetten erzählten sich, daß es demnächst anstelle der bisherigen Spickkladden elektronische Spicker geben werde, das heißt Mikrokerne von der Größe eines Kirschkerns, die man im Ohr oder unter der Zunge tragen könne. Mit denen wäre man fein heraus, denn sie würden einem alles vorsagen, immer und überall. Pirx glaubte nicht daran, er war der Meinung – und das nicht zu Unrecht –, daß man dann keine Kadetten mehr benötigen würde. Aber wie dem auch sei, vorläufig gab es so etwas nicht, und deshalb mußte er den ganzen Text der Aufgabe wiederholen. Das tat er auch, wobei er sich nur ein einziges Mal irrte, allerdings gründlich, denn er verwechselte die Minuten und Sekunden der Zeit mit denen der Länge und Breite. Was kommt nun? fragte er sich, als er fertig war. Ihm war unerträglich warm in der Antischweißwäsche, die er unter der dicken Hülle der Kombination trug. Er wurde aufgefordert, den Wortlaut ein zweites Mal herzubeten. Er tat es, aber der Sinn wurde ihm nicht bewußt. Haben die mir aber eingeheizt! Das war das einzige, was er zu denken imstande war.

In der linken Hand hielt er die Spickkladde, in der rechten das Navigationsbuch, das er dem Chef reichte. Das mündliche Wiederholen der Aufgabe war reine Schikane, denn man bekam sie ja ohnehin schriftlich – sogar der erste Kurs war darin vorgezeichnet. Der Chef steckte das Kuvert mit der Aufgabe in das kleine Täschchen unter dem Umschlag. Dann gab er ihm das Buch zurück und fragte: »Pilot Pirx, sind Sie bereit?«

»Bin bereit!« antwortete Pirx. In diesem Augenblick hatte er nur noch einen Wunsch: im Steuerraum zu sitzen. Er sehnte sich danach, die Kombination aufknöpfen zu können, wenigstens am Hals.

Der Chef trat einen Schritt zurück. »Ins Projektil!« rief er mit seiner herrlich metallischen Stimme, die wie ein Glockenschlag den dumpfen Lärm in der riesigen Halle übertönte.

Pirx vollführte eine Kehrtwendung, ergriff das rote Fähnchen, stolperte über das Seil, fand im letzten Augenblick das Gleichgewicht wieder und tapste wie ein Golem über den schmalen Steg. Als er ihn halb überquert hatte, betrat Boerst – von hinten glich auch er einem Fußball – bereits seine Rakete.

Pirx steckte die Beine hinein, klammerte sich an die massive Verschalung der Luke, rutschte die elastische Rinne hinunter, ohne die Füße auf die Sprossen zu stellen – Sprossen sind nur für sterbende Piloten da, pflegte Eselswiese zu dozieren –, und ging daran, die Klappe zu schließen. Sie hatten das an »Phantom«-Geräten und an einer Klappe trainiert, die aus einer richtigen Rakete stammte und mitten im Übungsraum befestigt war – hundertmal, tausendmal: linke Kurbel, rechte Kurbel, halb herum, Kontrolle der Abdichtungen, wieder eine halbe Drehung beider Kurbeln, Festdrücken, Dichtekontrolle unter Druck, Absicherung der Luke mit innerem Schutzdeckel, Vorschieben der Antimeteoritenschutzhülle, Verlassen des

Einstiegschachts, Verschließen der Kabinentür, Andrükken, Kurbel, zweite Kurbel, Riegel – es konnte einem schlecht werden dabei.

Pirx glaubte, daß Boerst schon lange in seiner Glaskugel säße, während er erst den Anschlagring der Kammer festschraubte. Plötzlich fiel ihm ein, daß sie ja ohnehin nicht zusammen starten würden, es wurden sechsminütige Abstände eingehalten, er brauchte sich also gar nicht zu beeilen. Dennoch war es besser, sich auf seinen Platz zu setzen und das Radiophon einzuschalten – dadurch könnte er wenigstens die Befehle hören, die Boerst erhielt. Es war interessant zu wissen, welche Aufgabe er wohl zu lösen hätte.

Als Pirx die Außenklappe zudrückte, schaltete sich automatisch die Innenbeleuchtung ein. Er verriegelte alles, was es zu verriegeln gab, und stieg über die mit sehr rauhem, aber weichem Plastikstoff ausgelegten Stufen der kleinen Schräge zum Pilotensitz.

Weiß der Teufel, weshalb diese kleinen Einpersonenraketen so eingerichtet sind, daß der Pilot in einer großen Glaskugel von drei Meter Durchmesser sitzen muß, dachte Pirx. Sie war zwar durchsichtig, aber natürlich nicht aus Glas, sondern aus einem elastischen, federnden Material, das sehr hartem, grobem Gummi ähnelte. Diese Kapsel mit dem zerlegbaren Pilotensitz in der Mitte war in einen kegelförmigen Raum eingepaßt, den eigentlichen Steuerraum. Der Pilot konnte sich in seinem Zahnarztstuhl, wie man ihn nannte, nach allen Seiten drehen und durch die Wände der Blase, in die er eingeschlossen war, alle Skalen, alle Zeiger und alle vorderen, hinteren und seitlichen Bildschirme sehen, dazu die Tafeln beider Rechenmaschinen und des Astrographen sowie das Allerheiligste – das Trajektometer. Dieses Gerät zeichnet mit einem dicken, stark leuchtenden Band auf der trüben, gewölbten Scheibe den Weg des Projektils und setzte ihn in Beziehung zu den Fixsternen in der Harelsbergerschen Projektion. Der Pilot mußte die Elemente ihrer Projektion auswendig kennen und imstande sein, sie in jeder Lage vom Apparat abzulesen, auch wenn er mit dem Kopf nach unten hing. Wenn er den Sitz eingenommen hatte, hielt er links und rechts die beiden Hauptgriffe des Reaktors und der Steuerdüsen für Abweichungen. Außerdem waren da noch drei Unfallgriffe, sechs Hebel für die einfache Steuerung, die Drehknüppel zum Starten und für den Freilauf sowie den Leistungsregler, für den Schub, für das Durchblasen der Düsen, und dicht über dem Fußboden das große Speichenrad der Klimaanlage, der Sauerstoffapparatur, der Griff der Brandsicherungsanlage, der Griff der Reaktorschleuder – für den Fall, daß eine unkontrollierte Kettenreaktion beginnen sollte –, ein Seil mit einer Schleife, das an der Decke des Schränkchens befestigt war, in dem sich die Thermosflaschen und das Essen befanden, und unter den Füßen die weich gepolsterten und mit Riemenschleifen versehenen Bremspedale und die Schleudersicherung. Wenn man die Sicherung betätigte – man mußte mit dem Fuß die Haube einschlagen und sie nach vorn stoßen –, wurde die Blase mit dem Sitz und dem Piloten und dem Ringband-Fallschirm hinausgeschleudert.

Außer dem Hauptzweck – Rettung des Piloten bei einer Havarie, die nicht zu beheben ist – gab es noch acht weitere wichtige Gründe für die Konstruktion der Blase. Unter günstigeren Umständen hätte Pirx all diese Gründe aufzählen können, obwohl sie ihn allesamt nicht überzeugten und die anderen Kadetten auch nicht.

Als er dann endlich saß, mußte er sich mühevoll krümmen, um alle Röhrchen, Kabel und Leitungen, die aus dem Gurt heraushingen, in die Enden zu stecken, die aus dem Sitz emporragten. Jedesmal wenn er sich vorbeugte, schnürte ihm die Kombination den Leib ab. Es war kein Wunder, daß er das kleine Kabel der Phonie mit dem Heizkabel verwechselte. Zum Glück hatten sie verschiedenfarbige Gewinde, aber der Irrtum wurde ihm erst bewußt, als er schon ganz in Schweiß gebadet war. Während die Luft rauschend in die Kombination strömte und sie in Sekundenschnelle ausfüllte, lehnte er sich seufzend zurück und legte mit beiden Händen die Schenkel- und Schulterriemen an.

Der rechte schnappte gleich ein, der linke wollte nicht. Sein Kragen, der wie ein Gummireifen aufgeblasen war, erlaubte ihm nicht, nach hinten zu schauen. So quälte er sich denn und tastete blindlings mit dem Karabinerhaken – gleichzeitig vernahm er gedämpfte Stimmen in den Hörern:

»Pilot Boerst auf AMU 18! Start nach Phonie im Moment Null!« Die Antwort kam wie aus der Pistole geschossen.

Pirx fluchte. Endlich – der Verschluß rastete ein. Pirx sank tief in den weichen Sessel, so müde, als sei er gerade von einem sehr langen interstellaren Flug zurückgekehrt.

»Dreiundzwanzig – zweiundzwanzig – einund...«, tönte es in den Hörern.

Einmal war es vorgekommen, daß bei Null zwei Lehrgangsteilnehmer zugleich starteten – der richtige und der andere, der noch gar nicht an der Reihe war. Die beiden Raketen schossen im Abstand von zweihundert Metern in die Höhe, es hätte nicht viel gefehlt, Sekundenbruchteile nur, und sie wären zusammengeprallt. So wenigstens wurde es erzählt. Seit diesem Vorfall wurde das Zündkabel erst im letzten Augenblick eingeschaltet, durch Fernsteuerung. Der Flugplatzkommandant tat das von seiner verglasten Navigationszentrale aus – das Zählen war also ein gewöhnlicher Bluff, aber das wußte niemand.

»Null!« tönte es in den Hörern. Pirx vernahm ein gedämpftes Brausen, sein Sitz erbebte, auf der durchsichtigen Hülle, die ihn umgab, zitterten Lichtreflexe. Er starrte zur

Decke, auf den Astrographen, und las die Werte ab – Kühlung, Schubkraft der Haupt- und Hilfsdüsen, Neutronenstromdichte, Grad der Verunreinigung durch Isotope und noch achtzehn weitere Werte, von denen sich die Hälfte ausschließlich mit dem Zustand des Boosters befaßte. Das Beben wurde schwächer, die Wand des dumpfen Lärms glitt vorüber, schien oben zu zerfließen, als habe sich ein unsichtbarer Vorhang vor den Himmel gespannt. Auch das Brausen nahm ab, es hörte sich an wie fernes Donnergrollen. Dann wurde es still.

Etwas summte und zischte – Pirx fand nicht einmal Zeit, zu erschrecken. Die automatische Sicherung hatte die bisher blockierten Bildschirme eingeschaltet – sie waren von außen abgesichert, wenn jemand in der Nähe startete, damit die blendende Flamme des atomaren Rückstoßes die Objektive nicht beschädigte.

Sehr nützlich, diese automatischen Sicherungen! sagte sich Pirx. Er dachte an dies und das, bis ihm ein Schreck in die Glieder fuhr, ein Schreck, der ihm unter der glockigen Haube die Haare zu Berge stehen ließ. Herrgott, jetzt bin ich ja dran – gleich fliege ich! ging es ihm durch den Sinn.

Blitzschnell begann er die Hebel für den Start vorzubereiten, das heißt, sie der Reihe nach zu berühren und zu zählen: Eins, zwei, drei – wo ist der vierte? Der dort… Ja… und dann den Zeiger… Das Pedal… Nein, nicht das Pedal… Die Griffe! Erst den roten, dann den grünen, dann den für den Automaten… So… Oder kommt der grüne vor dem roten…?

Pilot Pirx auf AMU 27! Seine eigene laute Stimme, die ihm durch die Kopfhörer geradewegs ins Ohr drang, riß ihn aus dem Dilemma. *Start nach Phonie im Moment Null!*

Er hätte beinahe »Pilot Boerst« gesagt, so sehr hatten sich ihm die Worte des anderen eingeprägt. »Idiot!« brüllte er sich selbst in der Stille an, die nun herrschte.

Dann bellte der Automat: *Sechzehn – fünfzehn – vierzehn*... Müssen eigentlich alle Automaten solche Feldwebelstimmen haben? fragte sich Pirx. Er schwitzte. Krampfhaft versuchte er, sich an etwas Wichtiges zu erinnern. Er wußte, daß dieses Etwas ausschlaggebend war, daß es über Leben und Tod entschied, aber es wollte ihm nicht einfallen.

...sechs – fünf – vier...

Mit feuchten Fingern umklammerte er den Startgriff. Gut, daß er so rauh ist, dachte er. Ob alle so schwitzen? Wahrscheinlich.

Null! schnarrte es im Hörer.

Seine Hand zog den Hebel von selbst, ganz von selbst, sie zog ihn bis zur Mitte und hielt ihn fest. Brüllendes Getöse... Ihm war, als lege sich ihm eine elastische Presse um Kopf und Brust. Der Booster! vermochte er gerade noch zu denken, dann wurde es dunkel um ihn. All das dauerte nur wenige Augenblicke. Als es vorbei war, lastete noch immer der unnachgiebige Druck auf seinem Körper. Auf den Bildschirmen, zumindest auf denen, die ihm gegenüber angebracht waren, sah er eine weiße, brodelnde Masse, die ihn an Milch erinnerte, an Milch, die aus einer Million Töpfen überkocht.

Aha! sagte er sich. Jetzt stoße ich durch die Wolken... Sein Gehirn arbeitete noch ein wenig träge, aber er war immerhin wieder imstande, ruhig und klar zu überlegen. Er kam sich mit der Zeit völlig unbeteiligt vor, ihm war, als sei er nur noch Zeuge dieser sonderbaren Szenerie. Komisch! dachte er. Da fläzt sich so ein Bursche im »Zahnarztstuhl« herum, rührt weder Hand noch Fuß und dabei... Die Wolken sind übrigens verschwunden, der Himmel ist blau... Eigenartig, dieses Blau... Wie mit Tusche gefälschtes Wäscheblau... Sind das dort Sterne, oder sind es keine...? Ja, Sterne...

Überall bewegten sich Zeiger – über ihm, vor ihm, neben ihm. Jeder bewegte sich anders, jeder zeigte etwas anderes an. Pirx mußte sie alle verfolgen, und er hatte nur zwei Augen. In den Hörern ertönten in regelmäßigen Abständen kurze, pfeifende Signale; seine linke Hand zog von selbst – wieder ganz von selbst – an der Schleuder des Boosters. Gleich darauf wurde es etwas erträglicher. Die Geschwindigkeit betrug sieben Komma eins pro Sekunde, die Höhe zweihundertein Kilometer, die Beschleunigung eins Komma neun. Die Startkurve, die er mit auf den Weg bekommen hatte, war zu Ende. Nun heißt es entspannen, dachte Pirx, denn bald wird es eine Menge Arbeit geben!

Er machte es sich bequem, drückte auf die Lehne – dadurch hob sich die Stütze des Sessels – und erstarrte vor Schreck.

Wo ist die Spicke?! durchfuhr es ihn.

Die Spicke war wichtig, unsagbar wichtig, und er konnte sich nicht erinnern, wo er sie hingesteckt hatte. Er sah sich auf dem Fußboden um, als gäbe es nicht die Unmenge von Zeigern, die ihn von allen Seiten anblinzelten. Da! Die Spicke lag unter dem Sessel! Er bückte sich, aber die Gurte ließen begreiflicherweise nicht locker. Nun blieb ihm keine Zeit mehr, und mit dem Gefühl, auf der Spitze eines sehr hohen Turmes zu stehen und mit ihm in die Tiefe zu stürzen, schlug er das Navigationsbuch auf, das in der Tasche über dem Knie steckte, und zog die Aufgabe aus dem Umschlag. Zuerst begriff er gar nichts. Verflixt, wo ist die Umlaufbahn B 68? fragte er sich. Aha, die wird's wohl sein... Er kontrollierte das Trajektometer und begann langsam zu wenden. Donnerwetter, es klappt sogar! dachte er staunend.

Als er die Ellipsenbahn erreicht hatte, präsentierte ihm der Kalkulator freundlich die Daten zur Korrektur. Pirx manövrierte, sprang aus der Umlaufbahn, bremste gar zu heftig, hatte zehn Sekunden lang minus 3 g, aber das machte ihm nichts aus. Physisch war er sehr widerstandsfähig. »Wäre dein Hirn so wie dein Bizeps«, hatte Eselswiese einmal gesagt, »dann könnte etwas aus dir werden!«

Mit Hilfe der Korrekturdaten ging Pirx auf die feste Umlaufbahn, übermittelte dem Kalkulator über Phonie die Daten – aber der Kalkulator gab keine Antwort, auf seinem Bildschirm oszillierten Leerlaufwellen. Pirx brüllte noch einmal die Daten, bis ihm einfiel, daß er vergessen hatte, umzuschalten. Er holte das Versäumte nach, und sogleich erschien auf der Mattscheibe eine flimmernde vertikale Linie, und alle Fensterchen zeigten übereinstimmend lauter Einsen. Ich bin auf der Umlaufbahn! dachte er erfreut. Die Umlaufbahn betrug allerdings nicht vier Stunden und sechsundzwanzig Minuten wie vorgeschrieben, sondern vier Stunden und neunundzwanzig Minuten. Ist diese Abweichung zulässig oder nicht? überlegte Pirx angestrengt. Ob ich die Gurte abknöpfe und in der Spicke nachschaue? Sie liegt unter dem Sessel... Ach, weiß der Teufel, ob das überhaupt drin steht... plötzlich fiel ihm ein, was Professor Kaahl einmal gesagt hatte: »Die Umlaufbahnen sind mit einem Fehler von null Komma drei Prozent berechnet.« Den Daten nach, die ihm der Kalkulator übermittelte, bewegte er sich dicht an der Grenze des Zulässigen. Na also, das war's, sagte er sich und sah sich nun erst richtig um.

Der Schweredruck schwand. Er spürte es nur daran, daß er sich sehr leicht vorkam, denn er war ja an den Sitz geschnallt, wie es sich gehörte. Auf dem vorderen Bildschirm sah er Sterne, nichts als Sterne, und am unteren Rand einen blendendweißen Saum. Auf dem seitlichen Schirm war alles schwarz. Sterne, Sterne. Und auf dem unteren? Aha! Aufmerksam betrachtete Pirx die Erde – er jagte in einer Höhe von siebenhundert bis zweitausendvierhundert Kilometer über sie hinweg. Sie war ungeheuer groß, füllte den ganzen Schirm aus.

Grönland! Das ist doch Grönland, oder...? Ehe er sich

Gewißheit verschaffen konnte, überquerte er bereits Nordkanada und die Arktis. Rings um den Nordpol glänzte Schnee. Der Ozean hatte eine schwarz-lila Farbe, seine Oberfläche war gewölbt, aber glatt, sie schien aus Eisen gegossen zu sein. Die wenigen Wolken – merkwürdig, wie wenige es waren – wirkten, als habe jemand hier und da einen dünnen Brei über die erhabenen Stellen verspritzt.

Pirx warf einen Blick auf die Uhr. Er flog schon siebzehn Minuten.

Nun mußte er die Radiosignale des Satelliten PAL auffangen und beim Kreuzen seiner Zone auf die Radarschirme schauen. Wie hießen die beiden Schiffe doch gleich? RO? Nein, JO. Und die Nummern? Er warf einen Blick auf das Blatt mit der Aufgabe, steckte es zusammen mit dem Navigationsbuch in die Tasche und bewegte den Regulator der Kontrollkapsel auf der Brust. Nur ein Piepsen und Knacken war zu vernehmen. PAL? Welches Signal hatte er eigentlich? Morse – aha! Er hörte genauer hin und sah auf die Schirme. Langsam drehte sich die Erde unter ihm, die Sterne glitten rasch über die Schirme, aber von PAL war nach wie vor weder etwas zu hören noch zu sehen.

Plötzlich summte es.

PAL! dachte er, aber er verwarf den Gedanken sogleich. Unsinn! Diese Schlitten summen doch nicht... Also was? Gar nichts summt! versuchte er sich einzureden. Oder... Havarie?

Das schreckte ihn keineswegs. Was konnte es schon für eine Havarie sein, er flog doch mit abgeschaltetem Triebwerk! Zerfällt die Kiste etwa von selbst, oder was? Vielleicht ein Kurzschluß? Ach ja, das wird's sein! O Gott! Brandschutzbestimmung III a: »Brand im Weltraum auf Umlaufbahnen«, Paragraph... Hol's der Teufel! Es summte und brummte in einem fort, das Piepsen der Signale war kaum noch zu hören.

Klingt fast so, als ob 'ne Fliege im Gras herumschwirrt, dachte er und sah von einer Uhr zur anderen.

Da entdeckte er sie.

Es war eine Riesenfliege – grünlich-schwarz, ekelhaft, eines dieser Biester, die offenbar dazu geschaffen sind, dem Menschen den Nerv zu töten, frech, aufdringlich, idiotisch, aber zugleich schlau und listig. Wie durch ein Wunder – wie sonst? – hatte sie sich in die Rakete geschmuggelt, und nun schwirrte sie außerhalb der gläsernen Kapsel umher und prallte dabei hin und wieder wie ein summendes Kügelchen gegen die leuchtenden Scheiben.

Als sich die Fliege dem Kalkulator näherte, begann es in den Kopfhörern so laut zu brummen wie ein viermotoriges Flugzeug, denn am oberen Rand des Kalkulators war ein Reservemikrofon angebracht. Es ließ sich außerhalb des Sitzes ohne Laryngophon erreichen, wenn die Kabel der Bordphonie getrennt waren. Wozu? Für alle Fälle. Es gab mehrere solcher Einrichtungen.

Pirx verfluchte das Mikrofon, wußte er doch, daß er Gefahr lief, die Signale des PAL zu überhören. Und nun begann die Fliege auch noch, nach allen Seiten Ausfälle zu machen. Unwillkürlich verfolgte er sie mit dem Blick, dann aber sagte er sich in aller Strenge, daß sie ihm gestohlen bleiben könne.

Schade, daß man hier nicht irgend so ein Zeug spritzen kann...

»Ruhe!«

Es klirrte so laut, daß er unwillkürlich eine Grimasse schnitt. Die Fliege kroch auf den Kalkulator. Es wurde still – jetzt putzte sie sich die Flügel. Ein scheußliches Vieh!

In den Hörern ertönte ein fernes, regelmäßiges Piepsen: kurz-lang-lang-kurz – kurz-lang – kurz-lang-kurz-kurz. PAL! entschlüsselte Pirx. So, jetzt heißt es die Augen aufsperren... Er hob den Sessel an – nun hatte er drei Bildschirme auf einmal vor Augen –, überprüfte erneut, wie sich der führende Phosphorstrahl des Radargeräts drehte, und wartete gespannt. Auf dem Radarschirm war nichts zu sehen, aber eine Stimme meldete sich.

A sieben Terraluna, A sieben Terraluna, Sektor III – Kurs einhundertdreizehn, PAL PELENG ruft – Bitte um Messung – Schalte auf Empfang.

Verflixt, wie soll ich jetzt bloß meine JOs hören! dachte Pirx besorgt.

Das Brummen in den Hörern verstummte plötzlich, und im gleichen Augenblick fiel von oben ein Schatten auf Pirx' Gesicht, als habe sich eine Fledermaus an der Lampe festgesetzt. Die Fliege! Sie kroch über die gläserne Kapsel, als ob sie ihr Inneres ergründen wollte.

Inzwischen war es im Äther »eng« geworden: Der Satellit PAL war aufgetaucht. Pirx konnte ihn bereits sehen, er glich einem Pfahl, es war ein achthundert Meter langer Aluminiumzylinder mit einer Observatoriumskugel am Heck. Er flog über ihm – ungefähr vierhundert Kilometer entfernt, vielleicht auch etwas mehr – und schickte sich an, ihn langsam zu überholen.

PAL PELENG an A sieben Terraluna, einhundertachtzig Komma vierzehn, einhundertsechs Komma sechs – Linear wachsende Abweichung – Ende.

ALBATROS vier Aresterra ruft PAL Hauptstation, PAL Hauptstation – Steige herab zum Tanken, Sektor II, steige herab zum Tanken, Sektor II – Fliege mit Reserve – Empfang.

A sieben Terraluna, PAL PELENG ruft...

Alles Weitere wurde vom Brummen der Fliege übertönt. Endlich schien sie sich ein wenig zu beruhigen.

Hauptstation an ALBATROS vier Aresterra – Tanken Quadrant sieben, Omega Hauptstation – Ende.

Die haben sich hier absichtlich versammelt, damit ich nichts höre, sagte sich Pirx. Die Antischweißwäsche klebte ihm am Körper. Die Fliege kreiste wütend über der Scheibe des Kalkulators, sie schien zu versuchen, den eigenen Schatten einzuholen.

ALBATROS vier Aresterra, ALBATROS vier Aresterra an PAL Hauptstation – Laufe Quadranten sieben an, laufe Quadranten sieben an – Bitte um Einlotsen durch Interkom – Ende.

Pirx hörte das Pfeifen des Interkoms, es wurde leiser und ging im Brummen unter, das wieder anschwoll. Er verstand nur die Worte: *JO zwei Terraluna, JO zwei Terraluna ruft AMU 27, AMU 27 – Empfang.* Interessant, meint der mich? Pirx zerrte vor Aufregung an den Gurten.

»AMU...«, wollte er sagen, aber seiner heiseren Kehle entrang sich kein Laut. In den Hörern brummte es. Die Fliege. Er schloß die Augen und begann zu sprechen: *AMU 27 an JO zwei Terraluna – Bin im Quadranten vier, Sektor PAL – Schalte Positionslichter ein – Empfang.* Er schaltete die Positionslichter ein – zwei rote an den Seiten, zwei grüne an der Spitze, ein blaues am Heck – und wartete. Außer der Fliege war nichts zu hören.

JO zwei bis Terraluna, JO zwei bis Terraluna, ich rufe...

Es summte.

Meint der mich? fragte er sich verzweifelt.

AMU 27 an JO zwei bis Terraluna – Bin im Quadranten vier, Randsektor PAL – Trage alle Positionslichter – Empfang.

Nun meldeten sich die beiden JO-Schiffe gleichzeitig. Er schaltete den Selektor ein, der die Reihenfolge bestimmte, aber es war sinnlos. Das Brummen verschluckte alles. Die Fliege, die Fliege! Ich werde mich hier noch aufhängen! dachte er. Es kam ihm gar nicht in den Sinn, daß dieser »Ausweg« infolge fehlender Schwerkraft unmöglich war.

Plötzlich entdeckte er auf dem Radarschirm die beiden Schiffe – sie folgten ihm in parallelen Kurven, nicht mehr als neun Kilometer voneinander entfernt, das heißt in unzulässigem Abstand. Als Lotse war er verpflichtet, ihnen zu befehlen, den vorgeschriebenen Abstand von vierzehn Kilometern einzuhalten. Er wollte sich noch einmal vergewissern, aber als er die genaue Lage der beiden Schatten auf dem Radarschirm zu untersuchen begann, ließ sich die Fliege auf der Scheibe nieder – ausgerechnet auf einem der Schatten. Wutentbrannt warf er das Navigationsbuch nach ihr – im Zustand der Schwerelosigkeit ein aussichtsloses Unterfangen. Das Buch prallte gegen die Kapselwand, fiel aber nicht nach unten, sondern nach oben. Es stieß gegen die Decke, flog hin und her und blieb schließlich mitten in der Kapsel schweben. Auf die Fliege machte das nicht den geringsten Eindruck – sie kroch seelenruhig weiter über den Radarschirm.

AMU 27 Terraluna an JO zwei, JO zwei bis – Ich sehe euch – Ihr habt Bordnähe – Wechselt auf Parallelkurse über mit Korrektur null Komma null eins – Nach Durchführung des Manövers auf Empfang gehen – Ende.

Die beiden Schatten begannen sich langsam voneinander zu entfernen. Pirx wußte nicht, ob ihm die JO-Schiffe etwas übermittelten, denn in den Hörern brummte es ohrenbetäubend: Die Fliege kreiste nun unmittelbar um das Mikrofon des Kalkulators. Pirx hatte nichts mehr, womit er nach ihr werfen konnte. Über ihm schwebte das Navigationsbuch und raschelte sanft mit seinen Seiten.

PAL Hauptstation an AMU 27 Terraluna – Verlassen Sie den Randquadranten, verlassen Sie den Randquadranten – Empfange das Transsolare – Empfang.

Unverschämtheit, jetzt kommt mir auch noch das Transsolare in die Quere... Was geht mich das an? Raumschiffe in Gruppenformation haben Vorrang! überlegte Pirx. Er begann zu schreien, sein ohnmächtiger Haß auf die Fliege entlud sich.

AMU 27 Terraluna an PAL Hauptstation – Gehe vom Quadranten nicht herunter, das Transsolare geht mich nichts an – Fliege in Dreierformation – AMU 27, JO zwei, JO zwei bis, Geschwader Terraluna, an der Spitze AMU 27 – Ende.

Das mit dem »nichts angehen« war unnötig! sagte er sich. Damit habe ich mir nur Strafpunkte eingehandelt... Ach was, der Teufel soll sie holen! Und wer bekommt Strafpunkte für die Fliege? Auch wieder ich, was? So was kann aber auch nur mir passieren... Eine Fliege im Raumschiff – eine Fliege! Smiga und Boerst werden platzen vor Lachen, wenn sie davon erfahren... Ich sehe sie direkt vor mir...! Es war das erstemal seit dem Start, daß er einen Gedanken an Boerst verschwendete, und auch jetzt blieb ihm keine Zeit, denn PAL – das war immer klarer zu erkennen – fiel immer mehr zurück. Nun flogen sie schon fünf Minuten zu dritt.

AMU 27 an JO zwei, JO zwei bis Terraluna – Zwanzig Uhr sieben – Das Manöver mit dem Einbiegen auf den Parabolkurs Terraluna beginnen wir um zwanzig Uhr zehn – Kurs einhundertelf... Pirx las die Kurse vom Blatt ab. Die Schiffe antworteten. PAL war nun außer Sicht, man konnte ihn aber immer noch hören. Oder war es die Fliege? Auf einmal spaltete sich das Summen. Pirx rieb sich die Augen – tatsächlich! Es war nicht mehr eine Fliege, es waren zwei! Wo in aller Welt war die zweite hergekommen? Die machen mich fertig, dachte er seelenruhig.

Seltsam... Die Erkenntnis, daß es sich nicht lohnte, zu kämpfen, hatte für Pirx etwas Angenehmes. Sie machen mich fertig, so oder so..., sagte er sich. Aber diese Resignation währte höchstens eine Sekunde. Ein Blick auf die Uhr trieb ihn zum Handeln. Der von ihm selbst bestimmte Zeitpunkt für den Beginn des Manövers war herangerückt, und er hatte noch nicht mal die Hände an den Hebeln.

Die Plackerei der tausendfachen Übungen tat offenbar das Ihre. Blindlings ergriff er beide Knüppel, betastete den linken, dann den rechten, während er auf das Trajektometer starrte. Das Triebwerk dröhnte dumpf, ging über in ein Zischen. Er stöhnte auf – irgend etwas hatte ihn an der Stirn getroffen, dicht unter dem Schirm des Helms. Das Navigationsbuch! Es schwebte vor seinen Augen, nahm ihm die Sicht, er konnte es nicht abstreifen, denn er hatte keine Hand frei. In den Hörern summte und brodelte es, das Liebesleben der Fliegen auf dem Kalkulator war in vollem Gange. Einen Revolver müßte man haben, dachte er und fühlte, wie ihm das Navigationsbuch infolge der wachsenden Beschleunigung die Nase plattdrückte. Rasend vor Wut warf er den Kopf hin und her – er mußte das Trajektometer sehen! Das Buch, es wog annähernd drei Kilo, schlug krachend auf den Boden – immerhin betrug die Beschleunigung fast 4 g. Er bremste ein wenig, um sie in den Grenzen zu halten, die das Manöver erforderte. Als er die Beschleunigung bis auf 2 g gedrosselt hatte, rastete er die Riegel an den Hebeln ein. Den Fliegen scheint die Beschleunigung nichts auszumachen – nichts, aber auch gar nichts, dachte er. Ihnen bekommt das offensichtlich glänzend... Und so soll ich nun dreiundachtzig Minuten fliegen...! Er warf einen Blick auf den Radarschirm: Beide JO-Schiffe folgten ihm in einem Abstand, der auf etwa siebzig Kilometer angewachsen war. Kein Wunder, er war ja mehrere Sekunden mit 4 g geflogen und dadurch so weit vorgeschnellt. Macht nichts, dachte Pirx.

Solange er mit Beschleunigung flog, hatte er ein wenig Muße. 2 g – das war gar nichts. Insgesamt wog er jetzt einhundertzweiundvierzig Kilogramm. Im Laborkarussell hatte er manchmal eine halbe Stunde lang 4 g aushalten müssen.

Andererseits, versteht sich, waren auch diese 2 g nicht gerade angenehm. Hände, Beine – alles schien sich in Eisen verwandelt zu haben. Das Licht blendete ihn, er konnte nicht einmal den Kopf bewegen.

Noch einmal überprüfte er die Lage der beiden Schiffe, die ihm folgten. Was mag Boerst wohl jetzt tun? fragte er sich. Er stellte sich das Gesicht des anderen vor, dieses Filmgesicht. Der hatte aber auch ein Kinn! Und dann die gerade Nase und die grauen, schillernden Augen... Eine Spicke hatte der bestimmt nicht nötig... Na ja, vorläufig brauche ich sie auch nicht... Das Summen in den Hörern wurde leiser. Beide Fliegen krochen an der Decke der Kapsel entlang, ihre Schatten streiften sein Gesicht, er zuckte zusammen, als er das merkte, und sah auf. An den Enden ihrer schwarzen Beine hatten sie teigartige Erweiterungen, ihre Flügel glänzten metallisch im Lichte der Lampen. Ekelhaft.

ELAN acht Aresterra ruft im Dreieck Terraluna – Sechzehnter Quadrant, Kurs einhundertelf Komma sechs – Ihr habt mit mir konvergierenden Kurs – Elf Minuten, zweiunddreißig Sekunden – Bitte eigenen Kurs ändern – Schalte auf Empfang.

Das hat noch gefehlt! stöhnte er. Was muß sich dieser Narr einmischen! Sieht er nicht, daß ich in Formation fliege?

AMU 27 an der Spitze des Dreiecks Terraluna JO zwei, JO zwei bis ruft ELAN acht Aresterra – Fliege in Formation, kann Kurs nicht ändern, führe du das Ausweichmanöver durch – Ende.

Während er das sagte, forschte er auf dem Radarschirm nach diesem Unverfrorenen. Da war er. Kaum anderthalbtausend Kilometer entfernt!

ELAN acht an AMU 27 Terraluna – Habe defektes gravimetrisches System – Beginnt unverzüglich Ausweichmanöver – Schnittpunkt der Kurse vierundzwanzig null acht, Quadrant Luna vier, Randzone – Gehe auf Empfang.

AMU 27 an ELAN acht Aresterra, JO zwei, JO zwei bis Terraluna – Führe Ausweichmanöver durch, zwanzig Uhr neununddreißig – Umkehrmanöver gleichzeitig hinter dem führenden Schiff bei optischer Entfernung, nördliche Abweichung Sektor Luna eins null Komma sechs – Schalte Triebwerke mit geringer Schubkraft ein – Empfang.

Während er das sagte, schaltete er die beiden unteren Düsen für die Wendemanöver ein. Beide JO-Schiffe antworteten sofort, sie drehten ab. Die Sterne glitten über die Bildschirme. ELAN dankte, er befand sich auf dem Flug zur Hauptstation Luna. Pirx hatte plötzlich Schneid, er wünschte ihm eine glückliche Landung, das gehörte zum guten Ton, vor allem, wenn jemand einen Schaden hatte. Eine Weile beobachtete er die Positionslichter des tausend Kilometer entfernten Raumkörpers, dann rief er wieder seine JO-Schiffe und begann, den alten Kurs anzusteuern – aussichtslos! Bekanntlich ist es kinderleicht, vom Kurs abzugehen, aber nahezu unmöglich, das gleiche Stück Parabel wiederzufinden. Die Beschleunigung veränderte sich. Der Kalkulator speicherte die neuen Daten so rasch, daß Pirx nicht Schritt halten konnte. Zu allem Überfluß krochen nun beide Fliegen auf dem Kalkulator herum, bevor sie sich auf dem Radargerät niederließen, wo sie einander munter weiterjagten. Ihre Schatten huschten nur so über den Schirm. Woher nehmen die Biester nur die Vitalität? fragte sich Pirx.

Nach zwanzig Minuten war es endlich geschafft – Pirx flog wieder auf dem ursprünglichen Kurs. Boerst hat bestimmt eine Route, die so leer und sauber ist, als hätte man sie mit einem Staubsauger gereinigt, dachte er. Und wenn nicht – den kann ja sowieso nichts erschüttern. Boerst erledigt alles im Vorbeigehen.

Er schaltete den Automaten zur Verringerung der Beschleunigung ein, um auf der dreiundachtzigsten Minute die Beschleunigung null zu haben, wie es in der Instruktion vorgesehen war. Plötzlich erblickte er etwas – ihm wurde eiskalt unter der nassen Antischweißwäsche: Der weiße Deckel über der Schalttafel war im Begriff, aus den Klemmen zu rutschen, er glitt Millimeter um Millimeter tiefer. Offenbar war er ein wenig locker eingehängt, und beim Rütteln des Schiffes während der Wendemanöver – er war in der Tat ziemlich unsanft mit der Rakete umgegangen – hatten die Druckriegel nachgelassen. Die Beschleunigung betrug immer noch 1,7 g. Der Deckel rutschte langsam tiefer, als ob jemand mit einem unsichtbaren Faden an ihm zerrte – bis er schließlich absprang und herunterfiel. Er schlug von außen gegen die durchsichtige Kapselwand, glitt daran herunter und blieb am Boden liegen. Die vier kupfernen Hochspannungsleitungen und die Sicherungen blitzten auf.

Warum hatte ich bloß solche Angst? dachte Pirx. Der Deckel ist heruntergefallen, na und? Mit oder ohne Dekkel, ist das nicht einerlei?

Aber er war besorgt – das hätte nicht passieren dürfen. Wenn der Deckel von der Sicherung herunterfallen kann, dann kann auch das Heck abbrechen, sagte er sich.

Er wußte, daß er nur noch siebenundzwanzig Flugminuten mit Beschleunigung vor sich hatte, und er befürchtete, daß der Deckel schwerelos werden und umherfliegen könnte, wenn er die Triebwerke abschaltete. Konnte er etwas Schlimmes anrichten? Wohl kaum. Er war nicht schwer genug. Nicht einmal eine Scheibe würde er einschlagen. Ach was...

Er suchte die Fliegen – sie jagten einander, kreisten summend in der Kapsel umher, bis sie sich schließlich unter den Sicherungen niederließen, so daß er sie aus den Augen verlor.

Im Radaroskop erblickte er seine beiden JO-Schiffe – sie hielten Kurs. Der vordere Schirm zeigte die Mondscheibe, sie war so groß, daß sie den halben Schirm ausfüllte. Damals, bei den selenographischen Übungen im Tycho-Krater, hatte Boerst mit Hilfe eines gewöhnlichen tragbaren Theodoliten... Ach, verflixt, was der nicht alles konnte!

Hatte er nicht auch versucht, die Luna-Hauptstation am äußeren Abhang des Archimedes wiederzufinden? Sie war fast gänzlich im Felsen vergraben und kaum zu erkennen gewesen, nur die glatte Landebahn mit den Signallichtern war zu sehen, aber nur, wenn sie in der Zone der Nacht lag, doch jetzt schien dort die Sonne. Die Station selbst ruhte zwar in einem Schattenstreifen, den der Krater warf, aber der Kontrast zu der gleißenden Scheibe ringsherum war so stark, daß sich die schwächlichen Flämmchen der Signallichter überhaupt nicht abhoben.

Der Mond sah aus, als hätte noch nie der Fuß eines Menschen auf ihm gestanden – von den Mondalpen fielen überlange Schatten auf die Ebene des »Meeres der Regen«. Pirx erinnerte sich an seinen ersten Mondflug, damals war die ganze Gruppe dabei, als gewöhnliche Passagiere. Eselswiese hatte ihn gebeten, nachzuprüfen, ob Sterne siebenter Größe vom Mond aus noch sichtbar seien, und er, dumm wie er damals war, hatte sich mit dem größten Eifer an diese Aufgabe gemacht! Ihm war völlig entfallen, daß vom Mond aus tagsüber überhaupt keine Sterne zu sehen sind – der Blick ist durch das Sonnenlicht, das sich am Boden widerspiegelt, viel zu sehr geblendet. Eselswiese hatte ihn noch lange mit diesen Sternen gehänselt.

Die Mondscheibe auf den Schirmen wurde immer größer. Bald würde sie die Reste des schwarzen Himmels völlig verdrängt haben, zumindest auf dem vorderen Schirm.

Sonderbar, das Summen war verstummt. Pirx sah zur Seite – und erstarrte.

Auf der erhabenen Fläche der Sicherung saß eine der Fliegen und putzte sich die Flügel, die andere machte ihr währenddessen den Hof. Ein paar Millimeter weiter glänzte das nächste Kabel. Die Isolierung endete ein wenig höher – alle vier Kabel lagen frei. Jedes von ihnen war beinahe so stark wie ein Bleistift. Da die Spannung nicht allzu hoch war – tausend Volt –, gab es zwischen den Kabeln nur geringe Abstände – jeweils nur sieben Millimeter. Pirx wußte zufällig, daß es genau sieben Millimeter waren. Sie hatten einmal die gesamte elektrische Installation auseinandergenommen, und er hatte sich vom Assistenten Unverschämtheiten anhören müssen, weil er die Abstände zwischen den Leitungen nicht kannte.

Die eine Fliege hatte inzwischen vom Liebesspiel abgelassen und kroch jetzt auf der bloßen Leitung entlang. Das schadete ihr nicht, aber wenn es sie gelüstete, auf die zweite zu kriechen... Offenbar verspürte sie gerade diese Lust, denn nun brummte sie und setzte sich ganz außen auf die Kupferader – so, als ob es in dem ganzen Steuerraum keinen anderen Platz gegeben hätte. Pirx überlegte fieberhaft. Wenn sie nun die Vorderbeine auf die erste und die Hinterbeine auf die zweite Leitung stellt, dann... Ja, was eigentlich? Im schlimmsten Fall würde es einen Kurzschluß geben, aber die Fliege war wohl doch nicht groß genug, um einen Kurzschluß zu verursachen. Und wenn, dann wäre es auch nicht so gefährlich. Die automatische Sicherung würde den Strom abschalten, die Fliege würde verbrennen, der Automat würde den Strom erneut einschalten, und alles wäre wieder in Ordnung. Und was die Fliege betraf, so hätte er endlich Ruhe.

Wie hypnotisiert starrte er auf das Hochspannungsschränkchen. Er wünschte sich nicht, daß das Vieh es versuchte. Ein Kurzschluß war zwar eine Lappalie, aber daraus konnte wer weiß was entstehen. Wozu das Risiko...

Ein Blick auf die Uhr: Es standen nur noch acht Minuten mit allmählich schwächer werdendem Schub bevor. Gleich würde damit Schluß sein. Pirx starrte auf das Zifferblatt – da blitzte es auf, und die Lichter verloschen. Das Ganze dauerte kaum eine Drittelsekunde. Die Fliege! sagte er sich und hielt den Atem an. Wird der Automat den Strom einsch... Er tat es.

Die Lichter flammten wieder auf, aber sie brannten seltsam schwach und orangenrot, und gleich darauf sprang die Sicherung ein zweites Mal heraus. Dunkelheit. Der Automat schaltete ein – das Licht verlöschte. Ein – aus, ein – aus – so ging es in einem fort. Was war los? Im regelmäßig aufblitzenden Lampenschein erkannte Pirx nur mit Mühe die Ursache: Von der Fliege – das Biest hatte sich zwischen zwei Leitungen gezwängt – war ein kleiner Rest übriggeblieben, ein verkohlter Stumpf, der die beiden Kabel weiter miteinander verband.

Man kann nicht behaupten, daß Pirx sehr erschrocken war. Zugegeben, er war erregt, aber hatte er sich denn seit dem Start überhaupt schon beruhigt? Die Uhr war kaum zu sehen. Die Zifferblätter hatten ihre eigene Beleuchtung – auch das Radargerät. Der Strom war noch so stark, daß sich die Lichter und die Reserveleitungen noch nicht einschalteten, aber er war wiederum nicht so stark, daß es hell wurde. Noch vier Minuten – dann würden sich die Triebwerke ausschalten.

Darum brauchte er sich nicht zu kümmern – der Automat des Reduktors würde das von selbst besorgen. Aber wie – Pirx lief es kalt über den Rücken –, wie konnte er bei Kurzschluß funktionieren?

War das überhaupt dieselbe Leitung? Er war sich nicht sicher, bis ihm einfiel, daß es die Hauptsicherungen für die ganze Rakete und für sämtliche Leitungen waren. Die Atomsäule jedoch mußte ein eigenes Netz haben.

Die Säule schon, aber nicht der Apparat. Er hatte ihn ja vorhin selbst eingestellt. Man müßte ihn also abschalten... Oder nicht? Vielleicht würde es dennoch gehen...

Die Konstrukteure hatten mit allem gerechnet, nur nicht damit, daß eine Fliege in den Steuerraum gelangen, daß der Deckel herunterfallen und ein Kurzschluß entstehen könnte.

Die Lichter flackerten ununterbrochen. Ich muß irgend etwas tun! sagte sich Pirx. Aber was? Ganz einfach – man brauchte nur den Hauptschalter umzuwerfen, der hinter dem Sitz unter dem Fußboden angebracht war. Der würde die Hauptleitungen ausschalten und die Notleitungen betätigen. Dann wäre alles in Ordnung... Eigentlich ist sie gar nicht so schlecht konstruiert, die Rakete... Man hat doch so manches bedacht und für die nötige Sicherheit gesorgt.

Er hätte gern gewußt, ob auch Boerst gleich darauf gekommen wäre. Ja, wahrscheinlich, das war zu befürchten. Vielleicht sogar... Himmel, nur noch zwei Minuten! Das Manöver ist nicht mehr zu schaffen... Er sprang auf, er hatte die anderen auf den Tod vergessen!

Eine Weile überlegte er mit geschlossenen Augen.

AMU 27, Leitrakete Terraluna an JO zwei, JO zwei bis – Habe Kurzschluß im Steuerraum – Führe Einbiegemanöver auf zeitweilig feste Umlaufbahn über dem Sonnenäquator des Mondes mit Verspätung von... unbestimmter Dauer durch – Vollendet das Manöver selbst in der festgesetzten Frist – Empfang.

Jo bis an führenden AMU 27 Terraluna – Führe Komplexmanöver mit JO zwei durch, um über Äquatorzone auf zeitweilig feste Umlaufbahn zu gelangen – Hast neunzehn Minuten Zeit bis zur Scheibe – Erfolg, Erfolg – Ende.

Pirx hatte kaum zugehört. Er löste das Kabel der Radiophonie, die Sauerstoffschlange und das zweite kleine Kabel – die Gurte hatte er bereits aufgeknöpft. Als er aufstand, flammte der Automat des Reduktors rubinrot auf; die ganze Kapsel tauchte aus der Finsternis empor, dann versank sie wieder in dem trüben, orangeroten Licht der verminderten Spannung. Die Triebwerke schalteten sich nicht aus. Das rote Licht starrte ihn aus dem Halbdunkel an, als wollte es ihn um Rat fragen. Er hörte einen Brummton in regelmäßigen Abständen – das Warnsignal. Der Reduktor konnte die Triebwerke nicht automatisch abschalten.

Pirx sprang taumelnd hinter den Sitz. Der Schalthebel steckte in einer Kassette, die in den Fußboden eingelassen war – sie war verschlossen. Verschlossen, jawohl. Er zerrte an dem Deckel, aber er ließ nicht locker. Wo ist der Schlüssel? überlegte er.

Der Schlüssel war nicht zu finden. Pirx rüttelte noch einmal an dem Deckel – vergebens. Er sprang auf und starrte blind vor sich hin. Der Mond auf den vorderen Schirmen war nicht mehr silbern, sondern weiß, ein gigantischer Mond, weiß wie Bergschnee. Die gezackten Schatten der Krater huschten über die Scheibe. Der Radarhöhenmesser meldete sich – arbeitete er schon lange? Er tickte regelmäßig, kleine grüne Ziffern sprangen aus dem Halbdunkel: einundzwanzigtausend Kilometer Entfernung.

Das Licht flackerte ununterbrochen, die Sicherung schaltete regelmäßig den Strom aus. Auch wenn es erlosch, wurde es nicht völlig dunkel – der gespenstische Schein des Mondes füllte die Kapsel aus. Nur wenn die trüben Lampen aufblitzten, schien das Mondlicht schwächer zu werden.

Das Schiff flog geradeaus, ständig geradeaus, die Geschwindigkeit erhöhte sich bei der restlichen Beschleunigung von 0,2 g noch immer, und gleichzeitig wuchs die Anziehungskraft des Mondes. Was tun? Was tun? fragte sich Pirx verzweifelt. Er sprang noch einmal zu der Kassette, stieß mit dem Fuß gegen den Deckel, aber der Stahl gab nicht nach.

Moment! O Gott, wie konnte er nur so dumm sein! Er mußte – ja, natürlich – er mußte auf die andere Seite der Kapsel! Und das war möglich! Am Ausgang, wo die Kapsel mit dem immer schmaler werdenden Tunnel in den Trichter überging, der an der Klappe endete, befand sich ein besonderer, rotlackierter Hebel unter dem Schild NUR BEI HAVARIE DES SYSTEMS. Man brauchte den Hebel nur umzulegen, und die Kapsel würde sich fast um einen

Meter heben und ihm erlauben, unter ihrem Rand auf die andere Seite hinüberzukriechen! Dort könnte er mit einem Stück Isolierung die Leitungen reinigen und...

Mit einem Satz war er am roten Hebel. Idiot! dachte er, packte den stählernen Griff und zerrte daran, bis es in seinen Schultergelenken knackte. Der Griff, ein ölglänzender stählerner Stab, sprang in seiner ganzen Länge heraus – aber die Wanne zitterte nicht einmal. Verdutzt starrte er sie an. Im Hintergrund sah er die Bildschirme, die im Mondlicht schimmerten. Hoch über ihm flackerten noch immer die Lampen. Obwohl der Griff bereits völlig herausgezogen war, packte ihn Pirx erneut... Nichts.

Den Schlüssel! Den Schlüssel von der Kassette des Schalters! Pirx warf sich flach auf den Boden, sah unter den Sessel, aber dort lag nur die Spicke...

Die Lichter flackerten unaufhörlich, die Sicherung schaltete regelmäßig den Strom aus. Jedesmal wenn sie verlöschten, wirkte ringsherum alles gespenstisch, als sei es aus den Knochen eines Skeletts geschnitzt.

Das Ende! dachte er. Sollte er sich mit der Kapsel hinausschleudern – mit dem Sitz in der Schutzhülle hinauskatapultieren? Nein, das ging nicht, der Fallschirm würde nicht bremsen, denn der Mond hatte ja keine Atmosphäre... Hilfe! wollte er schreien, aber es war niemand da, den er hätte rufen können – er war allein. Was tun? Es muß doch irgendeinen Ausweg geben...

Noch einmal riß er an dem Hebel – fast wäre ihm die Hand aus dem Gelenk gesprungen. Er wollte weinen vor Verzweiflung. Dumm, sehr dumm... Wo steckte bloß der Schlüssel... Warum klemmte der Mechanismus... Der Höhenmesser – er erfaßte alle Instrumente mit einem Blick – zeigte neuneinhalbtausend Kilometer. Der gezackte Kamm des Timocharis hob sich deutlich von dem glühenden Hintergrund ab. Pirx glaubte bereits die Stelle zu sehen, an der sich sein Schiff in den mit Pumex bedeckten

Felsen bohren würde. Ein Donnerschlag, ein Blitzen, und dann...

Plötzlich, gerade als die Lichter aufflammten, fiel sein verzweifelt hin und her irrender Blick auf die vierfache Reihe von Kupferadern. Ganz deutlich war dort das schwarze Klümpchen zu sehen, das die Kabel miteinander verband – der Rest der verbrannten Fliege. Mit gestrecktem Hals, wie ein Torwart bei einer Parade, sprang er nach vorn. Der Schlag war entsetzlich, die Erschütterung raubte ihm fast das Bewußtsein. Die Kapselwand schleuderte ihn zurück wie einen aufgeblasenen Autoreifen, er fiel zu Boden. Die Wand zitterte nicht einmal. Keuchend richtet er sich auf, mit blutendem Mund, bereit, sich erneut auf die Wand zu stürzen.

Er blickte nach unten.

Der Hebel für begrenzte Steuerung... Er war für starke Beschleunigung von kurzer Dauer gedacht, in der Größenordnung 10 g, jedoch nur für den Bruchteil einer Sekunde. Der Hebel arbeitete direkt, auf mechanischem Wege. Bei Schäden gab er einen vorübergehenden Schub.

Aber damit ließ sich die Beschleunigung nur noch erhöhen – das bedeutete also, daß er noch schneller auf die Mondscheibe zurasen würde... Nein – im Gegenteil, der Schub würde bremsen! Aber er wäre zu kurz, das Bremsen mußte ununterbrochen verlaufen. Sollte denn die begrenzte Steuerung zu nichts nutze sein?

Er warf sich auf den Hebel, ergriff ihn im Fallen, zerrte daran und hatte ohne den amortisierenden Schutz des Sitzes das Empfinden, als risse es ihm alle Knochen aus dem Leib – so hart schlug er auf den Boden. Noch einmal zog er an dem Hebel – der gleiche furchtbare Ruck! Sein Kopf prallte auf den Boden, und hätte der nicht einen weichen Belag gehabt, er wäre daran zerschmettert.

Die Sicherung summte, das Flimmern hörte auf, normaler, ruhiger Lampenschein füllte den Steuerraum.

Der doppelte Stoß der Beschleunigung durch die begrenzte Steuerung hatte das kleine Kohlestückchen, das zwischen den Leitungen steckte, gelöst. Der Kurzschluß war beseitigt. Pirx spürte salzigen Blutgeschmack im Mund. Er schnellte wie ein Taucher vom Sprungbrett nach vorn, aber er landete nicht, wie beabsichtigt, auf seinem Sitz, sondern schoß über die Lehne hinweg und prallte mit fürchterlicher Wucht gegen die Decke.

Im gleichen Augenblick, als er zum Sprung ansetzte, hatte der bereits tätige Automat des Reduktors die Triebwerke ausgeschaltet. Der Rest der Schwerkraft war verschwunden. Das Raumschiff bewegte sich jetzt nur noch durch den eigenen Schwung wie ein Stein den Felsenruinen des Timocharis entgegen.

Pirx war von der Decke zurückgeprallt. Der blutige Speichel, den er ausgespien hatte, schwebte neben ihm wie silbrig-rote Bläschen im Raum. Pirx wand sich verzweifelt, streckte die Hände nach der Sessellehne aus, holte den ganzen Tascheninhalt hervor und warf ihn hinter sich.

Mit diesem Rückstoß glitt er langsam voran, schwebte immer tiefer. Seine Finger, die so ausgestreckt waren, daß die Sehnen zu reißen drohten, schabten mit den Nägeln über das Nickelrohr, krallten sich fest und ließen nicht locker. Er duckte sich, zog den Kopf ein wie ein Akrobat, der auf einem Geländer einen Handstand machen will, erwischte einen Gurt, rutschte daran herunter, wickelte ihn um den Leib, den Karabinerhaken nahm er zwischen die Zähne – er hielt. Nun die Hände auf die Griffe und die Beine auf die Pedale!

Ein Blick auf den Höhenmesser: achtzehnhundert Kilometer bis zur Mondoberfläche. Würde er es schaffen, rechtzeitig zu bremsen? Ausgeschlossen, bei fünfundvierzig Kilometern pro Sekunde! Er mußte abbiegen – aus dem Sturzflug einen Ausfall machen –, nur so war es zu schaffen!

Er schaltete die Düsen für das Wendemanöver ein – 2 g, 3 g, 4 g! Wenig! Sehr wenig!

Pirx gab volle Zugkraft für das Wendemanöver. Die Scheibe auf dem Bildschirm, die wie Quecksilber leuchtete und bisher festgemauert zu sein schien, erbebte und begann immer rascher zu sinken. Der Sitz gab unter der wachsenden Körperlast quietschende Geräusche von sich. Das Raumschiff beschrieb dicht über der Oberfläche des Mondes einen Bogen mit großem Radius – der Radius mußte so groß sein, denn das Schiff flog mit ungeheurer Geschwindigkeit. Der Griff war nicht mehr weiter zu bewegen. Pirx wurde mit furchtbarer Gewalt gegen die schwammartige Lehne gepreßt, ihm ging die Luft aus, denn die Kombination war nicht mit dem Sauerstoffkompressor verbunden. Er fühlte, wie sich seine Rippen bogen, graue Flecke tanzten vor seinen Augen. Den Blick auf den Radarhöhenmesser gerichtet, wartete er auf das Blackout. Im Fensterchen zeigten sich kleine Zahlen, eine Zeile löste die andere ab: 990 – 900 – 840 – 760 Kilometer...

Obwohl Pirx wußte, daß er mit voller Kraft flog, versuchte er den Griff noch weiter zu drücken. Er führte eine Wendung aus, auf engstem Raum, verlor aber trotz alledem an Höhe. Die Zahlen wurden kleiner, obschon langsamer als vorhin. Das Schiff lag immer noch im sinkenden Teil des großen Bogens. Pirx starrte unverwandt auf das Trajektometer.

Wie immer, wenn sich das Raumschiff in der Gefahrenzone eines Himmelskörpers befand, zeigte die Scheibe des Geräts nicht nur die Flugkurve des Projektils und ihre mutmaßliche, schwach angedeutete Verlängerung, sondern auch das erhabene Profil des Mondes, über dem sich das ganze Manöver abspielte.

Beide Kurven – die des Fluges und die der Mondoberfläche – liefen fast zusammen. Ob sie sich schnitten?

Nein. Aber der Bauch dieses Bogens war eine Asymptote. Es stand nicht fest, ob das Schiff dicht über der Scheibe durchschlüpfen – oder aufprallen würde. Das Trajektometer arbeitete mit einer Fehlerabweichung von sieben bis acht Kilometern, und Pirx konnte nicht voraussagen, ob die Kurve drei Kilometer über den Felsen verlaufen würde – oder...

Ihm wurde schwarz vor Augen – die 5 g taten ihre Wirkung. Das Bewußtsein verlor er nicht. Er lag da, blind, umspannte die Hebel, fühlte dabei, wie die Amortisatoren des Sitzes allmählich nachgaben. Er glaubte nicht, daß er verloren war. Irgendwie konnte er nicht daran glauben. Er war nicht imstande, die Lippen zu bewegen, also zählte er nur in Gedanken: einundzwanzig – zweiundzwanzig – dreiundzwanzig – vierundzwanzig...

Bei fünfzig konnte er sich der Vorstellung nicht erwehren, das sei nun schon der Zusammenstoß – wenn überhaupt, so müßte er nun erfolgen. Trotzdem ließ er die Hebel nicht los. Er wurde schwächer und schwächer... ein Gefühl der Enge in der Brust, ein Läuten in den Ohren, Blut in der Kehle und in den Augen Schwärze, blutige Schwärze...

Die Finger lösten sich von selbst – langsam schob sich der Griff zurück. Pirx hörte nichts, sah nichts. Allmählich wurde es grau um ihn, das Atmen fiel ihm leichter. Er wollte die Augen aufreißen, aber sie waren – sie waren die ganze Zeit über geöffnet gewesen. Nun brannten sie wie Feuer, die Lider waren trocken.

Er setzte sich auf.

Der Schweremesser zeigte 2 g an. Auf dem vorderen Bildschirm war nichts zu sehen, nichts als Sternenhimmel. Vom Mond keine Spur. Wo war der Mond geblieben?

Er lag unten – unter ihm. Pirx hatte den waghalsigen Sturzflug abgefangen, das Schiff war in die Höhe geschossen und entfernte sich nun mit allmählich nachlassender Geschwindigkeit vom Erdtrabanten. In welcher Höhe war er über der Scheibe durchgerutscht? Sicherlich hatte der Höhenmesser das registriert, aber Pirx verspürte keine Lust, ihn nach Daten zu befragen. Nun erst fiel ihm auf, daß das Alarmsignal verstummt war, das die ganze Zeit hindurch gebrummt hatte. Weshalb sie nur so einen Brummton gewählt haben! fragte sich Pirx. Sie hätten lieber eine Kirchenglocke an die Decke hängen sollen. Wenn schon Friedhof, dann auch richtig, mit allem Drum und Dran. Ein leises Summen ertönte – die zweite Fliege! Das Biest lebte! Sie kreiste über der Kapsel. Pirx verspürte einen ekelhaften Geschmack im Mund – er war rauh und schmeckte nach Leder –, das Ende des Sicherheitsgurtes! Er hatte es die ganze Zeit über zwischen den Zähnen gehabt und völlig vergessen.

Er schnallte den Gurt fest, legte die Hände auf die Hebel – die Rakete mußte auf die richtige Umlaufbahn gebracht werden. Von den beiden JO-Schiffen würde er keine Spur mehr finden, das war ihm klar, aber er mußte ans Ziel gelangen und sich bei Navigationsluna melden. Oder etwa bei Luna Hauptstation, weil er eine Havarie hatte? Weiß der Teufel! Also wieder still sitzen? Ausgeschlossen! Sie werden das Blut bemerken, wenn ich wieder unten bin... Sogar an der Decke sind rote Spritzer... Übrigens, der Registrator hat sicherlich alles, was geschehen ist, auf Band festgehalten – alles, die Tücken der Sicherung und den Kampf mit dem Notgriff. Nicht übel, diese AMUs, das muß man schon sagen... Aber man muß Humor haben, wenn man jemandem solch einen Sarg zumutet...

Melden, melden – aber bei wem? Er beugte sich vor, lockerte dabei den Schultergurt und griff nach der Spicke, die unter dem Sitz lag. Warum soll ich eigentlich nicht einen Blick hineinwerfen? Vielleicht nützt sie mir wenigstens jetzt irgendwie.

Da hörte er etwas knacken – ganz so, als ginge eine Tür auf. Hinter ihm gab es keine Tür, das wußte er genau, übrigens konnte er sich nicht umdrehen, denn die Gurte hielten ihn an den Sessel gefesselt. Ein Lichtstreifen fiel auf die Schirme, die Sterne darauf verblaßten, und Pirx vernahm die gedämpfte Stimme des Chefs.

»Pilot Pirx!«

Er wollte aufspringen, aber die Gurte hielten ihn fest. Er fiel zurück, glaubte wahnsinnig zu sein. Im Gang zwischen der Wand des Steuerraums und der gläsernen Hülle erschien der Chef. Er stand vor ihm in seiner ganzen Uniform, sah ihn mit grauen Augen an – und lächelte. Pirx wußte nicht, wie ihm geschah.

Die gläserne Kapsel hob sich. Pirx begann instinktiv die Gurte zu lösen und stand auf. Die Schirme hinter dem Rücken des Chefs waren plötzlich wie weggeblasen.

»Recht so, Pilot Pirx«, sagte der Chef. »Bemerkenswert.«

Pirx wußte immer noch nicht, wie ihm geschah. Er stand stumm vor seinem Chef und machte etwas schrecklich Unvorschriftsmäßiges – er streckte den Kopf zur Seite, soweit der halb aufgeblasene Kragen das zuließ.

Der ganze Gang mit der Klappe war beiseite geschoben – als sei die Rakete an dieser Stelle auseinandergebrochen. Pirx erkannte im Abendlicht die Gangway der Halle, die Menschen, die darauf standen, die Seile, die Gitter... Er starrte den Chef mit halboffenem Mund an.

»Komm, Junge«, sagte der. Langsam streckte er ihm die Hand entgegen. Pirx ergriff sie und fühlte, daß der Händedruck sich verstärkte. »Ich drücke dir im Namen aller meine Anerkennung aus, und in meinem eigenen Namen bitte ich dich um Verzeihung. Das... muß so sein. Jetzt komm mit. Kannst dich bei mir waschen.«

Er ging auf den Ausgang zu. Pirx folgte ihm, stakste schwer und unbeholfen. Draußen war es kühl, ein schwacher Wind wehte, er fiel in die Halle durch den Teil der Decke, der weggeschoben war. Beide Projektile standen an der gleichen Stelle wie zuvor – nur ein paar dicke Kabel, die in einem Bogen über dem freien Raum hingen, führten zu ihren Spitzen. Vorher waren diese Kabel nicht dagewesen.

Der Instrukteur, der auf der Gangway stand, sagte irgend etwas zu ihm. Er verstand es nicht, durch die Haube konnte er schlecht hören.

»Wie?« fragte er mechanisch.

»Die Luft! Laß die Luft aus der Kombination!«

»Ach so, die Luft…«

Er drückte auf das Ventil – es zischte. Er stand auf der Plattform. An den Seilen der Barriere warteten zwei Leute in weißen Kitteln. Seine Rakete sah aus, als habe sie einen gespaltenen Schnabel. Eine merkwürdige Schwäche überkam ihn – Verwunderung, Enttäuschung, die sich immer deutlicher in Ärger verwandelten.

Sie öffneten die Klappe des zweiten Projektils. Der Chef stand auf der Gangway, weißbekittelte Menschen unterhielten sich mit ihm. Aus dem Innern der Rakete drang ein schwaches Knacken.

Ein braunes, taumelndes Bündel Mensch stürzte heraus, der Kopf ohne Helm pendelte wie ein verschwimmender Fleck hin und her.

Die Beine unter ihm knickten ein.

Dieser Mensch dort, Boerst, war mit dem Mond zusammengestoßen.

Auf dem Boden der Schachtel stand ein Häuschen mit rotem Dach – mit seinen winzigen Schindeln war es einer Himbeere täuschend ähnlich, man bekam direkt Lust, daran zu lecken. Wenn man die Schachtel schüttelte, sprangen aus den Büschen rund um das Haus drei Ferkelchen hervor wie kleine rosarote Perlen. Gleichzeitig stürzte aus seiner Höhle im Wald – der Wald war nur an der Innenwand aufgemalt, wirkte aber ganz echt – ein schwarzer Wolf hervor und setzte, bei der geringsten Bewegung den zahngespickten roten Rachen aufreißend, den Ferkelchen nach, um sie zu verschlingen. Wahrscheinlich hatte er innen einen kleinen Magneten eingebaut. Es gehörte die allergrößte Geschicklichkeit dazu, sein Vorhaben zu verhindern. Man mußte mit dem Nagel des kleinen Fingers gegen den Boden der Schachtel tippen, um die drei Schweinchen rechtzeitig zu ihrem Haus zu dirigieren und durch die kleine Tür zu schleusen, die auch nicht immer aufgehen wollte. Das Ganze war nicht größer als eine Puderdose, aber man konnte das halbe Leben damit zubringen. Jetzt war das Spiel nicht zu gebrauchen – ohne Schwerkraft funktionierte es nicht. Pilot Pirx betrachtete sehnsüchtig die Hebel der Akzeleratoren. Eine kleine Handbewegung, und der Schub der Triebwerke, selbst der schwächste, würde die Schwerkraft wiederherstellen, und er würde sich den rosa Ferkelchen widmen können, statt in die schwarze Leere zu stieren.

Bedauerlicherweise war die Inbetriebnahme des Reaktors zur Rettung der drei kleinen Ferkel vor dem bösen Wolf in der Dienstanweisung nicht vorgesehen. Mehr noch, sie verbot aufs strengste jedes überflüssige Manöver im Raum. Als ob es sich dabei um ein überflüssiges Manöver gehandelt hätte!

Pirx ließ das Schächtelchen in die Tasche zurückgleiten. Die Piloten schleppten meist noch viel seltsamere Dinge mit, besonders wenn ein Patrouillenflug so lange dauerte wie dieser. Früher hatte die Leitung beide Augen zugedrückt, wenn unnötig Uran vergeudet wurde und außer den Raketen samt Piloten auch noch alle möglichen Kinkerlitzchen in den Himmel geschleudert wurden, Vögel beispielsweise, die Brotkrumen aufpickten, wenn man sie aufzog, automatische Hornissen, die auf automatische Wespen Jagd machten, chinesische Geduldspiele aus Nikkel und Elfenbein – und niemand erinnerte sich überhaupt noch daran, daß der erste, der die Basis mit dieser Sucht infiziert hatte, der kleine Aarmens gewesen war, der seinem sechsjährigen Sohn vor jedem Patrouillenflug einfach das Spielzeug wegnahm.

Dieses Idyll währte ziemlich lange – fast ein Jahr, bis zu dem Moment, da die Raketen nicht mehr zurückkehrten.

In jenen friedlichen Zeiten murrten übrigens viele über die Patrouillenflüge, und wenn jemand der Gruppe zugeteilt wurde, die den Raum »zu durchkämmen« hatte, dann wertete er das als ein Zeichen der persönlichen Feindschaft des Chefs. Pirx wunderte sich keineswegs darüber. Mit den Patrouillen war es wie mit den Masern, früher oder später erwischte es jeden mal.

Aber dann kam Thomas nicht wieder, der große, dicke Thomas mit der Schuhgröße 45, der so gerne Streiche ausgeheckt und Pudel gezüchtet hatte, natürlich die klügsten Pudel der Welt. Selbst in den Taschen seiner Kombination konnte man Wurstpellen und Würfelzucker finden, und der Chef argwöhnte sogar, Thomas schmuggle mitunter auch Pudel ins Raumschiff, obgleich Thomas hoch und heilig beteuerte, so etwas würde ihm nicht im Traum einfallen. Schon möglich. Aber das konnte ohnehin niemand mehr ergründen, denn Thomas startete eines schönen Julinachmittags, nahm zwei Thermosflaschen voll Kaffee mit

– er trank immer schrecklich viel – und stellte sich für alle Fälle in der Pilotenmesse noch eine dritte bereit, um nach seiner Rückkehr einen Kaffee zu haben, wie er ihn mochte, gemahlen und mit Salz und Zucker aufgebrüht.

Der Kaffee wartete dort sehr lange. Am dritten Tag um sieben Uhr ging die »zulässige Verspätung« zu Ende, und Thomas' Name wurde mit Kreide an die Tafel im Navigationsraum geschrieben – er als einziger. Das hatte es noch nie gegeben, und nur die ältesten Piloten erinnerten sich, daß früher mal Havarien aufgetreten waren, ja, sie tischten den Jüngeren mit Vergnügen Greuelgeschichten über die Zeiten auf, da man die Meteoritenwarnung manchmal eine Viertelstunde vor dem Zusammenprall bekam – gerade noch rechtzeitig, um von der Familie Abschied nehmen zu können. Über Funk, versteht sich. Aber das war wirklich schon sehr lange her. Die Tafel im Navigationsraum blieb stets leer, sie hatte es eigentlich nur dem Trägheitsgesetz zu verdanken, daß sie noch immer an der Wand hing.

Um neun war es noch relativ hell – die diensthabenden Piloten verließen die Abhörzentrale, versammelten sich auf den Grünflächen um die riesige Betonbahn des Landeplatzes und starrten in den Himmel. Niemand durfte in die Navigationszentrale. Der Chef kam aus der Stadt, zog alle Registrierbänder mit den aufgezeichneten Signalen des automatischen Senders von Thomas aus den Trommeln und stieg in die Glaskuppel des Observatoriums hinauf, die sich wie irrsinnig drehte und nach allen Seiten die schwarzen Radarmuscheln ausrollte.

Thomas war auf einer kleinen AMU geflogen, sein Atomtreibstoff hätte ausgereicht, um »mindestens die halbe Milchstraße abzuklappern«, wie ein Unteroffizier von den Tankern die Piloten zu trösten versuchte. Alle hielten ihn für einen ausgemachten Trottel, und einer sagte ihm sogar gehörig die Meinung, denn einen Vorrat an Sauerstoff gab es in der AMU so gut wie gar nicht, lediglich eine Fünftageration mit einer eisernen Reserve für acht Stunden. Volle vier Tage lang suchten die achtzig Piloten der Station, die vielen anderen der insgesamt fast fünftausend Raketen nicht mitgerechnet, den Sektor ab, in dem Thomas verschwunden war. Sie fanden nichts. Es war, als hätte er sich in Luft aufgelöst.

Der zweite war Wilmer. Ihn mochte, offen gesagt, niemand so recht. Eigentlich gab es keinen einzigen triftigen Grund dafür, um so mehr viele kleine. Er ließ niemanden ausreden, zu allem mußte er seinen Senf dazugeben. Bei den unpassendsten Gelegenheiten kicherte er dümmlich, und je mehr er jemanden damit in Rage brachte, desto lauter lachte er. Wenn er gerade mal keine Lust hatte, im Ziel zu landen, ging er einfach auf dem Rasen neben dem Landeplatz nieder und glühte ihn mitsamt Wurzelwerk und Erdreich auf Metertiefe aus. Wenn hingegen jemand nur ein Viertelmilliparksek in sein Revier eindrang, dann zögerte er nicht, umgehend davon Meldung zu erstatten, selbst wenn es sich um einen Kollegen von der Basis handelte. Außerdem gab es noch ein paar winzige Kleinigkeiten zu erwähnen, die fast peinlich waren: Er trocknete sich zum Beispiel an fremden Handtüchern ab, damit seines länger sauber blieb. Aber als er dann nicht vom Patrouillenflug zurückkehrte, entdeckten auf einmal alle, daß Wilmer schwer in Ordnung und ein Pfundskollege gewesen war. Und wieder rotierten die Radarschirme wie wild, die Piloten flogen pausenlos und außer der Reihe, die Männer vom Abhördienst gingen erst gar nicht nach Hause, sie schliefen abwechselnd auf einer Bank an der Wand, sogar das Mittagessen brachte man ihnen hinauf; der Chef, der schon in Urlaub war, kam mit einer Sondermaschine zurück, und die Piloten kämmten vier Tage lang den Sektor durch und waren so sauer, daß sie fähig gewesen wären, wegen eines nicht exakt umgebogenen Splints der harmlosesten Niete dem Monteur den Schädel einzuschlagen. Zwei Expertenkommissionen trafen ein, und die AMU 116, die Wilmers Projektil aufs Haar glich, wurde in ihre Bestandteile zerlegt wie das Werk einer Uhr – alles ohne das kleinste Ergebnis.

Zwar umfaßte der Sektor eine Million und tausendsechshundert Kubikkilometer, im übrigen aber gehörte er zu den ausgesprochen ruhigen, ohne Meteoritengefahr, ohne konstante Schwärme, und selbst die Bahnen irgendwelcher alter, jahrhundertelang nicht mehr gesichteter Kometen kreuzten ihn nicht – bekanntlich pflegt ja so ein Komet irgendwo in Jupiternähe, in dessen »Perturbationsmühle« mitunter in kleine Stückchen zu zerfallen und schickt dann in Abständen Bröckchen seines zerschmetterten Kopfes auf die alte Route. In diesem Sektor gab es nichts dergleichen – weder ein Satellit noch ein Planetoid berührte ihn, von einem Schweif ganz zu schweigen, und eben deshalb, weil die Leere dort so »rein« war, ging in diesem Sektor niemand gern auf Patrouille.

Nichtsdestoweniger war Wilmer dort als zweiter verschollen, und sein Registrierband, das natürlich x-mal abgehört, fotografiert, vervielfältigt und ins Institut eingeschickt worden war, verriet genausoviel wie das Band von Thomas, nämlich nichts. Eine Zeitlang trafen noch Signale ein, aber dann brachen auch sie ab. Der automatische Sender strahlte ziemlich selten aus – einmal pro Stunde. Thomas hatte elf solcher Signale hinterlassen. Wilmer vierzehn. Das war alles.

Nach diesem Vorfall ergriff die Leitung sehr energische Maßnahmen. Zunächst wurden sämtliche Projektile überprüft – die Atomreaktoren, die Systeme, ja jedes einzelne Schräubchen. Ein Sprung im Glas konnte einen den Urlaub kosten.

Dann wurden bei allen Sendern die Uhrwerke ausgewechselt – als ob die was dafür konnten! Von nun an gab eine Rakete alle achtzehn Minuten Signale. Doch daran wäre noch nichts auszusetzen gewesen, ganz im Gegenteil. Viel schlimmer war, daß die beiden ältesten Offiziere an der Rampe standen und den Männern, ohne mit der Wimper zu zucken, alles abnahmen: pickende und tirilierende Vögel, kleine Schmetterlinge, Bienen, Geschicklichkeitsspiele. Alsbald türmte sich im Zimmer des Chefs ein Riesenberg an konfiszierter Konterbande. Böse Zungen behaupteten sogar, die Tür sei deshalb so oft abgeschlossen, weil der Chef mit dem Zeug spiele.

Erst im Lichte dieser Ereignisse ließ sich die Meisterschaft des Piloten Pirx gebührend würdigen, dem es trotz alledem gelungen war, das Haus mit den Ferkelchen an Bord seiner Rakete zu schmuggeln. Daß ihm das, von dem moralischen Triumph einmal abgesehen, gar nichts nutzte, stand auf einem anderen Blatt.

Der Patrouillenflug zog sich nun schon die neunte Stunde hin. Er zog sich hin, das ist sehr treffend gesagt. Pilot Pirx saß in seinem Sessel, von Gurten umwickelt und bandagiert wie eine Mumie, mit dem kleinen Unterschied, daß er wenigstens Hände und Füße frei hatte, und stierte apathisch auf die Bildschirme. Sechs Wochen lang waren sie in Zweiergruppen geflogen, in einem Abstand von dreihundert Kilometern, doch dann war die Basis wieder zu ihrer alten Taktik zurückgekehrt.

Der Sektor war ja leer, absolut leer, und selbst diese eine Patrouillenrakete war schon zuviel darin. Aber auf den Sternenkarten durfte es keine »Löcher« geben, also wurden die Einzelflüge fortgesetzt. Pirx war als achtzehnter gestartet, von der Abschaffung der Zweierpatrouillen an gerechnet.

In Ermangelung einer besseren Beschäftigung stellte er Überlegungen an, was Thomas und Wilmer wohl passiert sein mochte. In der Basis fielen ihre Namen nur noch selten, aber während des Fluges ist der Mensch so völlig mit sich allein, daß er sich sogar die fruchtlosesten Grübeleien leisten kann. Pirx flog nun schon seit fast drei Jahren (zwei Jahre und vier Monate, um genau zu sein) und hielt sich für einen alten Hasen. Die Astrolangeweile fraß ihn regelrecht auf, obwohl er nicht so schnell den Kopf verlor.

Patrouillenflüge dieser Art wurden immer, und das nicht ganz zu Unrecht, mit der leidigen Warterei beim Zahnarzt verglichen; der einzige Unterschied bestand darin, daß der Arzt nicht kam. Die Gestirne rührten sich nicht vom Fleck, das war klar, und die Erde blieb gänzlich unsichtbar, es sei denn, man hatte ungeheures Glück, dann sah man sie als winzigen Rand eines blaugeklopften Fingernagels, und auch das war nur in den ersten zwei Flugstunden möglich, dann wurde sie ein Stern, der allen anderen glich, nur daß er sich langsamer bewegte. In die Sonne konnte man bekanntlich überhaupt nicht blicken. Nach Lage der Dinge wurden die chinesischen Geduldsund Geschicklichkeitsspiele tatsächlich zu einem Problem erster Ordnung. Dennoch war es die Pflicht jedes Piloten, im Kokon der Gurte zu hängen, die gewöhnlichen Bildschirme und den Radarschirm zu kontrollieren, von Zeit zu Zeit der Basis zu melden, daß alles in Ordnung sei, die Daten für den Leerlauf des Reaktors zu überprüfen, und nur manchmal, allerdings höchst selten, traf aus dem Sektorenbereich ein Hilferuf oder sogar ein SOS-Ruf ein, und dann mußte man Hals über Kopf davonjagen. Aber das waren Glücksumstände, die nicht öfter eintraten als ein- bis zweimal im Jahr.

Läßt man sich all dies einmal gründlich durch den Kopf gehen, dann wird einem bewußt, daß die vielfältigen Ideen und Wahnvorstellungen der Piloten, die sich vom irdischen Standpunkt und von der Warte normaler Raketenpassagiere aus geradezu verbrecherisch ausnehmen, doch sehr menschlich waren. Wenn man von anderthalb Trillionen Kubikmeter Vakuum umgeben ist, in dem sich nicht einmal eine Prise Zigarettenasche auftreiben ließe, dann wird der Wunsch nach irgendeinem Ereignis, und sei es eine entsetzliche Katastrophe, regelrecht zur Zwangsvorstellung.

Im Verlaufe seiner hundertzweiundsiebzig Patrouillenflüge hatte Pilot Pirx die unterschiedlichsten Seelenzustände durchlaufen – er war schläfrig und mißmutig gewesen, hatte sich als Tapergreis gefühlt, Anwandlungen von Wunderlichkeit gehabt und erwogen, einer keinesfalls harmlosen Art von Wahnsinn verfallen zu sein, doch zum Schluß begann er, ähnlich wie in seiner Studentenzeit, sich Geschichten auszudenken, die mitunter so verwickelt waren, daß der ganze Patrouillenflug nicht ausreichte, um sie zum Abschluß zu bringen. Daß er sich dennoch mopste, war etwas anderes.

Während er in das Labyrinth seiner einsamen Grübeleien hinabstieg, wußte er recht gut, daß ihm garantiert nichts Neues einfallen und daß das Rätsel um das Verschwinden seiner beiden Kollegen ungelöst bleiben würde, hatten sich doch die gewieftesten Experten von der Basis und vom Institut monatelang den Kopf darüber zerbrochen, und das Ergebnis war ja bekannt. Deshalb hätte auch er sich viel lieber mit Ferkelchen und Wolf abgegeben; diese Beschäftigung war vielleicht ebenso fruchtlos, dafür aber um einiges harmloser. Doch die Triebwerke schwiegen, und es bestand keine Veranlassung, sie einzuschalten; die Rakete raste auf der Bahn einer enorm gestreckten Ellipse dahin, in deren einem Brennpunkt sich die Sonne befand, und die Ferkelchen mußten besserer Zeiten harren.

Was also war mit Thomas und Wilmer geschehen? Der prosaische Laie hätte zunächst einmal vermutet, ihre Raketen seien mit irgend etwas zusammengeprallt, mit einem Meteor zum Beispiel oder einer kosmischen Staubwolke, mit dem Splitter eines Kometenkopfes oder zumindest mit dem Bruchstück eines alten Raketenwracks. Ein solcher Zusammenstoß war jedoch ebensowenig wahrscheinlich, wie es wenig wahrscheinlich ist, daß man mitten auf einer belebten Straße einen großen Brillanten findet. Entsprechende Berechnungen haben übrigens ergeben, daß die Chance, einen Brillanten zu finden, wesentlich größer ist.

Aus Langeweile, einzig und allein aus Langeweile, begann Pirx seinen Kalkulator mit Ziffern zu füttern, Gleichungen aufzustellen und die Wahrscheinlichkeit von Zusammenstößen zu berechnen, bis eine Zahl herauskam, von der der Kalkulator die letzten achtzehn Stellen abtrennen mußte, damit sie überhaupt in seinen Fensterchen Platz hatte.

Im übrigen war der Raum wirklich leer. Keine alten Kometenbahnen, keine kosmischen Staubwolken – nichts. Ein altes Raketenwrack konnte sich, theoretisch gesehen, zwar ebenso in diesem Sektor befinden wie in jedem anderen Teil des Kosmos – allerdings erst nach einer unvorstellbar großen Zahl von Jahren. Aber Thomas und Wilmer hätten es schon von weitem, mindestens aber aus einer Entfernung von zweihundertfünfzig Kilometern gesichtet, und wenn es direkt aus der Richtung der Sonne kam, hätte der Meteorradar ohnehin gut dreißig Sekunden vor dem Zusammenprall Alarm gegeben, und selbst wenn der Pilot den Alarm verschwitzt hätte, weil er, mal angenommen, eingenickt wäre, dann hätte das automatische System trotzdem das Ausweichmanöver durchgeführt. Daß die Ausweichautomatik defekt war – dieses Wunder aller Wunder konnte sich wohl einmal, nicht aber zweimal im Abstand von knapp einem Dutzend Tagen ereignen.

Bis hierher etwa wäre ein Laie mit seinen Überlegungen gekommen, der nicht weiß, daß in einer Rakete vieles passieren kann, was weitaus gefährlicher ist als die Begegnung mit einem Meteoriten oder einem morschen Kometenkopf. Eine Rakete, sogar eine so kleine wie die AMU, setzte sich aus fast hundertvierzehntausend wichtigen Teilen zusammen. Wichtig bedeutete in diesem Zusammenhang so viel, daß ein Defekt an einem dieser Teile katastrophale Folgen nach sich ziehen konnte, denn was die minder wichtigen Teile betraf, so gab es von ihnen über eine Million. Doch selbst wenn etwas so Verhängnisvolles eintreten sollte, würde das Raumschiff nach dem Tod des Piloten weder zerschellen noch verlorengehen, weil, wie ein altes Sprichwort sagt, im All nichts verlorengeht: Wenn man zum Beispiel eine Zigarettenspitze dort zurückließ, brauchte man nur ihre Bewegungselemente zu errechnen und sich zur rechten Zeit an derselben Stelle einzufinden, und die Spitze, die auf ihrer Umlaufbahn dahinraste, hüpfte einem mit astronomischer Genauigkeit in der vorausberechneten Sekunde in die Hand. Da jeder Körper bis in alle Ewigkeit auf seiner Bahn kreist, wurden die Wracks verunglückter Raumschiffe früher oder später fast immer ausfindig gemacht. Die großen Kalkulatoren des Instituts errechneten über vierzig Millionen mögliche Bahnen, auf denen sich die Raketen der beiden verschollenen Piloten bewegen konnten, und alle diese Trassen wurden abgesucht, das heißt mit konzentrierten Strahlenbündeln der stärksten Radaremitoren sondiert, über die man auf der Erde verfügte. Mit dem bewußten Ergebnis.

Selbstverständlich konnte man nicht behaupten, dabei sei der Raum des ganzen Systems abgegrast worden; in diesen Weiten ist eine Rakete etwas unvorstellbar Kleines, wesentlich kleiner als ein Atom im Vergleich zum Erdball. Aber man hatte überall dort gesucht, wo sich die Raketen befinden konnten, vorausgesetzt, daß die Piloten den Patrouillensektor nicht mit maximaler Geschwindigkeit verlassen hatten. Was aber sollte sie zu einer Flucht aus ihrem Revier veranlaßt haben? Sie hatten doch kein Funksignal und keine Aufforderung dazu bekommen, und es konnte ihnen überhaupt nichts zugestoßen sein – soviel stand fest.

Es sah aus, als seien Thomas und Wilmer mitsamt ihren Projektilen verdampft wie Wassertropfen auf einer glühenden Eisenplatte.

Der phantasiebegabte Laie würde, im Gegensatz zu seinem prosaischen Kollegen, das geheimnisvolle Verschwinden der Männer mit irgendwelchen im Weltall lauernden Wesen von anderen Sternen in Zusammenhang bringen, mit Wesen von hoher Intelligenz und nicht minder großer Boshaftigkeit.

Wer aber sollte daran glauben, da doch die Raumfahrt schon so lange betrieben wurde und da man in dem gesamten erforschten Kosmos noch nie auf derartige Wesen gestoßen war! Die Zahl der Witze über jene »Wesen« mochte die Zahl der Kubikkilometer des Sonnensystems schon übersteigen. Außer einigen völlig »Grünen«, die bisher nur in einem Sessel unter der Decke des Laborsaals geflogen waren, hätte niemand auch nur einen Pfifferling für die Existenz solcher Wesen gegeben. Vielleicht gab es Bewohner auf fernen Sternen, aber wenn, dann wirklich nur auf sehr fernen.

Ein paar auf der Erde unbekannte, primitive Mollusken, ein paar Flechten, Bakterien und Infusorien, das war eigentlich die ganze Ausbeute langjähriger Expeditionen. Und übrigens, sollten jene Wesen – vorausgesetzt, sie existierten wirklich – tatsächlich nichts anderes zu tun haben, als in einem der gottverlassensten Winkel des Alls den winzigen Patrouillenraketen aufzulauern? Und wie konnten sie sich ihnen unbemerkt nähern?

Solche Fragen, die das ganze hypothetische Gerede als einen Riesenhumbug entlarvten, gab es in Hülle und Fülle – es gab ihrer so viele, daß das Spielchen wahrhaftig jeden Sinn verlor. Pirx, in der neunten Flugstunde zu Gott weiß was für Denkkombinationen aufgelegt, mußte sich angesichts all dieser unumstrittenen nüchternen Tatsachen regelrecht Gewalt antun, um wenigstens für einen kurzen

Augenblick dämonische Sternenwesen in seiner Phantasie unterzubringen.

Von Zeit zu Zeit, wenn ihn trotz der fehlenden Schwerkraft die ständig gleiche Körperhaltung zu ermüden begann, veränderte er die Neigung des Sessels, an den er gefesselt war, sah mal nach rechts, mal nach links, wobei er, was vielleicht sonderbar erscheinen mag, die dreihundertelf Zeiger, Kontrollämpchen, pulsierenden Scheiben und Uhren gar nicht bemerkte, denn sie waren für ihn das, was für einen normalen Sterblichen die Züge eines vertrauten Gesichts sind – man kennt es so gut und so lange, daß man nicht erst zu beobachten braucht, wie sich darin der Mund verzieht oder die Lider öffnen, und man muß nicht erst auf der Stirn nach Falten suchen, um zu wissen, was es ausdrückt. Genauso verschmolzen also die Uhren und Kontrollämpchen vor Pirxens Augen zu einem Ganzen, das ihm sagte, daß alles in Ordnung sei. Als er dann den Kopf wieder nach vorn wandte, erblickte er die beiden vorderen Sternenbildschirme und dazwischen sein eigenes Gesicht, das von dem bauchigen, teilweise Stirn und Kinn bedeckenden gelben Helm eingerahmt war.

Zwischen den beiden Bildschirmen befand sich ein Spiegel, nicht allzu groß, aber so angebracht, daß der Pilot darin nur sich selbst sah, sonst nichts. Man wußte nicht recht, wozu dieses Ding eigentlich da war. Das heißt, man wußte es schon, aber die klugen Argumente, die für das Vorhandensein besagten Spiegels sprachen, überzeugten kaum jemanden. Er war eine Erfindung der Psychologen. Der Mensch, so behaupteten sie, obgleich das ziemlich merkwürdig klingt, hört manchmal auf, seine geistige und seelische Verfassung zu überwachen, vor allem wenn er längere Zeit in der Einsamkeit zubringt. In solchen Situationen kann es mir nichts, dir nichts passieren, daß er in eine gewisse hypnotische Starre gerät oder offenen Auges in einen traumlosen Schlaf versinkt, aus dem er nicht immer rechtzeitig erwacht. Andere wiederum fallen mitunter Gott weiß woher kommenden Sinnestäuschungen oder Angstzuständen zum Opfer oder geraten in einen heftigen Erregungszustand – und ein probates Mittel gegen all diese Anwandlungen bestehe in der Kontrolle der eigenen Physiognomie. Daß es nicht gerade angenehm war, sein eigenes Gesicht viele Stunden lang wie eingemauert vor sich zu haben und notgedrungen jeden Ausdruck darin verfolgen zu müssen, stand auf einem anderen Blatt. Aber davon wußte kaum jemand, außer den Piloten der Patrouillenraketen. Meistens fing so etwas ganz harmlos an: Man verzog leicht das Gesicht, lächelte seinem eigenen Spiegelbild zu, schnitt eine Fratze, und dann folgten Schlag auf Schlag immer scheußlichere Grimassen. So geht es einem, wenn sich eine derart widernatürliche Situation über Gebühr in die Länge zieht.

Pirx machte sich zum Glück herzlich wenig aus seinem Äußeren, im Gegensatz zu anderen. Zwar hatte es niemand nachgeprüft – dies war einfach nicht möglich –, aber man erzählte sich, daß manche in einem Anfall von Stumpfsinn und Verblödung, die jedes schickliche Maß überstieg, schwer wiederzugebende Sachen anstellten – sie spuckten zum Beispiel ihr Spiegelbild an, und wenn die Scham sie packte, mußten sie natürlich etwas tun, was strengstens untersagt war, nämlich die Gurte abschnallen, aufstehen und in der Schwerelosigkeit zum Spiegel laufen oder vielmehr schwimmen, um ihn vor der Landung noch einigermaßen sauberzukriegen. Manche behaupteten sogar steif und fest, daß dem Piloten Würtz, der seine Rakete dreiunddreißig Meter tief in die Betonplatte des Landeplatzes gewuchtet hatte, nur zu spät eingefallen wäre, rechtzeitig den Spiegel abzuwischen – er hätte diese Arbeit erst in Angriff genommen, als er sich schon in der Atmosphäre befand.

Pilot Pirx hatte so etwas noch nie getan; er hatte, was

wichtiger war, auch nie die geringste Versuchung gespürt, den Spiegel anzuspucken, obwohl der feste Vorsatz, dieser Anfechtung zu trotzen, angeblich zu heftigen inneren Kämpfen führen konnte, was nur den lächerlich anmutete, der noch nie mutterseelenallein auf Patrouille war. Pirx hatte es bisher noch immer, selbst während der gräßlichsten Langeweile, fertiggebracht, schließlich doch noch etwas auszuknobeln, und um dieses Etwas wickelte er dann alle anderen verworrenen und unklaren Gefühle und Gedanken, wie einen langen, verfilzten Faden um einen harten Bolzen.

Die Uhr – der gewöhnliche Chronometer – zeigte elf Uhr nachts. In dreizehn Minuten würde Pirx sich auf dem Abschnitt seiner Umlaufbahn befinden, der am weitesten von der Sonne entfernt war. Er räusperte sich ein paarmal, um das Mikrofon zu überprüfen, trug dem Kalkulator aufs Geratewohl auf, die vierte Wurzel aus 876998341056396 zu ziehen, warf aber nicht einen einzigen Blick auf das Ergebnis, das der Automat, der die kleinen Ziffern nervös durch seine Fensterchen schnurren ließ, in Windeseile ausspuckte, als hinge sonstwas davon ab. Er erging sich in folgenden Gedanken: Nach der Landung würde er zuerst ganz lässig die Handschuhe aus der Raketenluke werfen, dann würde er sich eine Zigarette anstecken, in die Messe gehen und sich was Gebrutzeltes bestellen, was Scharfes, mit rotem Paprika, dazu ein großes Helles, er trank nämlich gern Bier.

In diesem Augenblick bemerkte er den kleinen Lichtfleck. Er schielte nur mit einem Auge auf den linken vorderen Bildschirm, denn im Geiste war er bereits in der Messe, ja, er schnupperte schon den lieblichen Duft frischer Bratkartoffeln, die extra für ihn zubereitet wurden, und dennoch – das Lichtpünktchen war kaum mitten ins Bild gewandert, da spannte er so sehr die Muskeln an, daß er ohne die Gurte garantiert vom Sessel geschnellt wäre. Der

Bildschirm hatte ungefähr einen Durchmesser von einem Meter und sah aus wie ein schwarzer Schacht – ziemlich genau in der Mitte leuchtete das Rho des Schlangenträgers, und in der Milchstraße klaffte ein doppelter dunkler Spalt, der bis an den Rand des Schirms reichte. Zu beiden Seiten schien alles wie mit Sternenpulver bestreut. In dieses reglose Bild glitt langsam ein einziger Lichtpunkt, der aber wesentlich besser zu erkennen war als jeder Stern. Nicht, daß er besonders hell gewesen wäre – Pirx bemerkte ihn deshalb sofort, weil er sich bewegte.

Man kann im Raum bewegliche Lichtpunkte antreffen – die Positionslichter von Raketen. Normalerweise jedoch werden diese Lichter nicht eingeschaltet, es geschieht nur auf besondere Aufforderung über Funk, zum Zwecke der Identifizierung. Alle Raumkörper haben ihre speziellen Positionslichter – Passagierschiffe, Gütertransporte, die schnellen ballistischen Raketen, Patrouillenschiffe, Raketen des kosmischen Dienstes, Tanker und so weiter. All diese Lampen sind an den unterschiedlichsten Stellen angebracht und haben die verschiedensten Farben – mit einer einzigen Ausnahme: Weiß. Mit weißen Positionslichtern sind die Raketen deshalb nicht ausgestattet, damit man sie von den Sternen unterscheiden kann. Fliegen nämlich zwei Schiffe dicht hintereinander, so könnte das weiße Licht des ersten den Eindruck erwecken, als bewege es sich nicht. Das aber muß vermieden werden, weil andernfalls die Gefahr besteht, daß der Pilot irregeführt wird.

Der kleine Punkt, der träge ins Bild kroch, war jedoch schneeweiß, und Pirx hatte das Gefühl, die Augen müßten ihm aus den Höhlen treten. Aus Angst, den Lichtfleck aus dem Blickfeld zu verlieren, wagte er nicht, mit den Wimpern zu zucken. Als ihm schließlich die Lider brannten, blinzelte er – aber alles blieb unverändert. Der weiße Punkt glitt seelenruhig über den Schirm, nur noch ein Dutzend Zentimeter trennten ihn vom gegenüberliegenden

Rand. Eine Minute noch, und er würde aus seinem Gesichtskreis verschwinden.

Ohne noch einmal die Hilfe der Augen in Anspruch zu nehmen, packten seine Hände ganz von selbst die richtigen Hebel. Der Reaktor, der bisher im Leerlauf gearbeitet hatte, gab, jäh aufgeschreckt, blitzartig Schub. Die Beschleunigung drückte Pirx tief in den Schaumgummisessel. Auf den Leuchtschirmen gerieten die Sterne in Bewegung, die Milchstraße flog schräg nach unten wie eine wirkliche Straße aus Milch, dafür rührte sich nun das Pünktchen nicht mehr vom Fleck – der Bug der Rakete nahm es genau aufs Korn und stieß zu wie die Nase eines Jagdhundes, der einen Rebhuhnschwarm im Gebüsch aufstöbert. Tja, gelernt war gelernt!

Das Manöver dauerte keine zehn Sekunden.

Bislang hatte Pilot Pirx keine Zeit zum Überlegen gefunden, und nun erst fiel es ihm wie Schuppen von den Augen: Das, was er da sah, mußte eine Halluzination sein, weil es so etwas gar nicht gab. Dieser Gedanke machte ihm alle Ehre. Im allgemeinen vertrauen die Menschen ja vorbehaltlos ihren eigenen Sinnen, und wenn sie auf der Straße einem verstorbenen Bekannten begegnen, sind sie eher geneigt anzunehmen, er sei von den Toten auferstanden, als an ihrem eigenen Verstand zu zweifeln.

Pirx ließ die Hand an der Außentasche der Sesselverkleidung verschwinden, angelte ein kleines Flakon hervor, steckte sich die beiden Glasröhrchen in die Nase und tat einen tiefen Atemzug, der ihm die Tränen in die Augen trieb. Psychran war angeblich imstande, sogar Jogis aus ihren kataleptischen Posen und Heilige aus ihren Visionen zu reißen. Das Lichtpünktchen in der Mitte des linken Bildschirms flimmerte jedoch weiterhin vor seinen Augen. Nun, da er seiner Pflicht nachgekommen war, steckte er das Fläschchen an seinen Platz zurück, führte ein leichtes Steuermanöver durch, und als er sich vergewissert hatte, daß er dem Punkt auf konvergierendem Kurs folgte, blickte er auf den Radarschirm, um die Entfernung bis zu diesem leuchtenden Körper abzuschätzen.

Und dabei erlitt er den zweiten Schock: Die Leuchtscheibe des Meteorradars war leer. Der grünliche Leitstrahl, leuchtend wie ein unter starker Insolation stehender Phosphorstreifen, lief immer rund um die Scheibe, immer rundherum, und wies nicht den kleinsten Lichtschimmer auf. Nichts, rein gar nichts!

Pirx verstieg sich natürlich nicht zu der Annahme, er hätte einen Geist mit einem Heiligenschein vor sich. Er glaubte überhaupt nicht an Geister, obgleich er in gewissen Situationen manchen Frauen davon erzählte – um Spiritismus handelte es sich in solchen Fällen allerdings nicht.

Er war ganz einfach der Meinung, es sei kein toter Raumkörper, dem er da nachjagte, denn diese Körper reflektierten in jedem Fall die gebündelten Radarstrahlen. Nur künstlich hergestellte und mit einer Spezialsubstanz überzogene Gegenstände, die die Zentimeterwellen absorbierten, löschten und zerstreuten, gaben kein optisches Echo.

Pilot Pirx räusperte sich und sagte gemessen, wobei er deutlich spürte, wie sein auf und ab rutschender Adamsapfel einen leichten Druck auf das daran befestigte Laryngophon ausübte: *Patrouillen-AMU einhundertelf an fliegendes Objekt im Sektor tausendeinhundertzwei Komma zwei auf Approximativkurs nach Sektor tausendvierhundertvier mit weißem Positionslicht! Bitte um CQD-Angabe. Bitte um CQD-Angabe. Schalte auf Empfang.*

Dann harrte er der Dinge, die da kommen sollten.

Sekunden und Minuten vergingen – keine Antwort. Statt dessen bemerkte Pirx, daß der Lichtpunkt blasser wurde, sich folglich von ihm entfernte. Der Radarentfernungsmesser schied ja aus, aber als Reserve führte er außerdem einen, wenn auch primitiven, optischen Entfernungsmesser mit. Er streckte das eine Bein weit vor und drückte aufs Pedal. Das Gerät kam von oben heruntergefahren, es glich einem Fernrohr. Pirx zog es mit der linken Hand an die Augen und begann die Schärfe einzustellen.

Im Handumdrehen hatte er das Pünktchen im Objektiv – und noch ein bißchen mehr. Es wuchs und nahm die Größe einer Erbse an, die man aus einer Entfernung von fünf Metern betrachtet; für Raumverhältnisse war es also geradezu riesig. Hinzu kam, daß über seine runde, ein wenig abgeplattete Oberfläche langsam winzige dunkle Streifen von rechts nach links hinwegglitten, als bewegte jemand dicht vor dem Objektiv des Entfernungsmessers ein dickes schwarzes Haar hin und her. Diese dunkleren Stellen waren ebenso verschwommen und undeutlich, aber die Richtung blieb unverändert – sie zogen unaufhörlich von rechts nach links.

Pirx drehte am Regler, aber der Lichtfleck ließ sich beim besten Willen nicht näher heranholen. Also halbierte er ihn mit einem speziell für diese Zwecke vorgesehenen zweiten Prisma und verschob die beiden Hälften so lange, bis sie einander genau überlagerten. Als er das geschafft hatte, warf er einen Blick auf die Skala und erstarrte zum drittenmal.

Das leuchtende Objekt war nur vier Kilometer von der Rakete entfernt!

Das war vergleichsweise ein Abstand von nur fünf Millimetern zwischen zwei mit hoher Geschwindigkeit dahinrasenden Rennwagen. Im Raum war eine solche Annäherung ebenso unzulässig wie gefährlich.

Pirx blieb nicht mehr viel zu tun. Er richtete den Zeiger der Außenthermodampfapparatur auf den Punkt aus, stellte per ferngesteuertem Hebel den Sucher ein, bis er sich genau mit dem milchig weißen Fleck deckte, und schielte blitzschnell nach dem Ergebnis: 24 Grad Kelvin.

Das hieß, daß der Lichtpunkt die Temperatur des kosmischen Vakuums hatte – 24 Grad über dem absoluten Nullpunkt.

Eigentlich war er nun schon ganz sicher, daß der Fleck gar nicht leuchten, sich erst recht nicht bewegen, ja überhaupt nicht existieren konnte; weil dieser ihm aber dicht vor der Nase schwebte, setzte er die Verfolgungsjagd fort.

Der Fleck verblaßte immer mehr. Eine Minute darauf konstatierte Pirx, daß sich der Punkt schon um hundert Kilometer entfernt hatte und daß seine Geschwindigkeit weiter zunahm.

Dann geschah das Allermerkwürdigste.

Der Lichtfleck ließ ihn zunächst wieder herankommen. Pirx hatte ihn erst 80, dann 70, 50 und schließlich 30 Kilometer vor dem Bug, doch bald schoß er wieder davon. Pirx steigerte die Geschwindigkeit auf 75 Kilometer pro Sekunde. Das Pünktchen machte 76. Pirx erhöhte abermals den Schub, aber diesmal nicht in Raten – er ließ »halbe Kraft« in die Düsen, und es schleuderte ihn vorwärts. Die dreifache Erdschwere preßte ihn in die Sesselpolster. Eine AMU-Rakete hatte eine kleine Ruhemasse, sie beschleunigte wie ein Rennwagen. Wenig später machte er schon 140 Kilometer pro Sekunde.

Das Pünktchen flog 140,5.

Pilot Pirx spürte, wie ihm heiß wurde. Er gab vollen Schub. Die AMU III klirrte wie die angerissene Saite eines Zupfinstruments. Der Zeiger des Tachometers, der die Geschwindigkeit zu dem unbeweglichen Sternengewölbe in Beziehung setzte, kletterte rasch in die Höhe: 155... 168... 177... 190... 200.

Bei 200 sah Pirx auf den Entfernungsmesser, eine Leistung, die einem Zehnkämpfer alle Ehre gemacht hätte, denn die Beschleunigung betrug 4 g.

Der Fleck rückte merklich näher, er wuchs. Pirx hatte ihn erst ein Dutzend, dann zehn und schließlich sechs Kilometer vor sich. Noch einen Augenblick und die Entfernung betrug nur noch drei Kilometer. Der Punkt war jetzt größer als eine Erbse auf der ausgestreckten Hand. Noch immer huschten die verschwommenen dunklen Streifen darüber hinweg. Der Lichtschein war Sternen zweiter Größenordnung vergleichbar, nur daß er kein Punkt war wie die Sterne, sondern eine Scheibe.

Die AMU III gab ihr Letztes. Pirx war stolz auf sie. In der kleinen Steuerkanzel geriet nichts in Schwingung. Nicht die leiseste Erschütterung, auch nicht bei dem Sprung auf volle Schubkraft! Der Rückstoß war ideal in der Achse, die Politur der Düsen großartig, der Reaktor zog wie der Teufel selber.

Die Lichtscheibe näherte sich noch immer, nun allerdings nur langsam. Als sie bis auf zwei Kilometer heran war, begann Pirx fieberhaft zu überlegen.

Die Geschichte war ausgesprochen sonderbar. Das Licht stammte von keinem Schiff der Erde. Raumpiraten? Er mußte lachen. Die gab es nicht, was hätten sie auch hier zu suchen gehabt, in einem Sektor, der leerer war als ein altes Faß? Der Lichtfleck bewegte sich in weiten Grenzen mit hoher Geschwindigkeit, er beschleunigte ebenso scharf, wie er bremste. Willkürlich rückte er Pirx aus, und nun dagegen ließ er sich langsam einholen. Und das paßte Pirx am allerwenigsten. So benimmt sich ein Köder! durchfuhr es ihn. Ein Wurm am Haken beispielsweise, direkt vorm Maul des Fisches.

Natürlich fiel ihm sofort der Haken ein.

Warte, Freundchen! sagte er sich und bremste ohne Übergang, als sei ein Planetoid vor ihm aufgetaucht, obwohl der Radarschirm nach wie vor leer war und die Bildschirme schwiegen. Obschon er instinktiv den Kopf einzog und aus Leibeskräften das Kinn auf die Brust preßte, wobei er gleichzeitig spürte, wie der Automat schlagartig zusätzlichen komprimierten Sauerstoff in seinen Schutzanzug preßte, um den Schock der Dezeleration auszugleichen

– obschon er all dies tat, waren seine Sinne eine ganze Weile umnebelt.

Der Zeiger des Schweremessers war auf minus 7 g gerutscht, er zitterte und kroch langsam wieder auf minus 4 zurück. Die AMU III hatte beinahe ein Drittel der Geschwindigkeit eingebüßt und flog jetzt nur noch 145 Kilometer pro Sekunde.

Wo war das Pünktchen? Einen Moment lang bangte er schon, er hätte es ein für allemal verloren. Nein, da war es! Aber sehr weit weg. Der optische Sucher zeigte eine Entfernung von 240 Kilometern an. Die AMU legte in 2 Sekunden mehr zurück. Demnach mußte auch der Fleck sofort nach seinem Manöver die Geschwindigkeit plötzlich reduziert haben.

Und da fiel es ihm mit einemmal wie Schuppen von den Augen – später wunderte er sich selbst, warum er nicht schon früher daraufgekommen war: daß er hier jenes rätselhafte Etwas vor sich hatte, dem auch Thomas und Wilmer auf ihren Patrouillenflügen begegnet waren.

An eine Gefahr hatte er bisher überhaupt nicht gedacht, doch nun packte ihn die Angst. Er überwand sie schnell wieder. Natürlich, so etwas konnte es gar nicht geben – wenn es nun das Licht eines fremden, eines außerirdischen Raumschiffes war? Der Lichtfleck rückte wieder merklich näher, drosselte die Geschwindigkeit, nun lag er 60, 50, 30 Kilometer vor ihm. Pirx erhöhte ein wenig den Schub und war verblüfft, wie ruckartig der Fleck zunahm – er war wieder ganz nahe und hing ihm in zwei Kilometer Entfernung vor dem Bug. Auf der anderen Sesselseite steckte in einer Tasche ein Fernrohr, ein Nachtglas mit vierundzwanzigfacher Vergrößerung. Es wurde nur in Ausnahmefällen benutzt, bei defektem Radarschirm zum Beispiel oder wenn man sich an einen Satelliten von der dunklen Seite heranpirschen mußte. Jetzt leistete es ihm gute Dienste. Die Vergrößerung war so stark, daß er den Punkt knapp hundert Meter vor sich hatte. Es war eine kleine Scheibe, weiß wie Milch, aber auch wäßrig wie Milch, kleiner als die Mondscheibe, von der Erde aus gesehen. Dunkle senkrechte Streifen glitten darüber hinweg. Wenn das Gebilde die Sterne verdeckte, verschwanden diese nicht sofort, sondern erst nach einer Weile, als sei der Rand der Scheibe etwas dünnflächiger und poröser als das Mittelstück.

Aber rund um die Scheibe verhüllte nichts das Licht der Sterne. Pirx hätte mit diesem Fernrohr ein Objekt von der Größe einer Schublade auf hundert Meter Entfernung ausgemacht. Aber es war nichts zu sehen. Nicht die Spur von einem Raumschiff. Die kleine Scheibe war weder ein Positions- noch ein Hecklicht. Ganz bestimmt nicht.

Sie war ganz einfach ein selbständig fliegender weißer Lichtfleck.

Es war zum Verrücktwerden.

Pirx hatte das unwiderstehliche Verlangen, auf den Milchfleck zu schießen. Das wäre nicht leicht zu bewerkstelligen gewesen, denn die AMU III hatte keinerlei Waffen an Bord. Die Dienstordnung sah den Gebrauch von Waffen nicht vor, und Pirx besaß nur zwei Dinge, die er aus der Kabine abfeuern konnte: sich selbst und eine kleine Ballonsonde. Die Patrouillenschiffe waren so gebaut, daß sich der Pilot in einer hermetisch abgeschlossenen Schutzkapsel herauskatapultieren konnte. Er tat das nur im Ernstfall, und natürlich hatte er, wenn er sich einmal aus der Rakete geschleudert hatte, keine Möglichkeit mehr, zu ihr zurückzukehren. Blieb also nur die Ballonsonde, eine sehr simple Konstruktion: ein dünnwandiger, leerer Gummiballon, so fest zusammengerollt, daß er einem Speer ähnelte. Er war mit einer Aluminiumlegierung überzogen, damit man ihn gut erkennen konnte. Mitunter war kein rechter Verlaß auf die Angaben des Aerodynameters, und man wußte nicht, ob man schon im Begriff war, in die Atmosphäre des Planeten einzutreten. Der Pilot mußte schließlich wissen – das war das Allerwichtigste –, ob das verdünnte Gas sich direkt vor ihm ausbreitete, dort, wohin er flog. Deshalb warf er den Ballon ab, der sich automatisch füllte und mit einer Geschwindigkeit bewegte, die etwas über der des Raumschiffs lag. Selbst aus fünf, ja aus sechs Kilometern sah man ihn als kleinen hellen Fleck. Geriet er in ein Gas, es mochte noch so dünn sein, dann erhitzte er sich durch die Reibung und platzte. Das war für den Piloten das Zeichen, daß er mit dem Bremsmanöver beginnen mußte. Pirx bemühte sich, den Bug auf die verschwommene kleine Scheibe zu richten. Messungen mit dem Radarschirm konnte er nicht vornehmen, also benutzte er den optischen Sucher.

Einen so kleinen Körper aus beinahe zwei Kilometern zu treffen war ungemein schwierig. Dennoch versuchte er es, aber das Scheibchen entzog sich seinem Beschuß. Sooft er sich auch bemühte, den Bug der AMU durch ein leichtes Manöver mit der Wendedüse auszurichten, jedesmal rutschte die Scheibe seelenruhig zur Seite und tauchte dann plötzlich abermals vor ihm auf – mitten auf dem linken Bildschirm. Diesen Trick wandte sie viermal hintereinander an, von Mal zu Mal etwas schneller, als wenn sie seine Absicht immer besser durchschaute. Sie wünschte es offenbar nicht, daß der Bug der AMU sie direkt anvisierte, deshalb flog sie mit minimaler seitlicher Abweichung.

Es mutete geradezu phantastisch an: Um die winzige Drehung seines Bugs aus zwei Kilometer Entfernung zu registrieren, hätte die Scheibe über ein gigantisches Teleskop verfügen müssen, von dem allerdings nichts zu entdecken war. Dennoch erfolgten ihre Ausweichmanöver mit einer Verzögerung von höchstens einer halben Sekunde.

Pirx' Erregung nahm zu. Er hatte nun alles getan, was in seinen Kräften stand, um dieses unheimliche fliegende Objekt zu identifizieren, und war nicht um einen Deut weitergekommen. Und während er so reglos dasaß und seine Hände an den Schalthebeln zu erstarren begannen, durchfuhr ihn plötzlich der Gedanke, daß es den anderen genauso ergangen sein mußte. Sie waren diesem Lichtpünktchen begegnet, hatten versucht, seine Kennzeichen zu erfahren, in dem Glauben, irgendein merkwürdiges Schiff vor sich zu haben, und als sie keine Antwort erhalten hatten, waren sie ihm nachgejagt, immer schneller. Sicherlich hatten sie gleich ihm den Fleck durch das Fernrohr untersucht und die zarten dunklen Streifen darauf bemerkt, womöglich hatten sie sogar die Ballonsonden abgeschossen. Und dann hatten sie etwas getan, was ihnen die Rückkehr unmöglich machte.

Als ihm bewußt wurde, daß ihn bald dasselbe Schicksal ereilen würde, packte ihn nicht Angst, sondern Verzweiflung. Es war wie in einem Alptraum; eine Weile wußte er nicht mehr, wer er eigentlich war – Pirx, Wilmer oder Thomas. Denn damals mußte sich haargenau dasselbe abgespielt haben, da gab es nicht den geringsten Zweifel. Er saß wie gelähmt, von der entsetzlichen Gewißheit erfüllt, daß es keine Rettung mehr gab. Das Furchtbare war, daß er nicht die leiseste Ahnung hatte, von wo ihm eigentlich Gefahr drohte… Der Raum war ja leer…

War er es wirklich?

Ja, der Sektor war leer, aber Pirx hatte das Pünktchen doch über eine Stunde verfolgt und eine Geschwindigkeit von zweihundertdreißig Kilometern pro Sekunde entwikkelt. Vielleicht, nein, sogar höchstwahrscheinlich befand er sich nun dicht am Rande des Reviers oder hatte die Grenze womöglich schon überschritten. Was kam danach? Der nächste Sektor, Nummer 1009, und weitere anderthalb Trillionen Kilometer Leere. Leere von allen Seiten, Millionen und aber Millionen von Kilometern nichts, nur Leere – und zwei Kilometer vor seinem Bug tanzte ein weißes Pünktchen.

Pirx strengte seinen Geist an: Was hatten sie jetzt wohl gemacht, gerade jetzt – Wilmer und Thomas? Denn er, Pirx, mußte etwas völlig anderes tun. Sonst gab es auch für ihn keine Wiederkehr.

Er betätigte noch einmal die Bremsen. Der Zeiger bebte. Er flog immer langsamer, hatte nur noch 30, 22, 13, 5 Kilometer pro Sekunde. Nur noch 0,9. Und dann nur noch wenige Meter, der Zeiger schwankte leicht über Null. Laut Reglement hatte er den Flug gestoppt. Im Raum hatte man immer irgendeine Geschwindigkeit – stets in Beziehung zu etwas. Wie angewurzelt stehenbleiben konnte man nicht.

Das Lichtpünktchen wurde kleiner. Es fiel immer weiter zurück, verblaßte mehr und mehr, dann hörte es plötzlich auf zu schrumpfen, nahm zu, wurde allmählich wieder größer, bis es auf einmal anhielt, genauso wie er. Zwei Kilometer von seinem Bug entfernt.

Was hätten Wilmer und Thomas *nicht* getan? Was hätten sie *garantiert* nicht getan? Sie hätten vor so einem winzigen, lausigen, idiotischen Lichtpünktchen, vor so einem blöden, milchigen Fleckchen bestimmt nicht die Flucht ergriffen!

Er wollte nicht wenden, denn bei diesem Manöver würde er die kleine Scheibe aus den Augen verlieren, und dann hätte er sie am Heck, und es war schwer zu verfolgen, was am Heck passierte – dazu mußte man den Kopf nach dem Seitenbildschirm verrenken. Nein, am Heck mochte er sie nicht haben, er wollte sie ohne Unterlaß deutlich und greifbar vor sich sehen. Er flog also rückwärts und benutzte die Bremsdüsen als Antrieb. So etwas mußte gelernt sein, das gehörte zu den Elementarbegriffen der Steuertechnik. Er hatte minus 1 g, minus 1,6 g, minus 2, die Rakete lag nicht so ideal wie bei normalem Schub. Der Bug neigte sich ein wenig zur Seite – die Bremswerke waren dazu da, um den Flug zu verlangsamen, und nicht, um das Raumschiff anzutreiben.

Das Pünktchen schien zu schwanken. Für wenige Sekunden blieb es, kleiner werdend, im Raum zurück. Es verdeckte ein Weilchen das Alpha des Eridanus, gab es dann frei, hüpfte zwischen ein paar kleinen, namenlosen Sternen hindurch und – raste Pirx wieder hinterher.

Es ließ sich nicht abhängen.

Immer mit der Ruhe, dachte Pirx, was kann das Biest mir schon anhaben? Dieser kleine, flimmernde Dreckspunkt soll mir gestohlen bleiben. Ich bin hier auf Sektorpatrouille. Hol ihn der Teufel.

Das dachte er zwar, aber natürlich verlor er das Pünktchen nicht aus den Augen. Seit er es zum erstenmal gesichtet hatte, waren schon beinahe zwei Stunden vergangen. Die Augen brannten ihm und tränten. Er riß sie so weit wie möglich auf und flog noch immer mit dem Heck voran. Sehr schnell konnte man so nicht fliegen. Das Bremswerk war für eine kontinuierliche Arbeit nicht eingerichtet. So bewegte er sich also mit acht Kilometern pro Sekunde und geriet ins Schwitzen.

Seit geraumer Zeit schon hatte er das Gefühl, daß mit seinem Hals etwas nicht stimmte; ihm war, als zöge ihm jemand mit der Pinzette die Haut unterm Kinn nach unten, auf den Brustkasten, und die Mundhöhle wurde ihm ganz trocken. Er achtete nicht sonderlich darauf, schließlich hatte er den Kopf mit anderen Dingen voll. Dann wurde ihm ein paarmal ziemlich mulmig, er konnte die Lage seiner Arme nicht mehr kontrollieren. Die Beine spürte er noch. Das rechte drückte aufs Bremspedal.

Er versuchte, die Arme zu heben, weil er das Lichtpünktchen nicht aus den Augen lassen wollte. Es sah aus, als wäre es näher gerückt, auf 1,9, vielleicht auch auf 1,8 Kilometer. Würde es ihn einholen? Er wollte einen Arm heben, dann den anderen – es gelang ihm nicht. Nicht, daß er es nicht gekonnt hätte – nein, er spürte seine Arme überhaupt nicht mehr, als existierten sie gar nicht. Da wollte er sie betrachten, aber sein Nacken rührte sich nicht. Er war steif und hart wie Holz.

Panisches Entsetzen packte ihn. Warum hatte er bisher noch immer nicht das getan, was längst seine heilige Pflicht gewesen wäre? Warum hatte er nicht sofort, als er dem Pünktchen begegnet war, über Funk die Basis gerufen und Meldung erstattet?

Weil er sich schämte. Wilmer und Thomas hatten sich bestimmt auch geschämt. Er konnte sich gut vorstellen, wie die Leute in der Abhörkabine sich den Bauch halten würden vor Lachen. Lichtpünktchen! Ein weißes Lichtpünktchen, das erst Reißaus nimmt und dann die Rakete verfolgt! So etwas hatte gerade noch gefehlt! Nein, beim besten Willen! Sie hätten ihm geraten, sich ins Ohr zu kneifen und aufzuwachen.

Doch nun war ihm alles egal – er sah ein letztes Mal auf den Leuchtschirm und sagte: *Patrouillen-AMU III an Basis…*

Das heißt, er wollte es sagen, doch er konnte nicht. Die Worte blieben ihm in der Kehle stecken, und nur ein unartikuliertes Stammeln kam über seine Lippen. Da nahm er alle Kraft zusammen, und ein Brüllen drang aus seinem Munde. Zum erstenmal glitt sein Blick vom Sternenbildschirm und fiel auf den Spiegel. Vor ihm, im Pilotensessel, im runden gelben Helm, hockte ein Scheusal.

Es hatte riesige, verquollene, hervorstehende Augen, von tödlichem Entsetzen geweitet, und ein breitgezerrtes, nach unten flappendes Froschmaul, in dem sich eine dunkle Zunge hin und her wälzte. Anstelle des Halses hingen seltsame, gespannte Saiten an ihm herab, die unablässig zuckten und bebten, so daß der Unterkiefer dazwischen verschwand, und dieses Ungeheuer mit der grauen, zusehends anschwellenden Larve brüllte und brüllte.

Er versuchte, die Augen zu schließen – umsonst. Er probierte, wieder zurück auf den Bildschirm zu sehen – umsonst. Die Mißgestalt, an den Sessel gefesselt, sträubte und bäumte sich, als wollte sie die Gurte sprengen.

Pirx betrachtete das Scheusal, weil er zu nichts anderem fähig war. Erschütterungen irgendwelcher Art empfand er nicht. Er merkte nur, daß er keine Luft bekam, daß es ihn würgte und daß er mit dem Tode rang.

Von irgendwoher, ganz aus der Nähe, hörte er ein gräßliches Zähneknirschen. Nun hatte er vollends seinen Geist aufgegeben, er wußte nichts mehr, hatte keine Arme, ja keinen Körper mehr, nur das eine Bein war noch da, das auf das Bremspedal drückte. Er registrierte, daß er nur noch über seine Sehkraft verfügte, aber sein Blick wurde immer trüber, und vor seinen Augen begannen viele winzige weiße Pünktchen zu wirbeln. Er bewegte das Bein. Es schlotterte. Er hob es an und senkte es wieder. Das Ungeheuer im Spiegel war aschfahl, Schaum stand ihm vorm Maul. Die Augen waren nun gänzlich aus den Höhlen getreten. Er wurde von Zuckungen geschüttelt.

Da tat er das einzige, was ihm noch zu tun übrigblieb. Er holte mit dem Bein Schwung, schnellte es nach vorn und rammte sich mit voller Wucht das Knie ins Gesicht. Er verspürte einen entsetzlichen, bohrenden Schmerz im Mund, Blut rann ihm das Kinn hinunter, er sah nichts mehr.

»Aaaaaah!« röchelte er. »Aah!«

Es war seine Stimme.

Der Schmerz war plötzlich wie weggeblasen, wieder spürte er gar nichts. Was war geschehen? Wo war er? Nichts! Nirgendwo! Er zerschlug und malträtierte mit dem Knie sein Gesicht und holte wie besessen immer von neuem aus: Das Brüllen brach ab. Er vernahm seinen eigenen gurgelnden Schrei, im Blut erstickt.

Jetzt hatte er wieder Arme. Sie waren wie aus Holz und schmerzten bei jeder Bewegung so fürchterlich, als seien alle Muskelfasern gerissen, aber er konnte sie rühren. Mit starren Fingern tastete er nach den Gurten und schnallte sie ab, dann krallte er sich in die Sessellehne und stand auf. Seine Beine zitterten, sein ganzer Körper war wie gerädert. Er ergriff das Seil, das schräg durch den Steuerraum gespannt war, und taumelte zum Spiegel. Mit beiden Händen stützte er sich am Rahmen.

Im Spiegel stand der Pilot Pirx.

Das Gesicht war nicht mehr aschfahl, sondern blutbesudelt, die Nase eingeschlagen und geschwollen. Blut sikkerte aus dem zerschlagenen Mund. Die Wangen waren noch blau unterlaufen und gedunsen, unter den Augen wölbten sich schwarze Wülste, am Hals zuckte es noch immer unter der Haut, aber langsam verebbte es schon. Ja, das war er – Pirx. Er brauchte lange, um sich das Blut vom Kinn zu reiben, er spuckte, hustete, atmete tief und fühlte sich schwach und hilflos wie ein Kind.

Dann wandte er sich ab und sah auf den Schirm. Das Schiff flog nach wie vor rückwärts, aber bereits ohne Schub. Allein durch den Schwung. Die kleine weiße Scheibe schwebte hinter ihm am Bug, in einer Entfernung von 2 Kilometern.

Pirx hangelte sich am Seil entlang zum Sessel zurück. Er konnte keinen klaren Gedanken fassen.

Seine Hände begannen zu zittern – erst jetzt, aber das war die übliche Schockwirkung, er kannte das, es schreckte ihn nicht. Dicht vor dem Sessel hatte sich etwas verändert...

Die Kassette des automatischen Senders war oben eingebeult. Er stieß gegen den Deckel, der fiel herunter. Lauter zertrümmerte Teile. Wie hatte das geschehen können? Offenbar hatte er selbst dem Sender einen Tritt versetzt. Aber wann?

Er sank in den Sessel, schaltete die Düsen ein und setzte zur Wendung an.

Die weiße Scheibe geriet ins Schwanken, schwebte über den Bildschirm und erreichte seinen Rand, aber statt zu verschwinden, prallte sie ab wie ein Gummiball und kehrte in die Mitte des Schirms zurück!

»Du Miststück!« schrie er voller Haß und Ekel.

Und wegen so einem Drecksding wäre er um ein Haar selbst auf »stationäre Umlaufbahn« gegangen! Wenn das Pünktchen bei der Wendung weiterhin im Bild blieb, hieß das ganz einfach, daß es gar nicht existierte, daß es im Wiedergabegerät selbst erzeugt wurde! Der Leuchtschirm war schließlich kein Fenster, eine Rakete hatte ja gar keine Fenster. Sie besaß eine Fernsehempfangsanlage, und zwar außen. Im Panzer waren die Kameras installiert und innen die Verstärker, die die elektrischen Signale auf dem Bildschirm sichtbar machten. Waren sie etwa defekt? Durch welchen sonderbaren Umstand hätten sie wohl entzweigehen können? War bei den Raketen von Wilmer und Thomas der gleiche Fehler aufgetreten? Wie war das möglich? Und was war danach mit den beiden geschehen?

Im Augenblick hatte er Wichtigeres zu tun. Er schaltete den Havariesender ein.

Patrouillen-AMU einhundertelf an Basis, sagte er. *Befinde mich an Sektorengrenze eintausendneun Strich eintausendzehn, Äquatorzone, kehre um nach Havarie...*

Als Pirx sechs Stunden später auf der Erde landete, nahmen großangelegte Nachforschungen ihren Anfang, die einen ganzen Monat dauern sollten. Zuerst rückte man der Fernsehapparatur zu Leibe. Die neue, vervollkommnete Anlage war erst vor Jahresfrist in alle Patrouillenschiffe eingebaut worden und hatte sich glänzend bewährt. Nie hatte es auch nur den kleinsten Defekt gegeben.

Nach langen Bemühungen entdeckten die Elektroniker endlich die Ursache für die Entstehung des Lichtpünktchens. Das Vakuum in den Kathodenstrahlröhren für die Bildwiedergabe ließ nach etlichen tausend Betriebsstunden nach – und auf der Innenfläche des Schirms entstand eine Wanderladung, die sich als milchiger kleiner Fleck auf der

Lumineszenzschicht abbildete. Diese Ladung bewegte sich nach ziemlich komplizierten Gesetzmäßigkeiten im Innern. Wenn das Raumschiff mit großem Schub geradeaus flog, verteilte sie sich über eine etwas größere Fläche und wurde gleichsam auf der Innenwand des Leuchtschirms plattgedrückt – dann hatte man den Eindruck, das Lichtpünktchen nähere sich der Rakete. Beim Rückstoß glitt die Ladung in die Röhre zurück, und wenn sich die Beschleunigung stabilisiert hatte und konstant blieb, kehrte die Wanderladung allmählich wieder zum Schirm zurück. Sie konnte sich dort in alle Richtungen bewegen, aber meistens konzentrierte sie sich direkt im Zentrum – wenn nämlich die Rakete auf fester Umlaufbahn und ohne Schub dahinflog. Und so weiter und so fort – die Untersuchungen zogen sich in die Länge, sechsstufige Modelle veranschaulichten die Dynamik der Ladung. Überdies zeigte sich, daß stärkere Lichtsignale im Bereich der Elektronenröhre die Ladung zerstreuten. Sie konzentrierte sich nur dann, wenn die Intensität der von der Röhre empfangenen Impulse ausnehmend schwach war – so schwach wie eben im kosmischen Vakuum, in großer Entfernung von der Sonne. Es genügte, daß ein einziger Sonnenstrahl über den Leuchtschirm leckte, und die Ladung löste sich auf und verschwand für Stunden.

Ungefähr so viel stellten die Elektroniker fest – ein stattliches, mit mathematischen Formeln und Modellen gespicktes Buch war das Ergebnis. Darauf machten sich Ärzte und Psychologen, die verschiedensten Koryphäen auf dem Gebiet der Astroneurosen und Astropsychosen ans Werk. Und abermals nach vielen Wochen stellte sich heraus, daß die Wanderladung pulsierte – was man mit dem bloßen Auge als feine dunkle Streifen wahrnahm, die über die kleine Lichtscheibe rutschten. Die dichte Folge der Entladungen wiederum, die zu kurz waren, um einzeln vom Auge registriert zu werden, bildete den sogenannten

Teta-Rhythmus der Hirnrinde und schaukelte die Potentialschwankungen der Rinde so lange durcheinander, bis Symptome auftraten, die einem epileptischen Anfall ähnelten. Die absolute äußere Ruhe, das Fehlen jeglicher Reize, die des Lichtes ausgenommen, und das anhaltende, unbewegliche Starren auf den flackernden Lichtpunkt waren die Begleiterscheinungen, die einem derartigen Ausbruch besonders förderlich waren.

Die Fachleute, die das alles entdeckten, wurden natürlich berühmt. Die Elektroniker der ganzen Welt kennen heute den Ledieux-Harper-Effekt, der auf der Entstehung von Wanderladungen im hohen Kathodenstrahlvakuum beruht, und die Astrobiologen das komplexe ataktisch-katatonisch-klonische Nuggelheimer-Syndrom.

Die Person des Piloten Pirx wurde von der Wissenschaft totgeschwiegen, und nur sehr aufmerksame Zeitungsleser konnten aus den kleingedruckten Meldungen mancher Abendblätter erfahren, daß es ihm zu verdanken war, wenn keinem Piloten mehr das Geschick von Wilmer und Thomas drohte, die die Schubkraft ihrer Raumschiffe bis an die maximale Grenze gesteigert und während ihrer Jagd nach dem »Irrlicht« das Bewußtsein verloren und in den Abgründen des Kosmos den Tod gefunden hatten.

So also blieb Pirx der Ruhm versagt, aber das kümmerte ihn wenig. Selbst den künstlichen Zahn, den er sich für den alten, mit dem Knie ausgeschlagenen einsetzen ließ, bezahlte er aus der eigenen Tasche.

Einen Schwindelanfall hat es nicht gegeben..., überlegte er. Von Ohnmacht oder Geistestrübung kann genausowenig die Rede sein... Die Tragödie hat andere Ursachen – das Geheimnis ist irgendwo innerhalb oder außerhalb der Station verborgen... Pirx begann, das Innere der Station zu untersuchen. Nicht daß er Spuren suchte – er studierte die Einrichtung, und er brauchte sich nicht zu beeilen, denn er hatte genug Zeit. Zunächst sah er sich die Druckkammer an. Die Kreidemarkierung zu Füßen der kleinen Leiter war noch immer zu erkennen. Er begann mit der Innentür. Bei offener Klappe ließ sie sich nicht öffnen, und dadurch waren Unfälle ausgeschlossen. Zwar ging die Tür nach innen auf, und der in der Station herrschende Druck hätte sie mit einer Kraft von fast achtzehn Tonnen zugeschlagen, aber dieser Umstand allein bot keine absolute Sicherheit. Zwischen Tür und Rahmen konnte sich eine Hand oder irgendein harter Gegenstand befinden – ein Werkzeug zum Beispiel –, und das würde zu einer explosiven Flucht der Luft ins Vakuum führen. Die Sache mit der Klappe war insofern komplizierter, als ihr Zustand durch ein zentrales Verteilergerät, das in der Funkstation untergebracht war, signalisiert wurde. Beim Öffnen der Klappe flammte ein rotes Lämpchen auf, und gleichzeitig schaltete sich das grüne Signal ein. Bei diesem Signal handelte es sich um ein gläsernes Auge in einem Nickelring, das im Zentrum einer ebenfalls verglasten Scheibe des Lokalisators installiert war. Ein regelmäßiges Zucken des »Schmetterlings« im Auge meldete, daß der außerhalb der Station befindliche Mensch normal atmete – überdies zeigte der leuchtende Streifen auf der in Segmente eingeteilten Scheibe des Lokalisators an, wo sich dieser Mensch befand. Der Leuchtstreifen kreiste entsprechend den Umdrehungen der Radarantenne, die auf der Kuppel angebracht war, und zeigte die schimmernden Konturen der näheren Umgebung der Station. Der Strahl, der wie ein Uhrzeiger kreiste, erhellte den Radarschirm – die Wellen wurden mehrfach zurückgeworfen, und der metallene Skaphander des Menschen erschien auf dem Schirm als Lichtschein von besonderer Stärke. Wenn man diesen länglichen, smaragdgrünen Fleck genau beobachtete, konnte man die Richtung kontrollieren, die der Mensch einschlug, denn er bewegte sich über einen schwächer leuchtenden Untergrund. Der obere Teil des Schirms entsprach dem Gelände unter dem nördlichen Gipfel, wo sich der Prüfschacht befand; die untere Hälfte zeigte die südliche Zone an, die zu den Abgründen führte und die des Nachts nicht betreten werden durfte.

Der »atmende Schmetterling« und die Radarlokalisierung arbeiteten voneinander unabhängig. Der »Schmetterling« wurde von einem Sender betätigt, der mit den Sauerstoffventilen des Skaphanders verbunden war und auf einer Frequenz arbeitete, die nahe dem Infrarot lag, der Strahl des Lokalisators – auf der Einhalbzentimeterwelle. Die Instruktion sah vor, daß sich immer nur ein Mitarbeiter außerhalb der Station aufhalten durfte. Der andere hatte währenddessen das »Auge« und den Lokalisator zu beobachten. Bei einem Unfall war er selbstverständlich verpflichtet, dem Kameraden auf dem schnellsten Wege zu Hilfe zu eilen.

In der Praxis galt das Auswechseln der Klischees im Schacht als ein harmloser, kurzer Ausflug. Der Zurückbleibende konnte, wenn er die Küchentür und die Tür zur Funkstation öffnete, die Apparatur beobachten, ohne das Kochen zu unterbrechen. Es war auch möglich, eine Sprechverbindung über Funk aufrechtzuerhalten, mit Ausnahme einiger weniger Stunden vor dem Morgengrauen, denn das Nahen des Terminators, der Grenzlinie zwischen

Tag und Nacht, kündigte sich durch einen Hagel von Geräuschen an, die ein Gespräch unmöglich machten.

Pirx untersuchte gewissenhaft das Spiel der Signale. Wenn die Klappe geöffnet wurde, leuchtete das rote Lämpchen am Schaltpult auf. Der grüne »Schmetterling« leuchtete, aber er bewegte sich nicht, und seine »Flügel« waren zu schmalen Fäden zusammengeschrumpft – es fehlten die Signale von außen. Der Strahl des Lokalisators kreiste regelmäßig auf der Scheibe und beschwor darauf die unbeweglichen Silhouetten der felsigen Umgebung. Er erstrahlte an keiner Stelle seines Umlaufs und bestätigte die Meldung des Atmungszeigers, daß sich kein Skaphander in seinem Wirkungsbereich befand.

Es versteht sich von selbst, daß Pirx die Apparatur besonders interessiert beobachtete, wenn Langner hinausging, um die Klischees auszuwechseln.

Das rote Lämpchen flammte auf und verlosch – Langner schloß die Klappe von außen. Der grüne »Schmetterling« begann zu pulsieren. Das Pulsieren beschleunigte sich nach wenigen Minuten unerheblich, denn Langner ging ziemlich rasch den Hang hinauf und atmete stärker. Der helle Schein seines Skaphanders war auf dem Schirm bedeutend länger zu sehen als die Felskonturen, die sogleich verloschen, wenn der Leitstrahl vorüber war. Dann schrumpfte der »Schmetterling« plötzlich und klappte die Flügel zusammen – der Schirm war leer, der Schein des Skaphanders verschwand. Langner war in den Schacht gestiegen, dessen Bleiwände den Strom der Signale abschnitten. Gleichzeitig flammte auf dem Hauptschaltbrett purpurn das Wort ALARM auf, und das Bild, das im Lokalisator zu sehen war, änderte sich. Die Radarantenne, die immer noch mit der gleichen Bewegung kreiste, verringerte ihren Neigungswinkel, um nacheinander immer weitere Segmente des Geländes zu durchkämmen. Das geschah, weil die Apparatur nicht wußte, was sich ereignet hatte: der

Mensch war plötzlich aus dem Bereich ihrer elektromagnetischen Macht verschwunden. Nach drei, vier Minuten begann der »Schmetterling« wieder zu fächeln, das Radargerät fand den Verlorenen wieder, beide voneinander unabhängigen Systeme registrierten seine erneute Gegenwart. Langner hatte den Schacht verlassen und kehrte zurück. Das Alarmzeichen leuchtete noch immer, man mußte es ausschalten. Tat man das nicht, so besorgte das nach zwei Stunden der Zeitausschalter – die Apparatur sollte nicht zuviel Strom verbrauchen, denn in der Nacht schöpften sie nur aus den Akkus. Am Tage lud die Sonne die Akkus auf.

Pirx stellte fest, daß die Apparatur nicht sonderlich kompliziert arbeitete. Langner mischte sich in diese Experimente nicht ein. Er glaubte den Protokollen. So oder ähnlich müsse sich das Unglück abgespielt haben, sagte er. Außerdem war er der Meinung, daß sich Unfälle nicht vermeiden ließen.

»Die Klischees?« erwiderte er auf Pirx' Einwurf. »Die Klischees haben gar keine Bedeutung. Wenn man zerstreut ist, passieren einem noch ganz andere Sachen. Die Logik verläßt uns viel früher als das Leben, und dann beginnt jeder sinnlos zu handeln.« Pirx verzichtete auf eine weitere Diskussion.

Die zweite Woche der Mondnacht neigte sich ihrem Ende zu. Nach allen Untersuchungen wußte Pirx genausoviel wie zuvor. Soll der tragische Unfall tatsächlich für immer unaufgeklärt bleiben? fragte er sich. Vielleicht gehörte er zu den Ereignissen, die in Millionen von Fällen eben einmal vorkommen und die sich nicht rekonstruieren lassen... Nach und nach ging er dazu über, Langner ein wenig zu helfen. Etwas mußte er ja schließlich tun, um die langen Stunden auszufüllen. Er lernte den Astrographen bedienen. Es ist also doch nur ein gewöhnliches Ferienpraktikum, sagte er sich. Er übernahm es, zum Schacht zu gehen, in dem die Klischees belichtet wurden, das heißt, er wechselte sich mit Langner ab.

Das Morgengrauen nahte, das Pirx ungeduldig erwartete. Er gierte förmlich nach Neuigkeiten aus aller Welt und drehte am Radio herum, aber das einzige, was er dem Empfänger entlockte, waren knackende und pfeifende Geräusche – ein Spektakel, der den nahen Sonnenaufgang ankündigte. Nach dem Frühstück war es Zeit, die Platten zu entwickeln. Mit einer beschäftigte sich Langner besonders intensiv, er hatte die wunderbar klare Spur eines Mesonenzerfalls entdeckt. Begeistert rief er Pirx ans Mikroskop, aber der zeigte sich für die Reize von Kernveränderungen nicht empfänglich. Dann nahmen sie das Mittagessen ein, und danach hielten sie sich am Astrographen auf und beobachteten den Sternenhimmel. Die Zeit zum Abendbrot rückte näher. Langner machte sich bereits in der Küche zu schaffen, als Pirx im Vorübergehen den Kopf durch den Türspalt steckte und seinem Gefährten sagte, daß er hinausgehen wolle. Langner studierte gerade ein kompliziertes Rezept auf der Schachtel mit Eierkuchenpulver. Er brummte Pirx nur zu, er solle sich beeilen, die Omeletten wären in zehn Minuten fertig.

Pirx war bereits im Skaphander, er hielt das Päckchen mit den Klischees in der Hand und überprüfte, ob die Klemmen den Helm gut an den Kragenansatz drückten. Er öffnete beide Türen – die zur Küche und die zur Funkstation – und betrat die Kammer. Er schlug die hermetische Tür hinter sich zu, kroch nach oben, öffnete die Klappe – verschloß sie jedoch nicht, weil er rasch zurückkehren wollte. Pirx sah nichts Gefährliches in seinem Verhalten, denn Langner hatte ja nicht vor, ebenfalls hinauszugehen.

Die Finsternis des Alls umfing ihn. Die irdische kommt ihr nicht nahe, denn die Atmosphäre leuchtet immer mit der schwach erregten Strahlung des Sauerstoffs. Pirx sah auf, er erblickte die Sternbilder, deren Muster an einigen Stellen unterbrochen war. Nur daran erkannte er die hoch aufragenden Felsen. Er stellte den Stirnreflektor an, dessen Lichtschein auf dem Boden tanzte, und erreichte den Schacht. Er setzte die Beine in den schweren Stiefeln über den Rand – an die geringe Schwere auf dem Mond gewöhnt man sich leicht; schwieriger ist es, sich nach der Rückkehr auf die Erde an Lasten zu gewöhnen –, ertastete blindlings die erste Sprosse, kroch hinunter und ging daran, die Klischees auszuwechseln. Als er sich niederkauerte und über den Ständer beugte, begann das Licht seines Reflektors zu flimmern und verlosch. Er bewegte sich, schlug mit der Hand gegen den Helm – das Licht flammte wieder auf. Die Glühbirne war also heil, nur der Kontakt war defekt. Er begann die belichteten Platten einzusammeln. Der Schein des Reflektors huschte ein paarmal über sie hinweg und verlosch ein zweites Mal. Pirx hockte ein paar Sekunden in absoluter Dunkelheit, er wußte nicht, was er tun sollte. Der Rückweg war kein Problem – er kannte ihn auswendig. Außerdem brannten auf dem Gipfel der Station zwei Lichter, ein grünes und ein blaues. Aber es konnte passieren, daß er die Klischees zerschlug. Noch einmal stieß er mit der Faust gegen den Helm – der Reflektor flammte auf. Rasch notierte er die Temperatur, steckte die belichteten Klischees in die Kassetten – aber als er die Kassetten ins Futteral steckte, verlosch der Reflektor zum drittenmal. Pirx legte die Klischees beiseite und schlug ein paarmal hintereinander auf den Helm. Wenn er stand, brannte das Licht, aber sobald er sich bückte, verlosch es. Eine Weile war er gezwungen, in einer völlig unnatürlichen Haltung zu arbeiten, und schließlich brannte das Licht überhaupt nicht mehr, es halfen auch keine Schläge. Solange er die Klischees nicht eingesammelt hatte, konnte er nicht zur Station zurückkehren. Er lehnte sich mit dem Rücken gegen die tiefste Sprosse, schraubte den äußeren Deckel des Reflektors ab, drückte den Quecksilberbrenner tiefer in die Fassung und drehte den Deckel wieder fest.

Licht hatte er nun, aber der Zufall wollte es, daß das Gewinde sich immer wieder lockerte. Er versuchte es auf verschiedene Weise, hatte jedoch keinen Erfolg. Voller Ungeduld steckte er den Deckel mit dem äußeren Glas des Reflektors in die Tasche, las rasch die Klischees auf, ersetzte sie durch neue und kletterte nach oben.

Als er etwa einen halben Meter von der Öffnung des Schachtes entfernt war, glaubte er einen zweiten Schein zu sehen, der sich in das weiße Licht seines Reflektors mischte. Das Ganze dauerte nur einen Augenblick. Pirx schaute auf, aber durch die Schachtöffnung waren nur Sterne zu sehen.

Ach was, eine Täuschung! dachte er.

Er kroch aus dem Schacht, aber eine unklare Unruhe erfaßte ihn. Er ging nicht, er lief. Er lief in langen Sätzen, obwohl diese Mondsprünge entgegen allem, was man darüber hört, durchaus nicht den Lauf beschleunigen: Die Sprünge sind weit, aber dafür schwebt man und bewegt sich viel langsamer als auf der Erde. Als Pirx die Station erreichte und schon die Hand auf das Geländer legte, erblickte er den seltsamen Lichtschein zum zweitenmal. Es war, als habe jemand eine Leuchtkugel in südlicher Richtung abgeschossen. Die Leuchtkugel selbst sah er nicht – die Station war im Wege –, er sah lediglich einen gespenstischen Widerschein, der die Felsabhänge erhellte. Sie tauchten aus der Schwärze auf und verschwanden wieder. Wie ein Affe kletterte er blitzschnell auf den Gipfel der Kuppel. Er hätte gern eine Leuchtkugel abgeschossen, aber er hatte keine Pistole bei sich. Er schaltete seinen Empfänger ein, hörte aber nur knackende Geräusche. Die Klappe war offen – Langner war also drinnen.

Ich Idiot! sagte er sich plötzlich. Das wird natürlich keine Leuchtkugel gewesen sein, sondern ein Meteor! Meteore kann man zwar nicht sehen, denn der Mond hat keine Atmosphäre, aber sie leuchten auf, wenn sie mit kosmischer Geschwindigkeit in die Felsen einschlagen.

Er sprang zur Kammer, verschloß von innen die Klappe. Das Einlassen der Luft nahm einige Zeit in Anspruch. Die Zeiger kletterten, bis der richtige Druck herrschte: 0,8 kg pro Quadratzentimeter. Dann öffnete er die Tür und stürzte in den Korridor. Im Laufen nahm er den Helm ab.

»Langner!«

Schweigen... Pirx, immer noch im Skaphander, rannte in die Küche – sie war leer. Auf dem Tisch die Teller für das Abendbrot, im Tiegel Eierkuchenteig, die Pfanne neben der eingeschalteten Flamme...

»Langner!« brüllte er und warf die Klischees auf den Tisch. Er eilte zur Funkstation – sie war ebenfalls leer. Eine innere Stimme sagte ihm, daß es keinen Sinn habe, im Observatorium nachzusehen. Langner war draußen, und der Lichtschein stammte tatsächlich von Leuchtkugeln! Er hatte geschossen! Aber weshalb war er hinausgegangen?

Plötzlich erblickte er ihn. Der »Schmetterling« bewegte sich – sein Gefährte atmete, lebte. Der Radarstrahl erfaßte einen kleinen, scharfen Schein – im untersten Teil des Schirms! Langner ging zum Abgrund...

»Langner! Halt! Halt, hörst du? Halt!« schrie er ins Mikrofon, ohne den Blick vom Schirm zu wenden.

Der Lautsprecher krächzte. Störungsgeräusche. Die grünlichen Flügel fächelten nicht mehr gleichmäßig wie bei einem normalen Atemvorgang – sie bewegten sich langsam, unsicher. Manchmal erstarben sie eine Weile, als ob Langners Apparat aufgehört habe zu arbeiten. Der scharfe Schein im Radar war bereits weit entfernt. Auf dem Koordinatennetz tauchte er ganz unten auf – das bedeutete, daß er anderthalb Kilometer in gerader Linie entfernt war, also bereits irgendwo zwischen den hoch aufragenden senkrechten Platten unter dem Sonnentor. Er bewegte sich nicht, er erschien bei jeder Drehung des Leitstrahls an der gleichen Stelle. War er gestürzt? War er bewußtlos?

Pirx rannte in die Druckkammer. Er war schon an der hermetischen Tür, da fiel ihm ein, daß er in der Küche etwas gesehen hatte, etwas Schwarzes auf dem weißgedeckten Tisch: die Fotoplatten, die er mitgebracht und achtlos hingeworfen hatte... Betroffen stand er in der Kammer. Er hielt den Helm in der Hand und rührte sich nicht vom Fleck.

Genau wie damals... Genau so! dachte er. Langner bereitet das Abendbrot und geht plötzlich hinaus... Ich gehe ihm nach, und wir kehren beide nicht zurück. Die Klappe bleibt offen. In wenigen Stunden beginnt die Ziolkowski-Station, uns zu rufen. Niemand wird antworten...

Etwas schrie in ihm: Idiot, geh! Worauf wartest du? Er liegt dort! Vielleicht hat ihn eine Lawine erfaßt! Hier drinnen kann man ja nichts hören... Er lebt noch – er ist gestürzt, er kann sich nicht bewegen, aber er lebt, er atmet...

Er stand da, ohne sich zu rühren. Plötzlich kehrte er um, stürzte in die Funkstation, sah sich die Zeiger genauer an. Alles war unverändert. Die »Flügel« des »Schmetterlings« bewegten sich nur noch im Abstand von vier bis fünf Sekunden – zitternd, unsicher, zögernd. Der Schein auf dem Radarschirm glomm am Rande des Abgrunds...

Pirx überprüfte den Neigungswinkel der Antenne. Er war minimal. Sie erfaßte nicht mehr die nähere Umgebung der Station – sie sendete Impulse im maximalen Bereich.

Er hielt sein Gesicht dichter an den Atmungszeiger und erblickte etwas Merkwürdiges. Der grüne »Schmetterling« bewegte nicht nur die »Flügel«, sondern er zitterte ganz regelmäßig. Er schien nicht nur auf den Atemrhythmus von Langner, sondern auch auf einen zweiten, bedeutend rascheren, zu reagieren. Agonales Zittern? Konvulsionen? Langner lag im Sterben, und er, Pirx, starrte gierig auf die Bewegungen des Auges und verfolgte den doppelten Rhythmus der »Flügel«. Unversehens – er wußte selbst nicht, warum – ergriff er das Antennenkabel und riß es aus dem Kontakt. Und es geschah etwas Verblüffendes: Der »Schmetterling«, isoliert von den äußeren Impulsen, fächelte weiter, anstatt zu erstarren...

Völlig verblüfft, stürzte er zum Schaltpult und vergrößerte den Neigungswinkel der Antenne: Der ferne Schein, der unter dem Sonnentor verharrte, begann zum Rand des Schirms zu wandern. Das Radar erfaßte immer näher gelegene Sektoren der Umgebung, bis plötzlich ein zweiter Schein sichtbar wurde – er war weit größer und stärker. Ein zweiter Skaphander!

Ein Mensch. Ein Mensch, der sich bewegte. Langsam, regelmäßig stieg er hinab, er umging alle Hindernisse, denn er wich mal nach links, mal nach rechts aus und strebte geradewegs dem Sonnentor zu, dem zweiten, fernen Funken entgegen...

Pirx starrte sich fast die Augen aus dem Kopf. Es waren tatsächlich zwei Funken, ein naher, der sich bewegte, und ein ferner, der sich nicht rührte. Zwei Mann waren auf der Station – Langner und er. Der Apparat hingegen sah einen dritten. Er log also.

In kürzester Zeit, als nötig war, um alles zu durchdenken, war er in der Kammer. Eine Minute später stand er mit der Leuchtpistole auf dem Dach der Kuppel und schoß Signalraketen ab. Er zielte senkrecht nach unten, immer in dieselbe Richtung – zum Sonnentor. Er schaffte es kaum, die heißen Patronenhülsen auszuwerfen. Der schwere Kolben der Leuchtpistole hüpfte in seiner Hand. Man hörte keinen Knall. Wenn er den Abzug betätigte, gab es einen leichten Rückstoß; die Feuerstreifen glühten auf, giftgrün und purpurn. Sie zerplatzten in rote Tropfen, in Saphirsterne... Pirx schoß wahllos, er achtete nicht auf die Farben der Patronen. Endlich kam Antwort. Ein orangefarbener Stern stieg aus der unendlichen Finsternis, er explodierte hoch über der Station und erhellte die Umgebung. Wie zur Belohnung regnete es bunte Straußenfedern auf

Pirx herab. Ein zweiter Schuß folgte, ein Regen aus Safrangold...

Pirx schoß, und Langner antwortete. Das Mündungsfeuer kam näher, und dann erblickte Pirx im Schein der Leuchtkugeln Langners gespenstische Silhouette. Schwäche übermannte ihn. Sein ganzer Körper bedeckte sich mit Schweiß. Er troff, als sei er gerade aus einem Bad gestiegen. Ohne die Leuchtpistole loszulassen, setzte er sich auf den Rand der Öffnung; er spürte, daß ihm die Knie zitterten. Er ließ die Beine in die Kammer baumeln und wartete, schwer atmend, bis Langner die Station erreichte.

Das Ganze hatte sich folgendermaßen abgespielt: Pirx ging hinaus, und Langner beschäftigte sich in der Küche, ohne die Apparatur zu beobachten. Erst nach geraumer Zeit – wieviel Minuten vergangen waren, wußte er nicht zu sagen – fiel sein Blick auf die Instrumente. Das geschah zu der Zeit, als Pirx an seinem Reflektor herumbastelte. Als er aus dem Blickfeld des Radargerätes verschwunden war, begann der Automat den Neigungswinkel der Antenne zu verringern, und zwar so lange, bis das rotierende Strahlenbündel den unteren Teil des Sonnentores berührte. Langner erblickte dort einen Schimmer, den er für einen Skaphander hielt. Das magische Auge, das nur noch zitterte, weil Pirx in dem Bleischacht saß, bestärkte ihn in diesem Glauben. Er ist bewußtlos, er erstickt! dachte Langner. Er zog, ohne zu zögern, den Skaphander an und rannte hinaus.

Der Radarschirm zeigte in Wirklichkeit die erste Aluminiumstange, die dicht über dem Abgrund stand. Langner hätte seinen Irrtum vielleicht erkannt, aber der »Schmetterling« schien den Hinweis des Radargerätes zu bestätigen.

Die Zeitungen schrieben dann, eine elektronische Apparatur kontrolliere sowohl das »Auge« als auch das Radargerät. Es handelte sich um ein Elektronenhirn, das damals, bei der Katastrophe, den Atemrhythmus des Kanadiers Roget festgehalten habe. Jedesmal, wenn eine ähnliche Situation eintrete, wiederhole das Elektronenhirn diesen Rhythmus. Es sei also eine Art bedingter Reflex entstanden.

In Wirklichkeit verhielt sich die Sache viel einfacher. Auf der Station gab es gar kein »Elektronenhirn«, sondern nur eine gewöhnliche automatische Anlage, die bar jedes »Gedächtnisses« war. Der »agonale Atemrhythmus« entstand, weil ein kleinerer Kondensator durchgebrannt war – das machte sich aber nur bemerkbar, wenn die Ausgangsklappe geöffnet wurde. Die Spannung sprang von einer Leitung in die andere, und im Netz des magischen Auges entstand ein Zittern. Nur auf den ersten Blick erinnerte das an das Atmen eines Sterbenden. Wenn man genauer hinsah, konnte man mühelos das unnatürliche Beben der grünen Flügel erkennen.

Langner war auf dem Weg zum Abgrund – wo sich Pirx aufhielt, wie er glaubte. Er erhellte sich den Weg mit dem Reflektor, und an besonders schwierigen Stellen schoß er Leuchtkugeln ab. Zwei Abschüsse hatte Pirx bemerkt, als er zur Station zurückkehrte. Pirx wiederum begann nach vier oder fünf Minuten Leuchtkugeln abzufeuern, um Langner zurückzurufen – und damit hatte ihr Abenteuer ein Ende.

Bei Challiers und Savage hatte sich die Sache anders abgespielt.

Vielleicht hatte auch Savage – so wie Langner – seinem Gefährten zugerufen: »Beeil dich!«, aber es kann auch sein, daß Challiers sich nur deshalb so beeilte, weil er rasch wieder zu seiner interessanten Lektüre zurückkehren wollte oder weil er sich verspätet hatte. Wie dem auch sei – er hatte die Klappe nicht verschlossen. Das allein hätte noch keine schlimmen Folgen ausgelöst, auch nicht, wenn man den Fehler in der Apparatur berücksichtigte. Erforderlich war noch etwas anderes – ein zufälliges Zusammenspiel von Faktoren: Irgend etwas hatte auch Challiers bewogen, sich ein wenig länger im Schacht aufzuhalten – und zwar so lange, bis die Radarantenne, die sich bei jeder Umdrehung um mehrere Grade hob, die Aluminiumstange über dem Abgrund gefunden hatte.

Was hatte Challiers aufgehalten? Das war nicht bekannt. Ein Schaden des Reflektors bestimmt nicht, das geschieht selten. Etwas jedoch hatte seine Rückkehr hinausgezögert, bis schließlich auf dem Schirm der fatale Schein aufgetaucht war, den Savage, wie später auch Langner, für einen Skaphander gehalten hatte. Die Verspätung betrug mindestens dreizehn Minuten – das wurde durch Versuche festgestellt.

Savage ging zum Abgrund, um Challiers zu suchen. Challiers, der inzwischen vom Schacht zurückgekehrt war, fand die Station leer. Er erblickte das gleiche Bild wie Pirx und ging seinerseits hinaus, um Savage zu suchen. Vielleicht hatte Savage, als er am Sonnentor eintraf, zu spät bemerkt, daß das Radargerät nur die Metallstange erfaßt hatte, die im Geröll steckte. Vielleicht war er auf dem Rückweg gestürzt und hatte sich die Scheibe des Skaphanders zerschlagen. Andererseits war nicht auszuschließen, daß er den »Irrtum« der Apparatur nicht entdeckt hatte, sondern daß er nach vergeblicher Suche an eine steile Stelle geraten und abgestürzt war. All diese Einzelheiten ließen sich nicht aufhellen. Die beiden Kanadier waren jedenfalls umgekommen.

Das Unglück konnte sich nur im Morgengrauen ereignet haben. Denn hätte es keine Störungen gegeben, wären die beiden jederzeit in der Lage gewesen, sich über Funk zu verständigen. Derjenige, der in der Station verblieben war, hätte zu diesem Zweck nicht einmal die Küche zu verlassen brauchen. Das Unglück konnte sich darüber hinaus nur bei offener Klappe ereignen, denn der Fehler in der Apparatur stellte sich nur ein, wenn diese Klappe unverschlossen war. Wenn man es besonders eilig hat, erreicht man oft das Gegenteil – man verliert mehr Zeit als gewöhnlich, man läßt einen Gegenstand fallen, man stößt sich...

Das Radarbild ist nicht sehr deutlich. Eine Metallstange, die nahezu zwei Kilometer entfernt ist, läßt sich ohne weiteres mit einem Skaphander verwechseln. Wenn solche Umstände zusammentreffen, ist ein Unglück nicht nur möglich, sondern sogar wahrscheinlich. Der Zurückbleibende – fügen wir es der Vollständigkeit halber hinzu – hätte sich innerhalb der Station aufhalten können, wo immer er wollte, er hätte das Unglück nicht verhindert. Nur wenn er von Anfang an in der Funkstation gewesen wäre, hätte er gesehen, daß sein Gefährte keinesfalls in die Irre lief, und er hätte den Schein auf dem Schirm nicht für einen Skaphander gehalten.

Challiers war nicht zufällig so nahe an der Stelle gefunden worden, an der schon Roget umgekommen war. Er war an der Stelle in den Abgrund gestürzt, die durch den Aluminiummast gekennzeichnet war. Der Mast stand dort, um vor dem Abgrund zu warnen; Challiers ging in diese Richtung, weil er glaubte, zu Savage zu gehen.

Der physische Mechanismus des Vorfalls war von trivialer Einfachheit, er war das Ergebnis einer bestimmten Aufeinanderfolge von Zufällen – angefangen von der Funkstörung bis zur geöffneten Druckkammerklappe.

Mehr Beachtung verdienten die psychologischen Faktoren. Als die Apparatur, ihrer äußeren Impulse beraubt, den »Atmungsschmetterling« in Bewegung setzte, hielt das zuerst Savage und dann Challiers für ein eindeutiges Zeichen. Savage glaubte Challiers in Gefahr, und Challiers bangte um Savage. Das gleiche wiederholte sich bei Langner und Pirx.

Diese Schlußfolgerungen waren verständlich. Jeder der Männer kannte die Einzelheiten der Katastrophe, bei der Roget ums Leben gekommen war, jeder erinnerte sich an den entsetzlich langen Todeskampf des Unglücklichen, den das magische Auge festhielt.

Wenn also – wie es in der Presse hieß – überhaupt ein bedingter Reflex vorlag, dann war er nicht in der Apparatur zu suchen, sondern bei den Menschen. Halb unbewußt glaubte ein jeder, Rogets Unglück sei im Begriff, sich zu wiederholen; es habe sich diesmal einen der Ihren als Opfer ausgesucht.

»Nun, da wir alles wissen«, sagte Taurow, der Kybernetiker von der Ziolkowski-Station, »sagen Sie uns doch bitte, Kollege Pirx, wie Sie sich in dieser Situation zurechtgefunden haben. Sie sagen doch selbst, daß Sie den Mechanismus der Erscheinung nicht verstanden...«

»Ich weiß es nicht«, antwortete Pirx. Durchs Fenster drang der grelle Schein der sonnenerhellten Gipfel. Ihre Spitzen ragten in das dichte Schwarz des Himmels wie Knochen. »Wohl durch die Klischees. Als ich sie sah, begriff ich, daß ich sie ebenso hingeworfen hatte wie Challiers. Vielleicht wäre ich dennoch hinausgegangen, wäre nicht noch eins gewesen: Das mit den Klischees konnte natürlich ein Zufall sein, aber wir hatten zum Abendbrot Eierkuchen – genauso wie die Kanadier an ihrem letzten Abend. Und das war ein bißchen zuviel. Ich denke also, daß uns die Eierkuchen gerettet haben...«

»Die offene Klappe hing tatsächlich mit den Eierkuchen zusammen – die Eierkuchen trieben Sie zur Eile. Sie haben also ganz richtig überlegt, aber das hätte Sie nicht gerettet, wenn Sie der Apparatur blind vertraut hätten«, sagte Taurow. »Einerseits müssen wir der Technik vertrauen. Ohne elektronische Geräte könnten wir auf dem Mond keinen Schritt machen. Aber... Aber manchmal muß man solch ein Vertrauen teuer bezahlen…«

»Das stimmt«, sagte Langner. Er stand auf. »Ich muß Ihnen sagen, meine Herren, wodurch mir mein Sterngefährte am meisten imponiert hat. Was mich betrifft, so bin ich von diesem halsbrecherischen Spaziergang so ziemlich ohne Appetit zurückgekehrt. Aber der hier« – er legte die Hand auf Pirx' Schulter –, »aber der hier schlug sich, nach allem, was passiert war, die Eierkuchen in die Pfanne – und aß sie alle auf. Damit versetzte er mich in Erstaunen! Denn daß er scharfsinnig ist und außerdem anständig bis zur Rechtschaffenheit, das habe ich schon vorher gewußt…«

»Wie bitte?« fragte Pirx.

4. 10. 2039. Drei Uhr morgens. Ich schreibe dies todmatt und mit gramgebeugter Seele. Der Professor verspätete sich ein wenig, so daß ich im Restaurant eine Weile auf ihn wartete. Zu Fuß kam er an; ich erkannte ihn von weitem, obwohl er jetzt weit jünger ist als im vorigen Jahrhundert: auch Brille und Regenschirm führt er nicht mehr mit sich. Bei meinem Anblick schien er bewegt.

»Wie? Sie gehen zu Fuß?« – fragte ich. »Etwa gar eine Störrung?« (d. h. Störrischwerden eines Autos; derlei kommt vor).

»Nein« – entgegnete er. »Ich bewege mich lieber per pedes apostolorum.«

Doch dabei lächelte er ganz eigentümlich. Als die Kelputer abtraten, begann ich ihn nach seinem täglichen Leben auszufragen, aber sofort entschlüpfte mir auch ein Wörtchen über den Halluzinationsverdacht.

»Hören Sie auf, Tichy, wieso denn Halluzination?« – protestierte der Professor. »Ebensogut könnte ich Sie verdächtigen, meine Fata Morgana zu sein! Sie haben sich einfrieren lassen? Ich auch. Sie sind aufgetaut worden? So auch ich. Mich hat man überdies verjüngt, nun ja, Rejuvenil und Entkalker... Sie, mein Freund, haben das nicht nötig, aber ich... Ohne diese Generalüberholung könnte ich heute nicht als Zukundler tätig sein.«

»Als Futurologe?«

»Diese Bezeichnung bedeutet jetzt etwas anderes. Der Futurologe erstellt Fupros – Zukunftsprognosen –, während ich mich mit der Theorie befasse. Das ist etwas völlig Neues; zu unserer Zeit war das noch nicht bekannt. Man könnte sagen: sprachseitige Zukunftsvorhersage. Linguistische Prognostik!«

»Nie gehört. Was ist das?«

Ich fragte, ehrlich gesagt, eher aus Artigkeit als aus Neugier, aber das bemerkte er nicht. Die Kelputer brachten uns die Vorspeisen. Zur Suppe nahmen wir 1997er Weißwein; das ist ein guter Jahrgang Chablis, den ich schätze; deshalb hatte ich ihn ausgewählt.

»Die linguistisch orientierte Futurologie erforscht die Zukunft an Hand der Umformungsmöglichkeiten der Sprache« – erläuterte Trottelreiner.

»Ich verstehe nicht...«

»Der Mensch vermag nur das zu bemeistern, was er verstehen kann; verstehen kann er hinwiederum nur, was sich aussagen läßt. Das Unsagbare ist unfaßbar. Wenn wir die weiteren Entwicklungsstadien der Sprache erforschen, dann finden wir heraus, welche Umwälzungen in der Lebensweise, welche Entdeckungen und Wandlungen diese Sprache künftig wird abspiegeln können.«

»Sehr merkwürdig. Wie sieht das in der Praxis aus?«

»Die Forschungen betreiben wir mit Hilfe der größten Computer, denn der Mensch kann nicht eigenhändig sämtliche Varianten ausprobieren. Es handelt sich hauptsächlich um die syntagmatisch-paradigmatische, aber gequantete Variativität der Sprache...«

»Professor!«

»Verzeihen Sie. Köstlich, dieser Chablis. Am besten werden Ihnen ein paar Beispiele die Sache erläutern. Bitte, nennen Sie mir irgendein Wort.«

»Ich.«

»Ich, ja? Hm. Ich. Gut. Sie verstehen, ich muß jetzt gleichsam die Stelle des Computers vertreten, das wird also sehr simpel ausfallen. Nun denn – ich. Ichsicht. Dich. Dichsicht. Uns. Unsricht. Sehen Sie?«

»Gar nichts sehe ich.«

»Wie das? Es handelt sich um das Verschmelzen von Ichsicht und Dichsicht, das heißt, um den Verbund zweier Exemplare von Bewußtsein. Dies fürs erste. Zweitens –

Unsricht. Sehr interessant. Das ist kollektives Bewußtsein. Na, zum Beispiel bei starker Persönlichkeitsspaltung. Bitte ein anderes Wort.«

»Bein.«

»Gut. Was geht mit dem Bein? Beinler. Beinmal, allenfalls Beinmalbeins. Beinigel. Beinzelgänger. Beinzeln und sich beinigen. Beingängig. Verbeinert. Bein dich! Beinste? Beinerlei! Beingeist. Bitte sehr, da haben wir etwas Aussichtsreiches. Beingeist. Beingeisterei.«

»Was heißt denn das alles? Diese Wörter haben doch gar keinen Sinn?«

»Noch nicht. Aber sie werden einen haben. Das heißt, sie können unter Umständen Sinn gewinnen, sofern sich Beingeisterei und Beintum durchsetzen. Das Wort ›Roboter‹ hat im 15. Jahrhundert nichts bedeutet, aber wenn die Leute damals die linguistisch orientierte Futurologie gekannt hätten, dann hätten sie beim Roboten die Automaten vorhersehen können.«

»Was heißt also Beingeïst?«

»Sehen Sie, just in diesem Fall kann ich das genau angeben, aber nur, weil das nichts Vorhergesagtes ist, sondern etwas bereits Vorhandenes. Beingeisterei ist die neueste Denkrichtung mit einem brandneuen Konzept menschlicher Selbstfortentwicklung – zum sogenannten Homo Sapiens Monopedes.«

»Zum Beinbeinigen?«

»Gewiß doch! Mit Rücksicht auf die Entbehrlichkeit des Gehens und auf den bevorstehenden Platzmangel.«

»Das ist doch vertrottelt!«

»Finde ich auch. Nichtsdestoweniger gehören zu den Beintümlern solche Leute wie Foeshbeene und Professor Hatzelklatzer. Das haben Sie nicht gewußt, Tichy, als Sie mir den Terminus ›Bein‹ angaben. Oder?«

»Nein. Und was heißen die übrigen Wortbasteleien?«

»Gerade dies ist einstweilen noch nicht bekannt. Wenn

das Beintum siegt, dann entstehen alsbald Objekte namens Beinigel, Beinmal und so weiter. Wir suchen keine Wahrsagerei, sondern die Übersicht über den Bereich der reinen Möglichkeiten. Nennen Sie ein anderes Wort.«

»Interferent.«

»Schön. Inter und fero. Fero, ferre, tuli, latus. Latein. Also müssen wir eine lateinische Fortsetzung suchen. Interflorenz. Flos, Floris. Bitte sehr! Ein Fräulein bekommt ein Kind von einem Interferenten, der sie entjungfert hat.«

»Entjungfert? Wie kommen Sie darauf?«

»Interflorenz. Flos, floris, die Blüte. Defloration. Man wird wohl ›Dingwöchnerin‹ sagen, oder ›Dingbetterin‹ oder kurz ›Bedingte‹. Ich versichere Ihnen, wir besitzen schon reichstes Material. Etwa die Prostituante, nach dem Muster der Konstituanten – die eröffnet ein ganzes Universum neuer Sittenverhältnisse!«

»Sie schwärmen ja förmlich für diese neue Wissenschaft. Vielleicht versuchen Sie noch ein Wort? Mist.«

»Warum nicht? Ihre Skepsis tut nichts zur Sache. Bitte sehr. Mist. Hm. Misthaufen. Stallmist. Viel Mist – Allmist. Allmist! Sehr interessant! Herr Tichy, Sie liefern prächtige Wörter! Allmist! Na, was sagen Sie jetzt?«

»Was soll daran Besonderes sein? Das Wort besagt ja gar nichts.«

»Erstens sagt man jetzt: beschmackt. ›Besagt‹ – das ist schon anachronistisch. Mir fällt auf, daß Sie ungern neue Wörter gebrauchen. Das ist nicht gut. Davon reden wir später. Na und zweitens: ›Allmist‹, das besagt *jetzt* noch nichts, aber der künftige Sinn läßt sich erahnen! Sehen Sie, es geht da um eine neue psychozoische Theorie. Nicht zu verachten! Eine, die behauptet, die Sterne seien künstlicher Herkunft.«

»Woher denn diese Idee?«

»Aus dem Wort ›Allmist‹. Es entwirft, das heißt, es suggeriert folgendes Bild: im Laufe von Äonen füllte sich der

Kosmos mit Mist, mit Zivilisationsabfällen, womit nichts anzufangen war. Sie behinderten die astronomische Forschung und die Raumfahrt. Deshalb errichtete man riesige Feuerungsanlagen, nicht wahr, um diesen Müll zu verbrennen. Die müssen große Masse haben, so daß sie von selbst den Mist anziehen. Der leere Weltraum wird allmählich gereinigt. Und so, mein Herr, ergeben sich die Sterne, eben diese Feuerstellen, und die Dunkelwolken – nämlich der noch nicht beseitigte Mist.«

»Wie? Sie meinen das ernst? Sie halten das für möglich? Der Kosmos – ein einziges Brandopfer von Mist? Aber Herr Professor!«

»Es handelt sich nicht um meinen Glauben oder Unglauben, Tichy. Wir haben ganz einfach mit Hilfe der linguistisch orientierten Futurologie eine neue Spielart der Kosmogonie geschaffen, eine reine Möglichkeit für spätere Geschlechter. Wir wissen nicht, ob das irgendwer ernst nehmen wird; Tatsache bleibt, daß sich eine solche Hypothese artikulieren läßt. Bedenken Sie: wenn in den zwanziger Jahren linguistisch extrapoliert worden wäre, dann hätten sich schon damals aufgrund der Bomben die *Bemben* vorhersagen lassen. Die sind Ihnen wohl erinnerlich, Tichy! Die Sprache selbst birgt ungeheure und doch nicht grenzenlose Möglichkeiten. Modernität – wenn Sie das mit dem Zeitwort ›modern, moderte, gemodert‹ zusammenstellen, dann verstehen Sie wohl die Schwarzseherei vieler Futurologen!«

Wir kamen bald auf Dinge zu sprechen, die mich stärker bewegten. Ich gestand dem Professor alle meine Ängste und auch meinen Widerwillen gegen die neue Zivilisation. Trottelreiner rümpfte die Nase, aber er hörte mich weiter an und begann mich zu bemitleiden, der gute Kerl. Ich sah, daß er sogar seine Barmherztropfen aus der Westentasche holen wollte; aber mitten in der Handbewegung hielt er inne, weil ich so sehr gegen die Psychemikalien gewettert hatte. Zuerst setzte er jedoch eine strenge Miene auf.

»Tichy, um Sie steht es nicht gut. Ihre Kritik dringt gar nicht bis zum Kern der Sache. Den kennen Sie nicht. Und Sie vermuten ihn auch nicht. ›Procrustics‹ und die ganze übrige Psivilisation sind läppisch dagegen.«

Ich traute meinen Ohren nicht.

»Ja, aber... Herr Professor« – stotterte ich. »Was wollen Sie damit sagen? Was kann es Ärgeres geben?«

Über den Tisch beugte er sich zu mir.

»Tichy, ich tue das Ihnen zuliebe. Ich verletze das Berufsgeheimnis. Von allem, worüber Sie sich beklagt haben, weiß jedes Kind. Wie denn anders? Die Entwicklung mußte diese Richtung nehmen, seit auf Narkotika und Urhalluzinogene die stark selektiv wirkenden sogenannten Psychofokussierer gefolgt waren. Doch der eigentliche Umschwung fand erst vor fünfundzwanzig Jahren statt, als die Maskone synthetisiert wurden, das heißt, die Hapunkter, die punktuellen Halluzinogene. Narkotika trennen den Menschen nicht von der Welt; sie verändern nur sein Verhältnis zu ihr. Halluzinogene verwirren und verschleiern die ganze Welt. Sie, mein Bester, konnten sich davon ja selbst überzeugen. Die Maskone aber – die fälschen die Welt!«

»Maskone... Maskone...« – sprach ich nach. »Das Wort kenne ich doch. Aha! Massenkonzentrationen unter der Mondkruste, solche Mineralverdichtungen? Was haben die damit zu tun?«

»Nichts. Weil nämlich das Wort jetzt etwas anderes besagt. Will sagen, beschmackt. Es kommt von ›Maske‹. Bei Eintritt ins Gehirn vermögen entsprechend synthetisierte Maskone jedes beliebige Objekt der Außenwelt so geschickt durch Scheinbilder zu verhüllen, daß die chemaskierte Person nicht weiß, was an dem Wahrgenommenen echt und was vorgetäuscht ist. Freund, wenn Sie einen Blick auf die Welt würfen, die uns *wirklich* umgibt, nicht auf diese durch Chemaskierung geschminkte – Sie wären entgeistert!«

»Moment mal! Was für eine Welt? Wo gibt es die? Wo ist sie zu sehen?«

»Sogar hier!« – flüsterte er mir ins Ohr, nach allen Seiten ausspähend. Er setzte sich neben mich, reichte mir unter dem Tisch ein Glasfläschchen mit fest eingepaßtem Korken und hauchte geheimnistuerisch:

»Das ist Antich, aus der Gruppe der Wachpulver, ein starkes Gegenmittel gegen Psychemie. Ein Nitrodazylderivat des Pejotropins. Nicht erst die Anwendung – das bloße Mittragen gilt als Kapitalverbrechen. Bitte unterm Tisch entkorken und einmal durch die Nase einatmen. Aber nur einmal! So, als schnupperten Sie an Ammoniak. Na, so wie Riechsalze. Dann aber... Um Himmels willen, beherrsch dich, halt an dich, denk daran!«

Mit bebenden Händen entkorkte ich das Fläschchen. Der Professor nahm es mir weg, als ich kaum den stechenden Mandeldunst eingesogen hatte. In die Augen schossen mir reichliche Tränen. Als ich sie mit der Fingerspitze weggestreift und die Lider abgewischt hatte, da verschlug es mir den Atem: der herrliche Saal mit Majolika-Wänden, Teppichen, Palmen, prunkvoll schimmernden Tischen und einem im Hintergrund postierten Kammerorchester, das uns zum Bratengang aufgespielt hatte – das alles war verschwunden. Wir saßen an einem nackten Holztisch in einem Betonbunker; unsere Füße versanken in einer arg zerschlissenen Strohmatte. Musik hörte ich weiterhin. Aber wie ich nun merkte, entströmte sie einem Lautsprecher, der an einem rostigen Draht hing. Die kristallschillernden Kandelaber hatten verstaubten kahlen Glühbirnen Platz gemacht. Doch die gräßlichste Wandlung war auf dem Tisch vor sich gegangen. Das schneeige Tafeltuch war fort; statt der Silberschüssel, worin auf knusprigem Brot das Rebhuhn geduftet hatte, stand vor mir ein Teller aus

Steingut; darauf lag ein unappetitlicher graubrauner Breiklumpen; er blieb an der Zinngabel kleben, deren edler Silberglanz gleichfalls erloschen war. Zu Eis erstarrt, blickte ich auf die Scheußlichkeit, die ich mir eben noch hatte schmecken lassen, entzückt von dem Knistern der gebräunten Geflügelhaut und von den kontrapunktisch dazwischenklingenden derberen Knirschtönen der Brotscheibe, die an der Oberseite feinst getrocknet und unten von der Sauce durchtränkt war. Was ich für die Wedel der Palme in einem nahen Kübel gehalten hatte, das waren in Wirklichkeit die Bänder der Unterhose eines Individuums, das zusammen mit drei anderen dicht über uns hockte, nicht auf einem Treppenabsatz, eher auf einem Wandbrett – so schmal und eng war das Gestell. Überall herrschte nämlich unerhörtes Gedränge. Die Augen wollten mir schier aus den Höhlen treten, als das entsetzliche Bild erzitterte und sich wieder zu verwischen begann, wie vom Zauberstab berührt. Die Hosenbändchen neben meinem Gesicht ergrünten und wurden wieder zu blättrigen Palmzweigen; der Spülichteimer, der kaum drei Schritte entfernt zum Himmel stank, erglänzte dunkel und wurde zum reliefgeschmückten Palmentopf, die schmutzige Tischplatte wurde weiß wie von erstem Schnee. Kristallene Gläschen blinkten auf, der pappige Brei nahm edle Bratenfarbe an; ihm wuchsen Flügelchen und Keulen, wo sie hingehörten; das Zinnbesteck erstrahlte in echtem Silber; und ringsum schwirrten Kellnerfräcke. Ich blickte auf meine Füße; das Stroh verwandelte sich in Perser. Die Welt des Luxus hatte mich wieder; schwer keuchend starrte ich auf die üppige Rebhuhnbrust, unfähig zu vergessen, was sich darunter tarnte.

»Nun erst beginnen Sie die Wirklichkeit zu erfassen« – flüsterte Trottelreiner vertraulich. Er sah mir ins Gesicht, als befürchtete er eine allzu heftige Reaktion meinerseits. »Und bedenken Sie, daß wir in einem Lokal der Extraklasse weilen! Wenn ich nicht im voraus Ihre etwaige Einweihung in Betracht gezogen hätte, dann wären wir in ein Restaurant gegangen, dessen Anblick Ihnen vielleicht den Verstand verwirren könnte.«

»Wie? Also... Es gibt noch ärgere?«

»Ja.«

»Unmöglich.«

»Seien Sie versichert. Hier haben wir wenigstens echte Tische, Stühle, Teller und Bestecke. Anderswo liegt man auf vielstöckigen Pritschen und frißt mit den Fingern – aus Eimern, die ein Förderband vorüberschiebt. Auch das Futter unter der Rebhuhnmaske ist dort lang nicht so nahrhaft.«

»Was ist das?«

»Nichts Giftiges, Tichy. Bloß ein Extrakt aus Gras und Futterrüben, in gechlortem Wasser aufgeweicht und zusammen mit Fischmehl vermahlen. Meist fügt man Knochenleim und Vitamine hinzu und befettet den Teig mit synthetischem Schmieröl, damit er im Schlund nicht steckenbleibt. Sie haben doch wohl den Geruch bemerkt?«

»Hab ich. Und ob!!!«

»Na eben.«

»Professor, bei Gottes Barmherzigkeit – was ist das? Sagen Sie es mir! Ich beschwöre Sie. Absprache? Verrat? Ein Plan, um die ganze Menschheit auszurotten? Eine teuflische Verschwörung?«

»Warum nicht gar, Tichy. Werden Sie nicht dämonisch. Das ist einfach eine Welt, worin weit über zwanzig Milliarden Menschen leben. Mein Lieber, haben Sie den heutigen ›Herald‹ gelesen? Die pakistanische Regierung behauptet, in der diesjährigen Hungerkatastrophe seien nur 970000 Menschen umgekommen; die Opposition spricht von sechs Millionen. Wo fänden sich in einer solchen Welt Chablis, Rebhühner, Frikassee in Béarnaisesauce? Die letzten Rebhühner sind vor einem Vierteljahrhundert ausgestorben. Diese Welt ist ein Leichnam, freilich in bestem Zustand, denn sie wird ja fortwährend mit Geschick mumifiziert. Anders gesagt – wir haben diesen Todesfall maskieren gelernt.«

»Warten Sie! Ich kann die Gedanken nicht zusammenhalten... Das heißt also, daß...«

»Daß Ihnen niemand übelwill. Ganz im Gegenteil. Aus Mitleid, aus Gründen höherer Menschenliebe wird der chemische Humbug angewandt, wird die Wirklichkeit getarnt und mit fremden Federn und Farben aufgeputzt...«

»Und dieser Betrug ist überall, Herr Professor?«

»Ja.«

»Aber ich esse nicht außer Haus. Ich koche mir selbst. Wie also? Auf welchem Wege...?«

»Wie Sie die Maskone aufnehmen? Das fragen Sie noch? Sie? Die werden ständig in der Luft zerstäubt. Mensch, erinnern Sie sich nicht an die Aerosole von Costricana? Das waren die ersten zaghaften Versuche. Etwa wie die Montgolfiere als Vorstufe zur Rakete.«

»Und alle wissen das? Und können damit leben?«

»Durchaus nicht. Niemand weiß davon.«

»Keine Gerüchte, kein Klatsch?«

»Klatsch ist überall. Bedenken Sie jedoch: es gibt ja Amnestan. Von manchen Sachen weiß jedermann, von anderen weiß kein Mensch. Die Pharmakokratie hat einen öffentlichen und einen geheimen Teil. Der erste stützt sich auf den letzteren.«

»Das kann nicht sein.«

»Nicht? Warum denn nicht?«

»Die Strohmatten muß irgendwer instand halten, und irgendwer muß das Steingut verfertigen, wovon wir in Wirklichkeit essen, und diesen Brei, der sich als Braten verkappt. Und überhaupt alles!«

»Gewiß doch. Sie haben recht. Alles muß erzeugt und erhalten werden. Na und?«

»Die das tun, die sehen und wissen alles.«

»Nicht die Spur, Tichy. Sie denken immerzu in urtümlichen Kategorien. Die Leute glauben in eine glaspalastartige Fabrik zu gehen. Beim Eingang bekommen sie Antihall und erkennen die nackten Betonmauern und die Arbeitsplätze.«

»Und da wollen die noch arbeiten?«

»Mit dem größten Eifer, da sie auch eine Prise Sakrifiz bekommen haben. Arbeit ist demnach Aufopferung. Etwas Rühmliches. Zum Feierabend genügt ein Schluck Amnestan oder Mnemolysol, und jeder vergißt, was er gesehen hat.«

»Bis jetzt fürchtete ich, in einer Halluzination zu leben. Nun merke ich, wie dumm ich war. Gott, wie gern ginge ich zurück! Was gäbe ich nicht dafür!«

»Zurück? Wohin?«

»In den Kanal unterm Hilton-Hotel.«

»Unsinn! Sie verhalten sich unklug, um nicht zu sagen, dumm. Sie sollten dasselbe tun wie alle, essen und trinken wie alle; dann bekämen Sie die nötigen Mengen Optimister und Seraphin und wären in fabelhafter Laune.«

»Auch Sie als Advokat des Teufels?«

»Seien Sie vernünftig. Ist es teuflisch, wenn der Arzt notfalls den Kranken belügt? Wenn wir nun mal so leben müssen, so wohnen und essen, dann soll sich das Ganze doch lieber in hübscher Verpackung darbieten. Die Maskone wirken unfehlbar, außer in einem einzigen Fall; was soll daran Übles sein?«

»Ich fühle mich außerstande, jetzt mit Ihnen diese Frage zu diskutieren« – sagte ich etwas gefaßter. »Bitte beantworten Sie mir nur zwei Fragen, aus Verbundenheit mit den alten Zeiten: in welchem einzigen Fall wirken die Maskone nicht? Und wie ist es zur allgemeinen Abrüstung gekommen? Ist auch sie nur vorgespiegelt?«

»Nein. Zum Glück ist sie ganz echt. Aber um Ihnen dies

zu erklären, müßte ich einen ganzen Vortrag halten, und für mich wird es schon Zeit...«

Wir verabredeten uns für den folgenden Tag. Beim Abschied fragte ich neuerlich nach dem Versagen von Maskonen.

»Gehen Sie bitte auf den Rummelplatz« – sagte der Professor und erhob sich. »Wenn Sie unliebsame Enthüllungen wünschen, besteigen Sie das größte Karussell, und sobald es auf vollen Touren läuft, schneiden Sie mit dem Taschenmesser ein Loch in die Hülle der Kabine. Die Hülle wird just deshalb benötigt, weil sich während des Herumwirbelns die Phantasmen verschieben, womit das Maskon die Wirklichkeit verdunkelt. So, als spreizte die Fliehkraft die Scheuklappen auseinander. Mein Lieber, Sie werden sehen, was dann hinter den holden Trugbildern hervorlugt...«

Gebrochen schreibe ich dies um drei Uhr morgens. Was kann ich hinzufügen? Ich erwäge ernstlich, vor der Zivilisation zu fliehen, mich irgendwo in der Einöde zu verkriechen. Selbst die Galaxis lockt mich nicht mehr; Reisen hat keinen Reiz, wenn du nirgendshin heimkehren kannst.

5. 10. 2039. Den freien Vormittag verbrachte ich in der Stadt. Mit kaum beherrschtem Entsetzen besah ich die allgegenwärtigen Anzeichen von Lebensstandard und Luxus. Eine Kunstgalerie in Manhattan ermunterte zum Kauf spottbilliger Originalgemälde von Rembrandt und Matisse. Daneben werden herrliche Möbel aus der Epoche der französischen Ludwige angeboten, Marmorkamine, Throne, Spiegel, sarazenische Rüstungen. Unmengen von Auktionen. Häuser werden verkauft wie Holzbirnen. Und ich hatte in einem Paradies zu leben gemeint, wo jeder fröhlich »palastern« könne! Das an der Fünften Straße gelegene Anmeldungsbüro für selbsternannte Nobelpreisanwärter hat mir gleichfalls seine wahre Natur offenbart:

jeder kann den Nobelpreis haben und sich die wertvollsten Kunstwerke daheim an die Wand hängen, wenn eins wie das andere lediglich in einer Prise eines hirnkitzelnden Pülverchens besteht. Die größte Tücke ist die, daß ein *Teil* des gemeinschaftlichen Blendwerks offen zutage liegt; somit läßt sich naiv eine Trennlinie zwischen Gaukelei und Wirklichkeit ziehen, und da ja auf nichts mehr spontan reagiert wird, weil alle chemisch lernen, lieben, meutern und vergessen, hat der Unterschied zwischen manipulierten und ursprünglichen Gefühlen zu bestehen aufgehört. Die Fäuste in den Taschen geballt, ging ich durch die Straßen. Oh, um Wut zu verspüren, brauchte ich weder Furiasol noch Amokgeist! Mein beflügelter Spürsinn stieß auf alle hohl klingenden Stellen dieses ungeheuren Lügengebäudes, dieser Kulisse, die über die Horizonte hinauswuchert. Den Kindern verabreicht man väterschlägigen Sirup und später zwecks Persönlichkeitsentwicklung Revoltal und Protestolid – und dann, um den entfachten Feuergeist zu bezähmen, Sordin und Integrin. Polizei ist nicht vorhanden, wozu auch? Es gibt ja Knaster. Verbrecherische Gelüste stillt »Procrustics Inc.«; nur gut, daß ich die Theobauchläden bis jetzt gemieden habe, denn auch die führen nichts als ein Sortiment glaubentreibender und gnadenspendender Präparate: Bußpillen, Peccatol, Absolvian... Sogar heilig kannst du dort werden: mittels Sanktokanonisol. Warum auch nicht Allahmuslimin, Doppelbuddhazen, Kosmasyl mit Nirwan, Theokontaktol? Endzeit-Zäpfchen und Nekrinsalbe stellen dich in die vorderste Reihe im Tal Josaphat; den Rest besorgt mit Zucker verschlucktes Resurrectol. Himmelherrgottnochmal! Paradisiaca für Frömmler, Belzeban und Hellur für Masochisten... Mit Mühe verkniff ich mir den Sturm auf ein am Wege liegendes Heiliges Offizinium, wo das Volk andächtig niederkniete und Unmengen von Genuflektol in sich hineinschnupfte. Ich mußte mich zurückhalten, um nicht mit

Amnestan behandelt zu werden. Alles, nur nicht das! Ich fuhr zum Rummelplatz; in der Tasche drehten die verschwitzten Finger das Klappmesser. Das Experiment mißlang, da sich die Hülle der Kabine als äußerst fest erwies. Offenbar aus Hartstahl.

Die Mietzimmer, die Trottelreiner bewohnte, lagen an der Fünften Straße. Er war nicht daheim, als ich pünktlich dort ankam. Doch er hatte sich für seine etwaige Verspätung im voraus entschuldigt und mir den Funkschluß zum Funktor gegeben. Ich trat also ein und setzte mich an den Schreibtisch des Professors. Da türmten sich Fachzeitschriften und beschriebenes Papier. Aus Langeweile oder eher, um in den geistigen Eingeweiden die brennende Unruhe zu bezähmen, guckte ich in Trottelreiners Notizen. »Allmist«, »Dingwöchnerin«, »Dingselbalg«, »Andryo«. Ah, er hatte also das Sitzfleisch dazu, die Ausdrücke dieser seiner schrulligen Futurologie niederzuschreiben... »Umfruchterei«, »Eintropf«, »Austropf«. »Meistbürtig« – nun ja, vermutlich im Zuge der Bevölkerungsexplosion. Jede Sekunde kommen achtzigtausend Kinder zur Welt. Oder achthunderttausend? Auch schon egal. »Denkler«, »Denkster«, »Denksel«, »Dachtel«, »Hauptgedanke bzw. Deichseldenksel«, »gedeichselt und gedachselt«. Und damit gab er sich ab! »Professor, du hier – und dort geht die Welt zugrunde!« – wollte ich rufen. Plötzlich blinkte etwas unter den Papieren hervor. Antihall. Jenes Fläschchen. Den Bruchteil einer Sekunde lang zögerte ich; dann entschloß ich mich, beroch es vorsichtig und blickte das Zimmer an.

Seltsam: es hatte sich kaum verändert. Die Bibliothekschränke, die Regale mit den Informationspillenordnern, alles blieb, wie es gewesen war. Nur der riesige holländische Kachelofen in der Ecke, der mit dem satten Glanz seiner Reliefkacheln das Zimmer verschönt hatte, war in ein Kanonenöfchen verwandelt, dessen durchgebrannte Blechröhre in einem Mauerloch stak. Ringsherum war der Fußboden schwarz angesengt. Hastig stellte ich die Flasche weg, wie auf frischer Tat ertappt, denn im Vorzimmer funkte es, und Trottelreiner trat ein.

Ich erzählte ihm vom Rummelplatz. Der Professor wunderte sich, bat mich, das Taschenmesser vorzuzeigen, nickte, griff zum Fläschchen, schnupperte daran und gab es an mich weiter. Statt des Messers erblickte ich ein morsches Aststückchen. Ich schaute wieder dem Professor ins Gesicht. Irgendwie bekümmert, nicht so selbstsicher wie am Vortag, legte er eine Aktenmappe voll Kongreßlutschbonbons auf den Schreibtisch und seufzte.

»Sie müssen verstehen, Tichy: das Umsichgreifen der Maskone wird bislang nicht durch besondere Bosheit verursacht…«

»Umsichgreifen? Was heißt das nun wiederum?«

»Vieles, was vorigen Monat oder voriges Jahr noch real war, muß durch Vorspiegelungen ersetzt werden, weil die echten Stücke bereits unerreichbar sind« – erläuterte der Professor, von einem anderen Gedanken bedrückt, der ihm sichtlich keine Ruhe ließ.

»Vor einem Vierteljahr bin ich auf diesem Karussell gefahren. Aber ob es noch dort ist? Ich möchte nicht Gift darauf nehmen. Vielleicht wird Ihnen beim Kauf einer Eintrittskarte eine Portion Karusselldunst oder Lunaparkin aus dem Zerstäuber verpaßt. Das wäre im übrigen sinnvoll, weil wesentlich billiger. Ja, Tichy, das reale Besitztum der Menschheit schrumpft mit beängstigender Beschleunigung dahin. Bevor ich hier einzog, war ich im neuen Hilton. Aber ich gestehe: dort konnte ich nicht leben. Denn als ich einmal unbedacht den Ausnüchterer benutzte, fand ich mich in einem Koben von der Größe einer besseren Schublade; meine Nase tauchte in die Freßrinne; zwischen die Rippen bohrte sich der Wasserhahn, und mit den Füßen berührte ich das Kopfende der Liegestatt im nächsten Schubfach, will sagen, Appartement. Denn ich hatte ein

Appartement im achten Stock um 90 Dollar pro Tag. Der Platz, ganz einfach der Platz geht uns aus. Derzeit wird mit sogenannten Despacializern oder Psyschwündlern experimentiert, aber das geht schleppend voran. Denn wenn auf der Straße oder auf einem Platz die gleichzeitige Anwesenheit einer riesigen Menschenmenge solchermaßen maskiert wird, daß der einzelne nur die entfernten Individuen sieht, dann beginnt er mit den getarnten Leuten zusammenzustoßen, die er nicht wahrnimmt. Dieses Hemmnis hat sich bislang nicht überwinden lassen.«

»Professor, ich habe in Ihre Notizen geguckt. Bitte verzeihen Sie mir, aber was ist das?« – ich deutete auf einen Zettel, der die Worte »Multischizol« und »Wimmelin-Mengol« aufwies.

»Tja, das… Wissen Sie, es besteht der Plan, daß heißt, der Vorschlag der Hinternierung, benannt nach dem Namen des Autors, nicht wahr, Egobert Hintern. Der zunehmende Mangel an Außenraum soll durch halluzinierten Innenraum der Seele ausgeglichen werden, da die Größenverhältnisse dieser letzteren keinerlei physikalischen Beschränkungen unterliegen. Wie Sie sicherlich wissen, Tichy, kann man durch die Zooformine zeitweilig zur Schildkröte werden, das heißt, sich als solche fühlen, oder als Ameise, als Frauenkäferchen, ja, mit Hilfe von Florsezenzbotinid sogar als Jasmin, versteht sich, nur subjektiv. Man kann auch Persönlichkeitsspaltung erleben: zwei, drei, vier Teile… Bei Erreichen zweistelliger Spaltzahlen entsteht der Wimmeleffekt. Das ist dann nicht mehr Ichsicht, sondern Unsricht. Eine Vielheit von Ichs in einem einzigen Körper. Es gibt auch Nachicher, denn das gesteigert eindringliche Innenleben soll die Außeneindrücke überwiegen. So ist die Welt, so sind die Zeiten, Tichy! Omnis est pilula! Das Verzeichnis der offiziellen Mittel ist jetzt das Buch des Lebens, die Enzyklopädie allen Daseins, Alpha und Omega. Kein Umsturz ist in Sicht, denn wir haben ja schon Putschin, Oppositional in Glyzerinzäpfchen sowie Extremister, und Ihr lieber Doktor Hopkins wirbt für Sodomastol und Gomorral, womit man eigenhändig mittels himmlischen Feuers jede ersehnte Menge von Städten verbrennen kann. Auch zum Herrgott kann man sich ernennen lassen. Das kostet 75 Cents.«

»Die neueste Kunstgattung ist das Jucken« – sagte ich. »Ich hörte, will sagen, fühlte das Scherzo von Kizzikizzi, aber ich kann nicht behaupten, daß mir dies in ästhetischer Beziehung irgend etwas gegeben hätte. Ich lachte an den ernstesten Stellen.«

»Ja, das ist nichts für uns Tautröpfe aus dem verflossenen Jahrhundert, für uns Schiffbrüchige in der Zeit« – bestätigte Trottelreiner wehmütig. Dann schien er sich einen Ruck zu geben, räusperte sich, schaute mir in die Augen und sagte:

»Tichy, soeben beginnt ein Futurologischer Kongreß. Ich meine Debatten über die menschliche Zukunde. Das ist die 76. Weltkonferenz. Ich war heute bei der ersten organisatorischen Einleitungssitzung und möchte Ihnen meine Eindrücke anvertrauen...«

»Merkwürdig« – sagte ich. »Ziemlich eifrig lese ich die Presse, aber ich habe nirgends die kleinste Notiz über diesen Kongreß gesehen.«

»Weil es ein geheimer Kongreß ist. Sie verstehen doch: unter anderem müssen die Probleme des Maskierens zur Sprache kommen.«

»Und? Es sieht schlecht damit aus?«

»Schauderhaft« – sagte der Professor nachdrücklich.

»Könnte nicht schlimmer sein!«

»Gestern haben Sie andere Töne angeschlagen« – versetzte ich.

»Das stimmt. Aber bedenken Sie bitte meine Lage: ich gewinne erst Einblick in den aktuellen Stand der Forschungen. Was ich heute gehört habe, meinerseel... Sie können sich im übrigen selbst überzeugen.«

Er nahm aus der Mappe ein großes Bündel verschiedenfarbig bebänderter Stielbonbons mit Zwischenberichten und reichte es mir über den Schreibtisch.

»Bevor Sie das durchstudieren, sind ein paar klärende Worte notwendig. Pharmakokratie ist Psychemokratie, die sich auf Schmierarchie stützt. So lautet der Wahlspruch unserer neuen Ära. Um die Sache noch knapper zu fassen: zur Herrschaft der Halluzinogene gehört Korruption. Just diesem Umstand verdanken wir übrigens die allgemeine Abrüstung.«

»Endlich erfahre ich, wie das zugegangen ist!« – rief ich aus.

»Ganz einfach. Bestochen wird entweder, um minderwertige Ware abzusetzen oder um sie zu bekommen, wenn sie Mangelware ist; sie kann auch in Dienstleistungen bestehen. Der Idealzustand für den Unternehmer herrscht dann, wenn er den Kaufpreis kassiert, ohne irgend etwas dafür zu liefern. Die Realyse begann meines Erachtens mit den Affären der Falschmelder und Unterschleifer, von denen Sie ja gehört haben müssen.«

»Hab ich. Aber was ist Realyse?«

»Wirklichkeitsschwund. Wörtlich – Auflösung des Realen. Als der Skandal der Computer-Unterschleife platzte, da wurde alles den Rechenanlagen in die Schuhe geschoben. In Wahrheit hatten mächtige Konsortien und Geheimkartelle die Hand im Spiel. Sehen Sie, es ging darum, die Planeten bewohnbar zu machen. Angesichts der Übervölkerung ein dringendes Anliegen. Es galt riesige Raketenflotten zu bauen, Klimaverhältnisse und die Atmosphäre von Saturn und Uranus zu verändern; weit einfacher war es, dies nur auf dem Papier zu tun.«

Ich wunderte mich: »Das mußte doch nach kurzer Zeit auffliegen!«

»Keineswegs. Da ergeben sich halt unvorhergesehene

objektive Schwierigkeiten, ehemals ungeahnte Probleme, Hindernisse; man braucht neue Kredite und Anweisungen... So hat etwa das Uranusprojekt bisher 980 Milliarden verschlungen, und wer weiß, ob droben auch nur ein Steinchen bewegt wurde?«

»Und die leitenden Aufsichtskommissionen?«

»Die Kommissionen sind nicht aus Astronauten zusammengesetzt, und der Ungeschulte kann auf jenen Planeten nicht landen. Mithin werden Bevollmächtigte abgesandt, und diese stützen sich wiederum auf das Material, das ihnen vorgelegt wird: auf Verzeichnisse, Fotos, Statistiken. Aber die Dokumentation läßt sich ja fälschen. Und noch weit leichter läßt sich alles Nötige durch Maskone vortäuschen.«

»Ah!«

»Sehen Sie. Schon vorher dürfte auf ähnliche Weise auch die fingierte Rüstungstätigkeit begonnen haben. Die Regierungsaufträge ergehen ja an private Firmen. Die haben Milliarden eingesteckt und nichts getan. Das heißt, sie erzeugten allerdings Lasergeschütze, Abschußanlagen, Anti-Anti-Anti-Anti-Raketen (jetzt haben wir die sechste Generation), fliegende Panzer, sogenannte U-Tassen, aber alles nur Hapunktuell.«

»Wie bitte?«

»Halluzinatorisch, mein Bester. Wozu noch Kernwaffentests, wenn man Fungolpastillen hat?«

»Was ist das?«

»Pastillen, die bewirken, daß man nach dem Einnehmen einen Atompilz sieht. Und so ging es weiter – in Kettenreaktion: wozu noch Soldaten ausbilden? Im Mobilmachungsfall bekommen sie Drillpillen. Auch die Führerausbildung lohnt sich nicht; dafür sorgen Strategil, Generalat, Taktil, Ordol. ›Wer wird sich mit dem Clausewitz quälen? Pulver macht euch zu Generälen.‹ Kennen Sie diesen Spruch?«

»Nein.«

»Weil diese Präparatgarnituren geheim sind. Zumindest nicht zum Vertrieb zugelassen. Auch Truppenlandungen sind überflüssig. Es genügt, über dem Unruheherd ein geeignetes Maskon zu zerstäuben, und die Bevölkerung erblickt landende Fallschirmjäger-Einheiten, Marineinfanterie, Panzer... Ein echter Panzer kostet jetzt fast eine Million Dollar, ein halluzinierter etwa einen Hundertstelcent pro Betrachter; dieser Wert heißt Panzerkopfindex. Ein Panzerkreuzer kostet einen Viertelcent. Das gesamte Waffenarsenal der Vereinigten Staaten ließe sich heute auf ein einziges Lastauto verladen. Tankon, Kadaveron, Bombon, fest, flüssig und gasförmig. Dem Vernehmen nach gibt es sogar ganze Invasionen von Marsungeheuern – als entsprechend zurechtgemixtes Pülverchen.«

»Alles in Form von Maskonen?«

»Versteht sich. Die echte Armee wurde somit entbehrlich. Verblieben ist nur ein wenig Luftwaffe, und auch dies ist fraglich. Wozu auch? Das war ein lawinenhafter Prozeß, verstehen Sie? Er ließ sich nicht mehr anhalten. Dies ist das ganze Geheimnis der Abrüstung. Im übrigen nicht nur der Abrüstung. Haben Sie die heurigen neuen Modelle von Cadillac, Dodge und Chevrolet gesehen?«

»Ja, die sind recht schön.«

Der Professor reichte mir das Fläschchen.

»Bitte sehr. Gehen Sie zum Fenster und begucken Sie diese feinen Autos.«

Ich neigte mich über das Fensterbrett. Durch die Straßenschlucht, die ich vom elften Stockwerk aus betrachtete, glitt ein Strom glänzender Kraftwagen, deren Dächer und Scheiben in der Sonne blitzten. Ich hob das geöffnete Fläschchen an die Nase, zwinkerte, bis die Tränen abgeschüttelt waren, und vertiefte mich in einen ungewöhnlichen Anblick. Leere Luft in den brusthoch angehobenen Händen haltend, wie Kinder, die Chauffeur spielen, trabten auf der Fahrbahn Kolonnen von Wirtschaftstreibenden. Während die Beine hastig vorwärtszappelten, waren die Oberkörper zurückgebogen, als stemmten sie sich gegen nachgiebig weiche Polstersitze. Dann und wann zeigte sich in den geschlossenen Reihen dieser Renner ein einsames qualmendes Auto. Als die Wirkung des Mittels abklang, erzitterte das Bild und glich sich wieder aus, und aus der Vogelschau sah ich wie zuvor den glitzernden Strom weißer, gelber und smaragdfarbener Autodächer majestätisch durch Manhattan fließen.

»Ein Alptraum!« – sagte ich mit Nachdruck. »Aber immerhin ist der Friede gesichert. Pax urbi et orbi – das wiegt vielleicht alles auf?«

»Nun ja, versteht sich, die Sache hat nicht nur schlechte Seiten. Die Zahl der Infarkte ist erheblich zurückgegangen, denn diese Langstreckenläufe sind ein prächtiges Fitneß-Training. Andererseits mehren sich Lungenemphyseme, Herzerweiterungen und Krampfadern. Nicht jeder hat das Zeug zum Marathonläufer.«

»Also deshalb haben Sie kein Auto!« – rief ich einsichtsvoll. Der Professor lächelte nur ein schiefes Lächeln.

»Ein Mittelklassewagen kostet heute kaum 450 Dollar« – sagte er. »Aber verglichen mit den Herstellungskosten, die bei einem Achtelcent liegen, ist das ziemlich gesalzen. Die Anzahl real tätiger Menschen verringert sich rasend schnell. Die Komponisten stecken Honorare ein und zahlen den Auftraggebern Schmiergelder. Und dem Publikum, das zur Uraufführung in die Philharmonie kommt, wird melotropes Konzertan unter die Nase gerieben.«

»Moralisch gesehen schmutzig« – sagte ich. »Aber ist das in gesellschaftlichem Maßstab sehr schädlich?«

»Bislang noch nicht. Im übrigen hängt die Bewertung vom Blickwinkel ab. Dank Transmutin können Sie eine Liebschaft mit einer Ziege haben, die Ihnen als leibhaftige Venus von Milo erscheint. Die Stelle wissenschaftlicher

Arbeiten und Debatten vertreten Kongressine und Dekongressine. Und dennoch gibt es im Leben einen gewissen Mindestbedarf, der sich nicht durch Scheinbilder decken läßt. Wir müssen irgendwo wirklich wohnen, irgend etwas essen, irgend etwas atmen. Jedoch die Realyse verzehrt ein reales Tätigkeitsfeld nach dem anderen. Überdies besteht eine beängstigende Hochflut von Nebenerscheinungen. Sie erfordern den Einsatz von Dehalluzininen, Neosupermaskonen und Fixinen; der Erfolg ist zweifelhaft.«

»Was sind das für Sachen?«

»Dehalluzinine sind neue Fertigpräparate, die vortäuschen, es werde nichts vorgetäuscht. Anfangs wurden sie nur bei Geisteskranken angewendet. Aber eine zunehmende Anzahl von Menschen mißtraut der Echtheit der eigenen Umwelt. Amnestane helfen nicht gegen Gesichtegeschichte. Das sind übereinandergeschichtete sekundäre Gesichte, verstehen Sie? Na, wenn sich einer einbildet, er bilde sich ein, daß er sich nichts einbilde. Oder umgekehrt. Das ist ein typischer Problemkreis der sogenannten hochbautechnischen oder n-stöckigen zeitgenössischen Psychiatrie. Doch am gefährlichsten sind diese neuen Maskone. Sehen Sie, das Übermaß an Präparaten schädigt die Organismen. Den Leuten fällt das Haar aus; Ohren verhornen; Rattenschwänze schwinden...«

»Wachsen, wollten Sie wohl sagen.«

»Nein. Schwinden. Schon seit dreißig Jahren haben alle Menschen Rattenschwänze. Das war die Folge des Ortographins. Für die blitzartige Erlernbarkeit des Schreibens mußte dieser Preis bezahlt werden.«

»Unmöglich, Professor! Ich bin oft am Strand. Niemand hat einen Rattenschwanz!«

»Sie kindliches Gemüt! Rattenschwänze werden mit Antirattocaudol maskiert, das hinwiederum Zahnverfall und Nägelschwärzung verursacht.«

»Die ihrerseits maskiert werden?«

»Natürlich. Schon Milligramme eines Maskons sind wirksam, aber insgesamt nimmt jeder Mensch pro Jahr rund hundertneunzig Kilogramm zu sich. Leicht einzusehen, wenn man bedenkt, daß Wohnanlagen vorgetäuscht werden müssen, Getränke, Speisen, die Artigkeit der Kinder, die Höflichkeit der Beamten, wissenschaftliche Entdeckungen, der Besitz von Rembrandts und Klappmessern, Raumflüge, Überseereisen und eine Million von sonstigen Dingen. Gäbe es kein Arztgeheimnis, so wüßten alle Bescheid: jeder zweite Einwohner von New York ist scheckig, hat auf dem Rücken grünlichen Borstenwuchs und an den Ohren Stacheln; ferner infolge des ständigen Galoppierens Plattfüße und ein Lungenemphysem nebst Herzerweiterung. Dies alles muß verborgen werden. Und just zu diesem Zweck dienen die Neosupermaskone.«

»Ein Alptraum! Und es gibt keinerlei Abhilfe?«

»Unser Kongreß soll eben die zukundlichen Alternativen erörtern. In Fachkreisen spricht man allgemein von der Notwendigkeit einer grundlegenden Änderung. Derzeit verfügen wir über achtzehn Projekte.«

»Der Erlösung?«

»Auch so läßt sich das nennen. Vielleicht nehmen Sie Platz und lutschen die Materialien durch? Aber ich hätte auch eine Bitte an Sie. In einer heiklen Sache.«

»Für Sie tue ich, was Sie wünschen.«

»Gut. Ich zähle darauf. Sehen Sie, von einem Kollegen, einem Chemiker, habe ich Proben zweier neu synthetisierter Stoffe bekommen, beide aus der Gruppe der Wachpulver oder Ausnüchterer. Er hat sie mir mit der Morgenpost geschickt. Er schreibt mir« – Trottelreiner nahm einen Brief vom Arbeitstisch – »mein Präparat sei kein echtes Wachpulver. Dasselbe, das auch Sie versucht haben, Tichy. Er schreibt wörtlich: ›Um von vielen Krisenerscheinungen das Augenmerk der Sachsichtigen abzulenken, liefert ihnen vorsätzlich und böswillig die Bundespsyf (d. h.

die Bundesstelle für Psycho-Formierung) falsche Halluzinationslöscher, versetzt mit Neomaskonen.‹ «

»Da komme ich nicht mit. Die Wirkung Ihres Präparats habe ich doch an mir selbst erfahren. Und was sind Sachsichtige?«

»Träger einer hohen gesellschaftlichen Funktion, zu denen auch ich gehöre. Sachsichtigkeit umfaßt das Recht und die Möglichkeit, von Wachpulvern Gebrauch zu machen – zwecks Einsicht in den *wahren* Sachverhalt. Irgend jemand hat ihn zu kennen. Das liegt doch wohl auf der Hand?«

»Allerdings.«

»Nun zu diesem Mittel: mein Freund nimmt an, es hebe zwar die Wirkung älterer, längst eingeführter Maskone auf, doch beseitige es nicht alle, und schon gar nicht die neuesten. Dies hier« – der Professor hob das Fläschchen hoch – »das wäre also kein Ausnüchterer, sondern ein tückisch entworfenes und als Ausnüchterer getarntes Maskon, das heißt, ein Wolf im Schafspelz!«

»Wozu aber? Wenn doch notwendig ist, daß jemand weiß...«

»Notwendig in allgemeinem Sinne, wenn man das Gemeinwohl als Ganzes ins Auge faßt, nicht jedoch unter dem Blickwinkel der Einzelinteressen diverser Politiker, Körperschaften und sogar Bundesorgane. Wenn es schlechter steht, als es für uns Sachsichtige aussieht, dann möchten die gern, daß wir keinerlei Alarm schlagen. Deshalb haben sie dieses Mittel zurechtgemacht, so wie einstmals leicht auffindbare Geheimfächer in alten Möbeln angebracht wurden. Der Suchende sollte sich mit dem ersten Fund zufriedengeben und nicht weiter nach den echten Verstecken stöbern, die weit geschickter getarnt waren.«

»Ja. Jetzt verstehe ich. Was kann ich für Sie tun?«

»An dieser Ampulle schnuppern, während Sie die Materialien studieren. Und dann noch an dieser zweiten. Ich habe ehrlich gesagt nicht den Mut.«

»Weiter nichts? Mit dem größten Vergnügen.«

Ich übernahm vom Professor beide Glasröhrchen, setzte mich in den Lehnstuhl und begann mir die Zusammenfassungen der eingesandten zukundlichen Arbeiten nacheinander zu Gemüte zu führen. Im ersten Projekt war vorgesehen, die Verhältnisse zu sanieren, indem man der Atmosphäre tausend Tonnen Inversin beimengte, ein Präparat, das alle Empfindungen um 180 Grad dreht. Die erste Phase beinhaltete das Versprühen dieses Präparats. Fortan sollten Wohlleben, Sattheit, schmackhafte Nahrung und alles Hübsche und Säuberliche allgemeinem Haß anheimfallen, während Gedränge, Armut, Häßlichkeit und Elend aufs höchste begehrt würden. Die zweite Phase brächte den schlagartigen Entzug sämtlicher Maskone und Neomaskone. Nun erst, Auge in Auge mit der ehemals unkenntlichen Wirklichkeit, wäre die Gesellschaft vollauf zufriedengestellt; sie stünde ja am Ziel ihrer Wünsche. Möglicherweise müßten anfangs sogar Pejotrone eingesetzt werden (Lebenslagenverschlechterer). Da aber Inversin ausnahmslos alle Empfindungen angreift, schüfe es auch Abscheu vor erotischen Freuden, und die Menschheit liefe Gefahr, auszusterben. Deshalb sollte die Wirkkraft des Inversins einmal im Jahr für 24 Stunden durch ein Gegenpräparat zeitweilig blockiert werden. Dieser Tag brächte zwangsläufig eine sprunghaft erhöhte Selbstmordquote, doch dies würde im Überfluß wettgemacht durch den gleichzeitig in die Wege geleiteten Bevölkerungszuwachs.

Ich kann nicht behaupten, daß mich dieser Plan begeistert hätte.

Den einzigen Lichtblick bildete die Feststellung, der Projektspender stünde als Sachsichtiger unweigerlich dauernd unter Antidot-Einfluß. Allgemeine Not und Häßlichkeit wie auch der Schmutz und die Eintönigkeit des Lebens könnten ihn also gewiß nicht allzu heiter stimmen. Der zweite Plan sah vor, in Fluß- und Meerwasser 10000 Tonnen Retrotemporal aufzulösen. Das ist ein Umwender des subjektiven Zeitablaufs. Das Leben böte sich dann folgendermaßen dar: die Menschen kämen als mürbe Greise zur Welt und verließen diese als Neugeborene. Der Entwurf hob hervor, solcherart werde das Haupthemmnis der menschlichen Seinsweise beseitigt, nämlich die für jeden einzelnen unausweichliche Aussicht auf Alter und Tod. Im Laufe der Zeit würden alle Greise jünger und gewönnen Kraft und Schwung. Nach Beendigung der Berufstätigkeit würden sie kindisch und zögen ins gesegnete Land der Kinderjahre ein. Den Clou des Projektes bildete seine Menschenfreundlichkeit; sie ergab sich auf natürliche Weise aus der Unschuld des Säuglingsalters, das nichts weiß von der Sterblichkeit alles Lebendigen. Da die Umkehrung des Zeitablaufes nur subjektiv ist, müßten in die Kindergärten, Krippen und Gebärkliniken freilich Greise eingewiesen werden. Der Entwurf erklärte nicht deutlich, was nachher mit ihnen geschehen sollte, sondern vermerkte lediglich schematisch, man könnte sie einer geeigneten Behandlung im sogenannten staatlichen Euthanasium zuführen. Nach dieser Lektüre erschien mir das vorige Objekt gar nicht so übel.

Das dritte Projekt war langfristig und weit radikaler. Vorgesehen waren Ektogenese, Filialismus und allseitige Homikry. Vom Menschen verbliebe nur das Gehirn in einem eleganten Hartharzgehäuse, ein globusartiges Gebilde, ausgestattet mit Kupplungen, Kontakten und Steckern. Beantragt wurde die Umstellung des Stoffwechsels auf Kernenergie; demgemäß sollte der körperlich unnötig gewordene Nahrungsverzehr ausschließlich in der entsprechend programmierten Einbildung stattfinden. Der Hirnglobus ließe sich an beliebige Gliedmaßen, Geräte, Maschinen, Vehikel und ähnliches anschließen; diese Filialisierung war auf zwei Dekaden verteilt. In der ersten sollte Teilfilialismus in Kraft treten, wobei man entbehrliche Organe zu Hause ließe; z. B. vor dem Theaterbesuch könnte man Begattungs- und Kotentleerungsorgane abschnallen und in den Schrank hängen. Im nächstfolgenden Jahrzehnt schwände durch Homikry das allgemeine Gedränge, das Ergebnis der Überbevölkerung. Kabel und drahtlose Kanäle von Hirn zu Hirn entbänden von jeder Ortsveränderung, von Kurskonferenzen, Dienstfahrten und mit Reisen verbundenen Besprechungen, kurzum, von persönlichem Aufsuchen irgendwelcher Örtlichkeiten, da ja für den gesamten Herrschaftsbereich der Menschheit – bis zu den fernsten Planeten – jedem Lebenden in gleicher Weise die Meßfühler zur Verfügung stünden. Die Massenproduktion würfe auf den Markt Darmmaschinen, Manipuliermaschinen, Pedikuliermaschinen sowie gewöhnliche Schienen, d. h. Gleise einer Art von Heimkleinbahn, wo die bloßen Köpfe zum Vergnügen auf und ab rollen konnten. Ich unterbrach die Lektüre und vermerkte, die Verfasser der Arbeiten seien gewiß verrückt. Trottelreiner entgegnete frostig, ich zöge allzu vorschnelle Schlüsse. Das Eingebrockte müsse ausgelöffelt werden. Das Kriterium gesunder Vernunft sei auf die Menschheitsgeschichte nicht anwendbar. Averroës, Kant, Sokrates, Newton und Voltaire hätten auch nicht geglaubt, daß ein blechernes Wägelchen auf Rädern im 20. Jahrhundert zur Plage der Städte, zum Lungenvergifter, Massenmörder und Kultgegenstand werden sollte und daß die Leute vorzögen, in diesem Gerät bei Massenausfahrten am Wochenende zerschmettert umzukommen, anstatt heil daheim zu sitzen. Ich fragte, welches Projekt der Professor zu unterstützen gedenke.

»Ich habe mich noch nicht entschieden«, sagte er. »Das drückendste Problem bilden meines Erachtens die Heimchen – heimlich geborene Kinder. Außerdem befürchte ich Chemachinationen während der Debatten.«

»Das heißt?«

»Daß ein Projekt mit Hilfe von Glaubsalzen durchgedrückt wird.«

»Sie meinen, man könnte euch dort unter Gift setzen?«

»Warum nicht? Was ist leichter, als durch die Klimaanlage Aerosol in den Saal zu lassen?«

»Was ihr auch immer beschließen mögt, daran braucht sich die Allgemeinheit nicht zu halten. Die Leute nehmen nicht alles willenlos hin.«

»Mein Lieber, seit fünfzig Jahren entwickelt sich die Kultur nicht wildwüchsig. Im 20. Jahrhundert diktierte ein Dior die Kleidermode. Heutzutage umfaßt die Reglementierung bereits alle Lebensbereiche. Erlangt der Filialismus die Mehrheit, so wird in einigen Jahren jedermann das Verharren in einem weichen, haarigen, schwitzenden Körper schimpflich und anstößig finden. Den Körper muß man waschen, pflegen, von Gerüchen befreien – und dennoch verrottet er. Hingegen in der Filialkultur, da kannst du dich aus den schönsten Wunderwerken der Ingenieurkunst zusammenschalten. Welche Frau möchte nicht silberne Halogenlichter statt der Augen? Teleskopartig vorspringende Brüste? Engelsflügel? Waden mit Ausstrahlung? Fersen, die bei jedem Schritt melodische Klänge von sich geben?«

»Wissen Sie was?« – sagte ich. »Verduften wir. Raffen wir Sauerstoffvorräte und Proviant zusammen und verkriechen wir uns in die Rocky Mountains. Professor, Sie erinnern sich doch an die Hilton-Kanäle? Haben wir es dort etwa schlecht gehabt?«

Der Professor schien zu zaudern. »Sie sprechen im Ernst?« – begann er.

Wahrlich nicht mit Vorbedacht hob ich das Glasröhrchen an die Nase, das ich immer noch zwischen den Fingern hielt; ich hatte es völlig vergessen. Von dem stechenden Geruch kamen mir die Tränen; ich nieste einmal ums andere, und als ich die Augen wieder öffnete, da hatte sich das Zimmer verändert. Der Professor sprach weiter, ich hörte seine Stimme, doch ich war so überwältigt vom Eindruck der Verwandlung daß ich kein Wort verstand. Schmutz überzog die Wände; der ehemals tiefblaue Himmel hatte sich ins bläulich Braungraue verfärbt; manche Fensterscheiben waren längst zerbrochen; auf den restlichen lag fettiger Ruß, grau durchstriemt von Regenspuren.

Ich weiß nicht, warum, doch besonders verstörte mich der schimmelige Sack; als solcher entpuppte sich nämlich die schicke Aktenmappe, worin der Professor die Kongreßmaterialien mitgebracht hatte. Ich war wie versteinert. Ihn selbst wagte ich nicht anzuschauen. Ich schielte unter den Schreibtisch. Statt der Streifhosen und Gamaschen des Professors befanden sich dort lässig gekreuzte Prothesen. An den Sohlen, zwischen Sehnensträngen aus Draht, hatte sich ein wenig Kies und Straßenschmutz verklemmt. Der stählerne Fersenzapfen glänzte, durch Abnutzung glattgeschliffen. Ich stöhnte auf.

»Was haben Sie? Kopfweh? Möchten Sie eine Tablette?« – drang die mitleidige Stimme in mich. Ich überwand mich und blickte zum Sprecher auf.

Von seinem Gesicht war nicht viel übrig. In Fetzen klebte an den zerfressenen Wangen faulendes, lang nicht gewechseltes Verbandzeug. Selbstredend trug er noch Augengläser; das eine war gesprungen. Am Hals, in einer Öffnung, die von einem Luftröhrenschnitt herrührte, stak ein ziemlich schlampig eingeführter Vocoder und schwankte im Rhythmus der Stimme. Ums Brustgestell hing die Jacke, ein verschimmelter Lumpen. Links war ein Loch hineingeschnitten und mit einer getrübten Kunststoffscheibe vermacht. In bläulichgrauen Zuckungen schlug dahinter das Herz, strotzend von Klammern und Nähten. Die linke Hand sah ich nicht; die rechte, die den Bleistift hielt, war eine grünspanverfärbte Messingprothese. Im Aufschlag hing ein nachlässig angeheftetes Läppchen; mit roter Tusche hatte jemand daraufgeschrieben: »Aufbau 119 859/21 Transpl., 5 x abgestoßen.« Mir wollten die Augen aus dem Kopf quellen, während hinterm Schreibtisch der Professor jählings erstarrte, mein Entsetzen wie ein Spiegel in sich aufnehmend.

»Was gibt's? Habe ich mich so sehr verändert? Wie?« – brachte er heiser hervor.

Ich erinnere mich nicht, aufgestanden zu sein, doch ich kämpfte gegen die Türklinke an.

»Tichy! Was fällt Ihnen ein? Hören Sie, Tichy! Tichy!!!« – rief er verzweifelt und richtete sich mühsam auf. Die Tür gab nach; zugleich ertönte ohrenzerreißendes Gepolter.

Professor Trottelreiner hatte sich allzu heftig bewegt und das Gleichgewicht verloren, so daß er umkippte und unter knöchrigem Rasseln aller seiner verdrahteten Halterungen auf dem Fußboden auseinanderfiel. In den Augen verblieb mir das Bild dieses verzweifelten Strampelns: spitzige Fersenstrümpfe zerschürfen das Parkett, und als grauer Sack flattert das Herz hinter dem gesprungenen Fensterchen. Ich flüchtete den Korridor entlang, wie von Furien gehetzt.

Im ganzen Gebäude herrschte reges Kommen und Gehen; ich war just in die Mittagspause geraten. Aus den Büros traten Beamte und Sekretärinnen und strebten gesprächig den Aufzügen zu. Ich mischte mich ins Gedränge vor einer offenstehenden Fahrschachttür, aber da kein Lift kam, guckte ich endlich in den Schacht und begriff, warum sich das Phänomen der Kurzatmigkeit so allgemein verbreitet hatte. Das Ende des längst abgerissenen Seils baumelte lose herab, und am lotrechten Maschengitter des Schachtkäfigs kletterten alle mit äffischer Gewandtheit, die von langjähriger Übung zeugte. Sie klommen dem Dachcafé entgegen, heiter, plaudernd, obwohl ihnen perlender Schweiß die Stirn betaute. Ich zog mich unauffällig zurück und lief die Treppe hinab, die um den Schacht voll geduldiger Kletterer eine Schraubenbahn beschrieb. Einige Stockwerke tiefer bremste ich ab. Noch immer strömten Leute aus allen Türen. Ringsum gab es fast nur Büros. In einer Mauernische schimmerte ein offenes straßenseitiges Fenster. Hier blieb ich stehen, zupfte zum Schein meinen Anzug zurecht und schaute in die Tiefe. Anfangs entdeckte ich nichts Lebendiges in dem Gewühl auf den Gehwegen. Aber ich hatte bloß die Passanten nicht gleich erkannt. Die allgemeine Eleganz war verflogen. Sie gingen einzeln oder zu zweien, zerlumpt, viele auch bandagiert, mit Papier umwickelt oder im bloßen Hemd, so daß ich in der Tat bestätigt fand, daß sie fleckig und borstig waren, zumal auf dem Rücken. Manche hatten offenbar Ausgang aus dem Spital, um dringende Angelegenheiten zu erledigen. Beinamputierte rutschten auf Brettchen mit kleinen Rädern, umschwirrt von Geplauder und Gelächter. Ich sah Damen mit faltigen Elefantenohren, Herren mit Gehörn, zierlich und kokett am Leibe getragene alte Zeitungen, Strohwische und Säcke. Wer zur Not noch besser erhalten und gesünder war, lief in gestrecktem Galopp auf der Fahrbahn dahin und mimte mit tänzerisch hochgekipptem Fuß das Schalten der Gänge. Im Gewühl überwogen die Roboter. Mit Zerstäubern, Dosimetern und Spritzapparaten sicherten sie jedem seine Portion Aerosolnebel. Dabei ließen sie es nicht bewenden; eng umschlungen ging ein junges Paar (sie hatte den Rücken voll Schuppen und er voll Pusteln), und hinterdrein stapfte wuchtig ein Zifferhansel; mit dem Zerstäubertrichter schlug er methodisch auf die Köpfe der Verliebten. Die Zähne klirrten ihnen, sie aber nahmen nichts dergleichen zur Kenntnis. Ob er das einem Plan zufolge tat? Doch zum Nachsinnen war ich nicht mehr fähig. Die Hände um die Fensterkante verkrallt, schaute ich in die Perspektive der Straße, schaute auf Trubel und Galopp und Kraftstrotzen, ich, der einzige Zeuge, das einzige sehende Augenpaar – ob auch gewiß das einzige? Die Grausamkeit des Schauspiels schien einen anderen Betrachter zu verlangen, einen Urheber, der – ohne die Wirkung abzuschwächen – diesen Genrebildchen erst Sinn verliehe als Schirmherr wonniger Verwesung, einen grausigen also, aber irgendeinen. Ein kleiner Kompolutzer ruckzuckelte um die Beine eines energischen alten Mütterchens und knickte ihr unentwegt die Knie ein; jedesmal schlug sie der Länge nach hin, stand auf und ging weiter; er warf sie wieder um, und so entschwanden sie schließlich meinen Blikken: er mechanisch stur, sie flott und selbstsicher. Viele Roboter schauten den Leuten aus nächster Nähe ins Gebiß, vielleicht, um den Effekt der Sprühbäder zu überprüfen – aber nicht danach sah das aus. An den Ecken standen zahlreiche Drückse und unrobotmäßige Elemente; aus einem Seitentor wälzten sich nach Schichtschluß Arboter, Groboter, Teppster und Mikroboter; auf der Fahrbahn schob sich ein riesiger Komposter vorbei und griff mit der Pflugferse auf, was ihm unterkam; er warf die Kaputer in seinen Müllkasten, und mit ihnen eine Greisin; ich biß mir in die Finger und bedachte nicht, daß sie noch die unangebrochene zweite Ampulle umfaßt hielten; wildes Feuer verbrannte mir die Kehle. Die Umgebung erzitterte; heller Nebel umfing sie, bis mir eine unsichtbare Hand langsam den trübenden Film von den Augen hob. Versteinert starrte ich auf die ablaufende Verwandlung, und in gräßlich würgendem Vorgefühl ahnte ich bereits, daß die Wirklichkeit nun ihre nächste Schicht von sich abschälen sollte; offenbar folgte seit undenklichen Zeiten eine Fälschung auf die andere, so daß ein stärkeres Mittel höchstens mehr an Hüllen abreißen und tiefere erreichen konnte, weiter nichts. Ringsum wurde es heller. Weiß. Schnee lag auf den Gehwegen, vereist, von Hunderten Füßen hartgestampft. Die Farbstimmung der Straße wurde winterlich, zugleich verschwanden die Schaufenster; statt der Glasscheiben sah ich überall verfaulte, über Kreuz vernagelte Bretter. Zwischen den schmutzigen, sickerfleckigen Mauern herrschte Winter; von Lampen und Türstürzen hingen Girlanden glitschiger Eiszapfen; in der schneidenden Luft lag bitterer Qualm, bläulich wie der Himmel in der Höhe; vor den Mauern türmten sich schmutzige Schneehalden; Kehrichtknäuel ragten heraus; an manchen Stellen lag etwas Schwarzes, etwas wie ein Pack Lumpen, ein großes Bündel; der ununterbrochene Strom der Fußgänger stieß diese Bündel hin und her, schleuderte sie mit Fußtritten zur Seite, in die Winkel, zwischen rostige Behälter, Dosen und eisverhärtetes Sägemehl. Schnee fiel nicht, aber sichtlich hatte es stark geschneit und sollte bald wieder schneien. Plötzlich begriff ich, wer von der Straße verschwunden war: die Roboter. Keiner war da. Kein einziger. Ihre verschneiten Rümpfe lagen vor den Häusern, erstorbene eiserne Wracks, einträchtig vermengt mit menschlichem Abfall, mit Fetzen, woraus gelbliche rauhreifbedeckte Knochen hervorstachen. Ein Zerlumpter setzte sich just auf einen Schneehaufen und bettete sich zurecht wie in Daunenzeug; ich sah den zufriedenen Gesichtsausdruck; der Bursche fühlte sich wie zu Hause, allein im eigenen Bett; er streckte die Beine aus, wühlte bloßfüßig im Schnee; dies also war jene kalte Strömung, jene seltsame Frische, die manchmal wie aus weiter Ferne herüberwehte, sogar mitten auf der Straße, am hellichten sonnigen Mittag – der Bursche hatte sich schon zum langen Schlaf niedergelegt – das also steckte dahinter. Das Menschengewimmel zog teilnahmslos vorbei; die Passanten waren mit sich selbst beschäftigt: die einen bestäubten die anderen. Am Verhalten ließ sich rasch erkennen, wer sich für einen Menschen hielt – und wer für einen Roboter. Auch die Roboter waren also nur gespielt? Und woher dieser Winter mitten im Sommer? War der ganze Kalender ein Blendwerk? Wozu aber? Tiefkühlschlaf als Gegenmittel gegen Übervölkerung? Dann war also doch ein sorgsamer Planer am Werk, und ich sollte verschwinden, ohne bis zu ihm gedrungen zu sein? Meine Blicke glitten nun über die krätzigen Wolkenkratzerwände mit den zerschlagenen Fenstern; hinter mir herrschte Stille; der Lunch war zu Ende. Die Straße – das war die äußerste Grenze; meine sehenden Augen hatten keine rettende Kraft; in diesem Gewühl müßte ich untergehen, und ich brauchte doch jemanden – allein konnte ich mich bestenfalls eine Zeitlang versteckt halten, wie eine Ratte. Ich war schon jenseits der Verblendung, demnach in der Einöde. Entsetzt und verzweifelt wich ich vom Fenster zurück; mein ganzer Körper spürte ja leider den Frost, gegen den mich nun kein vorgegaukeltes sonniges Klima abschirmte. Ich begriff selber nicht, wohin ich ging, möglichst lautlos den Boden berührend. Ja: ich verbarg bereits die eigene Anwesenheit. Dieses Buckeln und Ducken, die raschen Seitenblicke, das Innehalten und Horchen, dies alles gab mir der Instinkt ein, noch ehe ich irgendeinen Entschluß gefaßt hatte. Aber ich spürte auch bis ins Mark: mir war anzusehen, was ich mit ansah, und dies konnte nicht unbestraft bleiben. Ich ging durch den Korridor des sechsten oder des fünften Stockwerks; zu Trottelreiner konnte ich nicht zurückkehren; die Hilfe, die er brauchte, hätte ich ihm sowieso nicht geben können. Fieberhaft erwog ich mehrere Dinge zugleich, vor allem aber eines: wird das Mittel zu wirken aufhören? Werde ich mich wieder in Arkadien vorfinden? Merkwürdig – diese Aussicht erregte in mir kein anderes Gefühl als nur Ekel und Angst, so, als wollte ich lieber mit vollem Wissen in einem Berg Müll erfrieren, statt die Linderung Trugbildern zu verdanken. Den einen Seitengang konnte ich nicht betreten; den Weg verlegte der Körper eines Greises, der zum Gehen nicht mehr die Kraft hatte, so daß seine zitternden Beine die Schritte nur andeuteten, während er mir mit leisem Röcheln aus der Agonie heraus gesellig zulächelte. Also rasch in den anderen Seitengang – bis vor die Mattglastür eines Büros. Drinnen war es völlig still. Ich trat ein, die Pendeltür schaukelte, ich stand in einem menschenleeren Schreibmaschinensaal. Die Tür am anderen Ende stand einen Spalt weit offen. Ich spähte in ein helles großes Zimmer und wollte eben davonschleichen, weil dort jemand saß, aber da meldete sich eine wohlbekannte Stimme:

»Treten Sie bitte ein, Tichy.«

Ich trat also ein. Ich wunderte mich gar nicht sonderlich über die Anrede, die so klang, als würde ich erwartet; ich nahm auch ruhig hin, daß am Schreibtisch der ehrenwerte George Symington saß: er trug einen grauen Flanellanzug, hatte ein flaumiges Seidentuch um den Hals, einen dünnen Zigarillo im Mund und schwarze Brillengläser vor den Augen und schien mich halb mit Herablassung, halb mit Bedauern zu mustern.

»Nehmen Sie Platz« – sagte Symington. »Das wird eine Weile dauern.«

Ich setzte mich. Dieses Zimmer mit unversehrten Fensterscheiben bildete eine Oase von Reinlichkeit und Wärme inmitten des allgemeinen Verfalls. Keine Spur von eisigem Zugwind oder angewehtem Schnee; ein Tablett, dampfender schwarzer Kaffee, ein Aschenbecher, ein Diktiergerät... Und über Symingtons Kopf hinweg sah ich ein paar Farbfotos an der Wand hängen: weibliche Akte. Unversehens und einigermaßen unsinnig knüpfte sich daran der Gedanke, daß auf den abgebildeten Körpern keine Flechte wuchere.

»Das haben Sie nun davon!« – sagte Symington nachdrücklich. »Und dabei können Sie sich nicht beklagen. Die beste Pflegerin, der einzige Sachsichtige im ganzen Staat, alle haben Ihnen zu helfen versucht. Sie aber? Sie wollten auf eigene Faust nach der ›Wahrheit‹ stochern!«

»Ich?« – begann ich; seine Worte hatten mich völlig verwirrt. Aber ehe ich mich fassen und auf diese Worte einstellen konnte, fuhr er auf mich los:

»Bitte nur nicht lügen! Dazu ist es zu spät. Sie sind sich wohl unerhört pfiffig vorgekommen, wenn Sie so mit Ihren Klagen hausieren gingen, mit dem Verdacht einer ›Halluzination‹! ›Kanal‹, ›Hotelratten‹, ›Aufsitzen‹, ›Satteln‹! Mit solchen plumpen Finten wollten Sie sich behelfen? Die schienen Ihnen gut genug? So dumm kann wirklich nur ein Tautropf sein!«

Ich hörte ihm zu und vergaß den Mund zu schließen. Blitzschnell begriff ich: jede Gegendarstellung mußte vergeblich sein, weil mir Symington sowieso nicht glaubte. In meiner echten Zwangsvorstellung sah er ein zielgerichtetes Manöver! Auch mit jenem Gespräch, mit jener Einführung in die Geheimnisse der Firma »Procrustics Inc.« hatte er also nichts anderes bezweckt, als mich auszuhorchen! Deshalb gebrauchte er die Worte, die mich damals so gräßlich überrascht hatten; vielleicht betrachtete er sie als geheime Erkennungszeichen – für wen? Für eine Verschwörung gegen die Chemie? Meine private Angst vor der Halluzination erschien ihm als taktische Finte! Ja, es war wirklich zu spät dazu, ihm dies alles zu erklären, zumal jetzt, da die Karten aufgedeckt lagen.

»Sie haben hier auf mich gewartet?« – fragte ich.

»Versteht sich. Mitsamt Ihrem Tatendrang wurden Sie von uns die ganze Zeit hindurch am Gängelband geführt. Wir können nicht zulassen, daß unverantwortliche Gegenbewegungen die herrschende Ordnung gefährden.«

– Der sterbende Greis im Korridor! – durchblitzte es mich. – Auch er war ein Teil jener Schranken, die mich hierherleiten halfen...

»Nett, diese Ordnung« – sagte ich. »Und der Chef sind Sie, oder? Mein Kompliment!«

»Ihre Sticheleien sparen Sie sich gefälligst für einen besseren Anlaß« – knurrte er. Ich hatte es fertiggebracht, ihn zu verletzen. Er war erbost.

»Sie haben immerzu nach dem Urquell des Dämonischen gesucht, Sie Tautröpfchen, Sie Friergemüse aus dem vorigen Jahrhundert! Den gibt es aber nicht. Ich stille Ihre Neugier. Der existiert nicht, verstehen Sie? Wir narkotisieren die Zivilisation, denn sonst ertrüge sie sich selbst nicht. Deshalb darf sie nicht geweckt werden. Und auch Sie, mein Herr, werden deshalb zu ihr zurückkehren. Ihnen droht keine Gefahr: das ist ja nicht bloß schmerzlos, sondern auch wohltuend. Wir haben es wesentlich schwerer, denn eurem Wohl zuliebe müssen wir Nüchternheit bewahren.«

»Also Sie tun das aus purer Selbstentäußerung?« – versetzte ich. »Sehr wohl, ich verstehe, gewiß ein Opfer für die Sache der Allgemeinheit.«

»Wenn Sie auf die furchtbare Freiheit des Denkens Wert legen« – entgegnete er frostig – »dann rate ich Ihnen: spotten Sie nicht, verkneifen Sie sich die dummen Sticheleien, womit Sie sich höchstens früher um diese Freiheit bringen.«

»Sie haben mir also noch etwas zu sagen? Ich höre.«

»In diesem Augenblick bin ich außer Ihnen der einzige sehende Mensch im ganzen Staat... Was trage ich im Gesicht?« – fügte er rasch hinzu, wie um mich festzunageln.

»Eine dunkle Brille.«

»Demnach sehen Sie dasselbe wie ich« – sagte er. »Der Chemiker, der die Mittel an Trottelreiner weitergegeben hat, ist schon in den Schoß der Allgemeinheit heimgekehrt und hegt keinerlei Zweifel. Niemand darf welche haben. Begreifen Sie das nicht?«

»Moment mal« – sagte ich. »Mir scheint, Sie legen wirklich Wert darauf, mich zu überzeugen. Warum eigentlich?«

»Weil kein Sachsichtiger ein Dämon ist« – entgegnete er. »Angesichts der Sachlage sind wir machtlos. In die Enge getrieben. Wir müssen mit den Karten spielen, die uns das gemeinschaftliche Schicksal in die Hände gedrückt hat. Wir spenden Ruhe, Heiterkeit und Erleichterung – auf die einzige noch verbliebene Art. Wir halten in Schwebe, was ohne uns in allumfassende Agonie versinken müßte. Wir sind die letzte Stütze dieser Welt. Ihr Atlant. Da sie nun einmal zugrunde gehen muß, bleibt dafür zu sorgen, daß sie nicht leidet. Läßt sich die Wahrheit nicht ändern, so muß sie verhüllt werden. Das ist die letzte Wohltätigkeit, die letzte noch menschliche Pflicht.«

»Also läßt sich ganz gewiß nichts mehr ändern?«

»Wir schreiben das Jahr 2098« – sagte er. »69 Milliarden amtlich bescheinigter Menschen und sicherlich rund 26 Milliarden Illegale. Die mittlere Jahrestemperatur ist um vier Grad gesunken. In fünfzehn, zwanzig Jahren wird hier ein Gletscher sein. Wir können der Vereisung nicht vorbeugen, wir können sie nicht hindern, wir können sie nur verbergen.«

»Ich war immer der Ansicht, in der Hölle müsse Frost herrschen« – sagte ich. »Ihr bemalt also ihre Tür mit hübschen Ornamenten?«

»Genau« – antwortete er. »Wir leisten den letzten Samariterdienst. Jemand mußte von diesem Platz aus zu Ihnen sprechen. Dieser Mensch bin zufällig ich.«

»Ich entsinne mich: Ecce homo!« – sagte ich. »Aber... Moment mal... Ich begreife, worauf Sie hinaus wollen. Sie wollen mich Ihr Amt schätzen lehren, das eines endzeitlichen Narkotiseurs. Wenn kein Brot mehr da ist – Narkose für die Leidenden! Nur weiß ich nicht, wozu meine Bekehrung gut sein soll, wenn ich sie ohnehin gleich wieder zu vergessen habe. Sagen Sie, warum plagen Sie sich mit Vernunftgründen ab, wenn die bereitgehaltenen Mittel gut sind? Sind sie gut – na dann schnell ein paar Tropfen Glaubsalzlösung, einen Spritzer in die Augen – und ich werde jedes Wort begeistert akzeptieren, Sie selbst aber werde ich achten und verehren. Sichtlich glauben Sie nicht recht an den Wert einer solchen Kur, warum fänden Sie sonst soviel Spaß an gewöhnlichem altmodischem Geschwätz und Wortgedresch? Wie kommt es, daß Ihnen ein Gespräch mehr zusagt als der Griff nach dem Zerstäuber? Offenbar wissen Sie ganz genau, daß Ihr psychemischer Sieg ein ordinärer Betrug ist und daß Sie dann auf dem Platz allein zurückbleiben, ein Triumphator mit Sodbrennen! Sie wollen mich zuerst überzeugen und dann ins Vergessen hinabstoßen, aber das wird Ihnen nicht gelingen! Verrecken sollen Sie an Ihrer edlen Sendung, mitsamt diesen Nutten auf den Fotos, womit Sie sich das Erlösungswerk versüßen! Sie brauchen halt doch etwas Echtes, ohne Borstenwuchs, oder?«

Die Wut verzerrte ihm krampfig das Gesicht; er sprang auf und rief:

»Ich habe auch andere Mittel, nicht nur idyllische! Es gibt auch chemische Höllen!«

Ich erhob mich ebenfalls. Er wollte einen Briefbeschwerer vom Schreibtisch aufheben, aber da schrie ich schon: »Dorthin gehen wir beide zusammen!« – und ich fuhr dem Gegner an die Gurgel. Der Schwung riß uns zum offenen Fenster hinüber, wie ich dies gewollt hatte. Schritte trappelten, harte Fäuste versuchten mich von Symington wegzureißen, er wand sich und strampelte, aber da war schon das Fensterbrett, ich bog ihn rücklings darüber, bot die letzten Kräfte auf und sprang. Der Luftsog pfiff mir um die Ohren, wir überschlugen uns, fest ineinander verkeilt; der kreiselnde Trichter der Straße wurde immer größer, ich machte mich auf den zermalmenden Anprall gefaßt, aber der Aufschlag war weich, schwarze Fluten sprudelten, der stinkende, innigst willkommene Schwall schlug über meinem Kopf zusammen und teilte sich wieder. Mitten im Kanal tauchte ich auf und rieb mir die Augen, intensiven Spülichtgeschmack im Mund, aber glücklich, glücklich! Professor Trottelreiner, den mein mörderisches Geschrei aus dem Schlummer aufgeschreckt hatte, beugte sich über das Gewässer und streckte mir vom Ufer her statt einer Bruderhand den Griff des eng zusammengerollten Regenschirms entgegen. *Bemben*-Geräusche verebbten. Die Hilton-Direktion schlief in Reih und Glied auf den Aufblasfauteuils (daher die Sache mit den Aufbläsen!), während sich die Sekretärinnen im Schlaf aufreizend benahmen. Jim Stantor wälzte sich schnarchend von einer Seite auf die andere und quetschte die Ratte ein, die ihm Schokolade aus der Tasche knabberte; beide erschraken. An der Wand kauerte Professor Dringenbaum, der methodische Schweizer; beim fahlgelben Schein der Taschenlampe korrigierte er mit der Füllfeder sein Referat. Als ich mir vergegenwärtigte, daß dieses sammlungsvolle Tun den Beginn der Debatten des zweiten Tages des Futurologischen Kongresses ankündigte, da begann ich so gewaltig zu lachen, daß dem Wissenschaftler das Skript aus den Händen fiel. Und es platschte ins schwarze Wasser und entschwamm in die unerforschte Zukunft.

Die Phantomologie I

Grundlagen der Phantomatik

Das Problem, das uns jetzt bevorsteht, ist folgendes: Wie lassen sich Realitäten erzeugen, die für die in ihnen verweilenden vernünftigen Wesen in keiner Weise von der normalen Realität unterscheidbar sind, doch anderen Gesetzen unterliegen als diese? Beginnen wir jedoch mit einer weniger anspruchvollen Frage, die gewissermaßen eine Einführung in diese Aufgabe darstellt: Ist es möglich, eine künstliche Realität zu schaffen, die der natürlichen vollkommen ähnlich ist, sich jedoch von ihr in keiner Weise unterscheiden läßt? Die erste Frage betrifft die Erzeugung von Welten, die zweite die von Illusionen. Allerdings von perfekten Illusionen. Übrigens weiß ich nicht, ob man sie lediglich als Illusionen bezeichnen kann. Der Leser wird vielleicht zu einem anderen Urteil gelangen.

Das Fachgebiet, das wir untersuchen wollen, nennt sich Phantomatik; sie ist die Vorstufe zur eigentlichen Schöpfungstechnik. Beginnen wir mit einem Experiment, welches, um es gleich zu sagen, nicht direkt zur Phantomatik gehört.

Ein Mensch, der auf der Veranda sitzt, schaut in den Garten und schnuppert gleichzeitig an der Rose, die er in der Hand hält. Nun halten wir (indem wir sie zum Beispiel auf einem Magnetophonband oder etwas Ähnlichem aufzeichnen) die Serien von Impulsen fest, die durch seine sämtlichen Nerven wandern.

Dabei sind einige hunderttausend derartiger Aufzeichnungen auf einmal zu machen, denn wir müssen sämtliche Veränderungen festhalten, die in seinen sensorischen Nerven (der peripheren und der inneren Wahrnehmung) sowie in den Hirnnerven auftreten (das heißt die Signale, die von den Tastkörperchen der Haut und den Propriozeptoren der Muskeln sowie von den Sinnesorganen des Geschmacks, des Geruchs, des Gehörs, des Sehens und des Gleichgewichts kommen).

Wenn wir diese Signale festgehalten haben, versetzen wir unseren Menschen in völlige Isolation – zum Beispiel in einem dunklen Raum in eine Wanne mit lauwarmem Wasser –, setzen an seinen Augäpfeln in geeigneter Weise Elektroden an, führen sie in seine Ohren ein, befestigen sie an seiner Haut usw. Kurz, wir verbinden sämtliche Nerven dieses Individuums mit unserem Magnetophon, setzen es in Gang und schicken auf diese Weise die zuvor gemachten Aufzeichnungen in seine Nerven.

Das ist nicht ganz so leicht, wie ich es dargestellt habe. Wie leicht oder wie schwer es ist, mit den einzelnen Nerven in der obigen Weise zu verfahren, hängt davon ab, welche Bedeutung die topographische Lokalisation der Reize innerhalb des Nervensystems hat. Besondere Schwierigkeiten bereitet der Sehnerv. Das Riechhirn ist, zumindest beim Menschen, nahezu dimensionslos: nehmen wir drei Gerüche gleichzeitig wahr, so ist es sehr schwer zu sagen, welcher woher kommt. Die Lokalisierung innerhalb des Feldes der optischen Wahrnehmung ist dagegen weitgehend gesichert; eine erste Organisation der Reize erfolgt bereits in der Netzhaut, und der Sehnerv ist wie ein vieladriges Kabel beschaffen, dessen einzelne Adern ein Bündel von Impulsen zu einem bestimmten Teil des kortikalen Sehzentrums leiten. Es ist also ziemlich schwierig, die aufgezeichneten Impulse innerhalb dieses Nervs zu »plazieren« (genau wie die Aufzeichnung selbst). Ähnliche, jedoch geringere Schwierigkeiten bereitet auch der Gehörnerv. Es sind verschiedene technische Verfahren denkbar, um das Problem zu bewältigen. Am einfachsten scheint es zu sein, Reize vom Nacken aus in den Kortex zu leiten, das heißt direkt in das Sehzentrum; da von einer chirurgischen Freilegung der Rinde natürlich keine Rede sein kann und sie sich durch die Haut und den Schädelknochen hindurch nicht mit hinreichender Genauigkeit der Lokalisierung reizen läßt, müßte man die elektrischen Impulse in irgendwelche anderen Impulse transponieren (zum Beispiel Strahlungsbündel, wie sie der Maser erzeugt, die mit ihrer ultrakurzen Wellenlänge nicht dicker sind als der Durchmesser eines Neurons). Derartige Wellen können, wenn sie nur genügend gebündelt und schwach genug sind, Reize auslösen, ohne das Hirngewebe im geringsten zu beschädigen. Aber das ist ein ziemlich hoffnungsloses Unterfangen, und auch die Resultate sind durchaus nicht sicher.

Man könnte jedoch einen speziellen »Vorsatz für den Augapfel« bauen, der gewissermaßen ein »Gegenauge« darstellt, ein optisch gleichwertiges System, das mit dem natürlichen Auge durch die Pupillenöffnung »verbunden ist« (selbstverständlich nicht direkt – vor der Pupille liegt die Vorkammer des Auges und die Hornhaut, aber beide sind durchsichtig). Auge und »Gegenauge« bilden ein einheitliches System derart, daß das »Gegenauge« der Sender und das Auge der Empfänger ist. Wenn nun der Mensch (unter normalen Bedingungen) nicht direkt mit den eigenen Augen, sondern durch das »Gegenauge« blickt, dann sieht er alles in ganz normaler Weise, nur daß er auf der Nase so etwas wie eine (ein wenig komplizierte) Brille trägt, und diese »Brille« ist nicht bloß ein lichtdurchlässiges »Einschiebsel« zwischen seinem Auge und der Welt, sondern zugleich ein »Punktier«apparat, der das gesehene Bild in so viele Punktelemente zerlegt, wie die Netzhaut Zapfen und Stäbchen zählt. Die Elemente des Sehfeldes des »Gegenauges« sind (zum Beispiel durch ein Kabel) an einen Aufzeichnungsapparat angeschlossen. So sammeln wir auf geschickte Weise die gleiche Information, die zur Netzhaut gelangt, indem wir uns nicht *hinter* ihr, also hinter dem Augapfel, in den Sehnerv, sondern *vor* ihr in das

»informationssammelnde Vorsatzgerät« einschalten. Wollen wir später die Reaktion umkehren, dann setzen wir dem Menschen wieder die »Brille« auf, nun aber bei Dunkelheit, und schicken die in dem Apparat festgehaltene Aufzeichnung auf dem Weg vom Apparat über das »Gegenauge«, das Auge und den Sehnerv in sein Gehirn. Das ist beileibe nicht die beste Lösung, doch zumindest ist ihre technische Durchführung denkbar. Man beachte bitte, daß bei dieser Lösung etwas ganz anderes geschieht, als wenn man etwa mit Hilfe einer der Pupille vorgeschalteten Kamera einen Film oder Mikrofilm ins Augeninnere projiziert. Der Film hat nämlich – wie jede andere derartige Aufzeichnung – eine *festgelegte* Tiefenschärfe, so daß der Mensch zum Beispiel nicht den Blick von dem deutlichen Vordergrund auf den weniger deutlichen Hintergrund richten kann. Der Film legt somit von vornherein fest, was deutlich und was weniger deutlich gesehen werden soll, selbst wenn es ein dreidimensionaler Film (Stereoskopie) ist. Die Kontraktionsstärke der Muskeln, die für die Abflachung oder Wölbung der Linse sorgen, wird jedoch gesondert an das Gehirn gemeldet und gestattet es unter anderem, Entfernungen abzuschätzen, wenn auch in geringerem Maße als das zweiäugige Sehen. Wir müssen deshalb, da wir eine vollkommene Imitation anstreben, dem Auge auch bei dieser Akkomodationsleistung die Freiheit lassen, ganz davon zu schweigen, daß das Filmbild – »vom Standpunkt des menschlichen Auges aus« – optische Mängel hat. Der Zweck dieser langen Abschweifung war nicht so sehr, eine konkrete Lösung aufzuzeigen – denn unsere Einfälle sind ganz primitiv –, als vielmehr deutlich zu machen, daß die Aufgabe einerseits schwierig, andererseits aber auch letzten Endes lösbar ist.

Wenn unser Mensch nun also im Dunkeln liegt, und durch all seine Nerven wandern genau dieselben Serien von Reizen zum Gehirn wie vorher, als er mit der Rose auf der Veranda saß, dann befindet er sich subjektiv wieder in jener Situation. Er wird den Himmel sehen, die Rose in seiner Hand, jenseits der Veranda den Garten, den Rasen, die spielenden Kinder usw. Ein ähnliches Experiment hat man bereits an einem Hund durchgeführt. Zunächst wurden in geeigneter Weise die Impulse aufgezeichnet, die durch die motorischen Nerven fließen, während der Hund läuft. Anschließend wurde dem Hund das Rückenmark durchtrennt. Dadurch wurden die Hinterbeine gelähmt. Als man in die Nerven der gelähmten Gliedmaßen die elektrische Aufzeichnung hineinschickte, »lebte« der gelähmte hintere Teil des Hundes »wieder auf« und führte Bewegungen aus, wie sie ein normaler Hund beim Laufen macht. Als man das Tempo der Impulsgebung steigerte, beschleunigten sich auch die Bewegungen des Hundes. Der Unterschied zwischen unserem erdachten und diesem tatsächlich durchgeführten Experiment besteht darin, daß dem Hund die Impulse im efferenten Sinne (in die motorischen Nerven) eingeführt wurden, während wir sie in die afferenten (sensorischen) Nerven einführen. Was würde nun geschehen, falls der Mensch in unserem Experiment sich zum Beispiel aus dem Sessel erheben und in den Garten gehen wollte? Natürlich würde ihm das nicht gelingen. Die Impulse, die wir in die Nerven dieses Menschen einführen, sind ja fixiert und unveränderlich. Würde er versuchen aufzustehen, dann käme es zu einer merkwürdigen Konfusion; in der Absicht, nach dem Treppengeländer zu greifen, das er in einer Entfernung von einem Meter vor sich sieht, würde er ins Leere fassen. Seine Erlebnisse würden sich aufspalten in das, was er wahrnimmt, empfindet, und das, was er tut. Verursacht wäre diese Aufspaltung durch die Divergenz zwischen seiner gegenwärtigen motorischen und der vorhergehenden, von uns aufgezeichneten sensorischen Aktivität.

Ob es im Leben auch zu ähnlichen Situationen kommt?

Es geschieht nicht selten, daß jemand, der zum erstenmal im Theater ist, sich lauthals mit »guten Ratschlägen« an die Schauspieler wendet (zum Beispiel, daß Romeo nicht Selbstmord begehen soll) und sich sehr wundert, daß die Schauspieler diese guten Ratschläge nicht zur Kenntnis nehmen. Sie reagieren darauf nicht, weil jede Kunst – sei es Theater, Film oder Literatur – »vorprogrammiert«, ein für allemal festgelegt ist und keine Einmischung in die Handlung den Gang der Ereignisse zu korrigieren vermag. Die Kunst besteht in einer einseitigen Informationsübertragung. Wir sind nur Adressaten, nur Empfänger der Filmvorführung oder der Theatervorstellung. Wir sind passive Empfänger und nicht Teilnehmer der Handlung. Das Buch vermittelt nicht eine solche Illusion wie das Theater, weil man gleich den Schluß aufschlagen und sich überzeugen kann, daß er bereits festgelegt ist. Im Theater dagegen ist der weitere Gang der Vorstellung lediglich im Gedächtnis der Schauspieler festgelegt (zumindest für denjenigen Zuschauer, der noch nicht den Text des Stückes gelesen hat). In der Science-fiction-Literatur kann man zuweilen von künftigen Unterhaltungsformen lesen, die auf einem ähnlichen Vorgehen beruhen sollen, wie es in unserem Experiment dargestellt wurde. Der Held befestigt an seinem Kopf entsprechende Elektroden und befindet sich plötzlich im Herzen der Sahara oder auf dem Mars. Die Autoren derartiger Darstellungen machen sich nicht klar, daß jene »neue« Kunst sich von der heutigen lediglich dadurch unterscheidet, daß die Art des »Anschlusses« an einen strikt vorprogrammierten Inhalt geringfügig geändert wurde – und daß man im stereoskopischen »Circarama«, das außer der Stereophonie eventuell noch über einen »zusätzlichen Duftkanal« verfügt, Illusionen erleben kann, die auch ohne Elektroden nicht schlechter zu sein brauchen. Das Blickfeld ist genau dasselbe wie in natura, das heißt potentiell 360 Grad, alles, was man sieht, hat drei Dimensionen, natürliche Farben, und der Duftapparat erzeugt gleichzeitig »Wüsten«- oder »Mars«-Atmosphäre – die Sache braucht also gar nicht ins Jahr 2000 projiziert zu werden, da man sie mit einem entsprechenden Investitionsaufwand auch heute realisieren kann. Im übrigen ist es unwesentlich, wo sich wer die Elektroden hinsteckt – es sei denn, daß allein schon durch die Elektroden der Eindruck einer Zivilisation des 30. Jahrhunderts hervorgerufen werden soll.

Wenn sich also in der »traditionellen« Kunst zwischen dem zu vermittelnden Inhalt und dem Gehirn des Empfängers dessen Sinnesorgane befinden, so werden in der »neuen« Kunst der Science-fiction diese Organe umgangen, da der Inhalt der Information unmittelbar in die Nerven eingeführt wird. Die Verbindung ist jedoch in beiden Fällen einseitig. Insofern gehört weder das von uns zu Anschauungszwecken vorgeführte Experiment noch die »neue Kunst« zur Phantomatik. Die Phantomatik bedeutet nämlich, daß zwischen der »künstlichen Realität« und ihrem Empfänger *wechselseitige* Verbindungen geschaffen werden. Die Phantomatik ist, anders gesagt, eine Kunst mit Rückkoppelung. Selbstverständlich könnte sich jemand Schauspieler mieten, sie als Höflinge des 17. Jahrhunderts und sich als König von Frankreich verkleiden und dann mit den Verkleideten in einer entsprechenden Umgebung (zum Beispiel einem angemieteten alten Schloß) das Spiel »Ich herrsche auf dem Ludwigsthron« aufführen. Ein solches Vorgehen hat mit der Phantomatik nicht im entferntesten etwas zu tun, schon deshalb nicht, weil man den Handlungsbereich verlassen kann.

Phantomatik bedeutet, daß eine Situation geschaffen wird, in der es aus der Welt der erzeugten Fiktion keine »Ausgänge« in die reale Welt gibt. Überlegen wir nun, mit welchen Mitteln sich diese Situation realisieren läßt, und erörtern wir dann die interessante Frage, ob überhaupt ein

Verfahren denkbar ist, mit dem der Phantomatisierte sich davon überzeugen kann, daß seine Erlebnisse lediglich eine Täuschung sind, die ihn von der vorübergehend abhanden gekommenen Realität fernhält.

Die phantomatische Maschine

Was kann ein Mensch erleben, der an den phantomatischen Generator angeschlossen ist? Alles. Er kann steile Alpenwände erklimmen, ohne Raumanzug und Sauerstoffmaske auf dem Mond herumwandern, an der Spitze einer ergebenen Mannschaft in klirrender Rüstung mittelalterliche Burgen erobern – oder auch den Nordpol. Er kann als Sieger im Marathonlauf oder als größter Poet aller Zeiten von den Massen umjubelt werden und aus der Hand des schwedischen Königs den Nobelpreis empfangen, Madame de Pompadour lieben und bei ihr auf Gegenliebe stoßen, sich mit Jago duellieren, um Othello zu rächen, und er kann von Killern der Mafia erdolcht werden. Auch möglich, daß er fühlt, wie ihm gewaltige Adlerflügel wachsen, daß er fliegt, oder auch, daß er zum Fisch wird und sein Leben zwischen den Korallenriffen verbringt; daß er als ein riesiger Hai mit aufgerissenem Rachen in einen Schwarm von Opfern hineinfährt, ach, was sage ich!, daß er badende Menschen fortreißt, sie mit Appetit verspeist und in einem stillen Winkel seiner unterseeischen Grotte verdaut. Er kann ein zwei Meter langer Neger sein, oder der Pharao Amenhotep, oder Attila, aber auch – gewissermaßen umgekehrt – ein Heiliger, ein Prophet, einschließlich der Garantie, daß seine Prophezeiungen sich bis aufs I-Tüpfelchen erfüllen; er kann sterben und von den Toten wiederauferstehen, und das viele, viele Male.

Wie lassen sich derartige Erlebnisse realisieren? Ganz einfach ist das sicherlich nicht. Wir müssen das Gehirn dieses Menschen an eine Maschine anschließen, die bestimmte Folgen von Duft-, Licht-, Tastreizen usw. in das Gehirn hineinschickt. Auf diese Weise wird er auf der Spitze der Pyramiden stehen, in den Armen der Miss Universum des Jahres 2500 liegen oder mit des Schwertes Schneide den waffenstarrenden Feinden den Tod bringen. Dabei muß die Maschine die Reize, welche sein Gehirn in Reaktion auf die entsandten Impulse erzeugt, unverzüglich, im Bruchteil einer Sekunde, an ihre Subsysteme weiterleiten, in denen es aufgrund der Korrekturwirkung der Rückkoppelungen und aufgrund der Organisation von Reizströmen durch entsprechend projektierte, sich selbst organisierende Systeme dazu kommt, daß Miss Universum auf seine Worte und Küsse reagiert, daß die Stiele der Blumen, welche er in der Hand hält, gleichzeitig erschlaffen und daß aus der Brust des Feindes, den er mit Lust durchbohrt, das Blut hervorspritzt. Ich bitte diesen melodramatischen Ton zu entschuldigen, aber ich möchte ohne allzu große Platz- und Zeitverschwendung darstellen, worauf die Wirkung der Phantomatik als einer »Kunst mit Rückkoppelung« beruht, die den ehemaligen Rezipienten zum aktiven Teilnehmer, zum Helden, zum Mittelpunkt programmierter Ereignisse macht. Ich glaube, es ist besser, wenn ich mich derartiger Bilder bediene, auch wenn sie ein bißchen opernhaft sind, statt technische Ausdrücke zu benützen, die nicht nur die Darstellung schwerfällig machen würden, sondern auch insofern nicht angebracht wären, als es bislang weder eine phantomatische Maschine noch Programme für sie gibt.

Daß die Maschine über ein Programm verfügte, welches sämtliche eventuellen Taten des Rezipienten und Helden in einer Person von Anfang an voraussieht, ist unmöglich. Trotzdem brauchte die Maschine nicht eine Komplexität zu besitzen, die der summierten Komplexität sämtlicher in der Vision auftretender Personen (auch der Feinde, der Höflinge, der Miss Universum usw.) entspricht. Bekanntlich versetzt uns der Traum in verschiedene ungewöhnliche Umgebungen, wir treffen eine Unmenge von teils merkwürdigen Menschen, die sich vielfach exzentrisch verhalten und uns durch ihre Äußerungen verblüffen, sogar mit gewaltigen Volksmengen führen wir Gespräche, und dabei ist das Ganze, das heißt die unterschiedlichsten Umgebungen und unsere Traumpartner, das Produkt nur eines einzigen, träumenden Gehirns. Das Programm der phantomatischen Vision kann demnach nur ein Rahmenprogramm sein, zum Beispiel »Ägypten zur Zeit der XI. Dynastie« oder »Das unterseeische Leben im Mittelmeerbecken«, und die Gedächtnisspeicher der Maschine müssen mit einer Unmenge von Fakten gespeist sein, die sich auf das jeweilige Thema beziehen und bei Bedarf aus ihrem Dämmerschlaf geweckt und plastisch vermittelt werden. Der Bedarf entsteht selbstverständlich nur durch das »Verhalten« des Phantomatisierten, etwa, wenn er sich umdreht, um jenen Teil des Thronsaales der Pharaonen zu betrachten, der sich »hinter seinem Rücken« befindet. Die Impulse, welche sein Gehirn in diesem Falle zu den Genick- und Halsmuskeln schickt, müssen unverzüglich dadurch »pariert« werden, daß die afferente Projektion des optischen Bildes sich in der Weise ändert, daß tatsächlich der »hintere Teil des Saales« in sein Gesichtsfeld tritt; die phantomatische Maschine muß ja auch auf jede, selbst die geringste Veränderung des vom menschlichen Gehirn ausgehenden Reizstromes in einer dieser Veränderung entsprechenden Weise unverzüglich reagieren. Das sind natürlich nur die ersten Anfänge des phantomatischen Einmaleins. Auch die Gesetze der physiologischen Optik, der Schwerkraft usw. usf. müssen exakt reproduziert werden (es sei denn, daß das Thema der gewünschten Vision dem entgegensteht: jemand möchte »mit ausgebreiteten Armen fliegen«, was dem Gravitationsgesetz widerspricht). Außer den erwähnten strikt deterministischen Zusammenhängen von Ursache und Wirkung muß die Vision aber auch Prozeßabläufe enthalten, die eine relative Freiheit besitzen, was nichts anderes heißt, als daß die in ihr auftretenden Gestalten, die phantomatischen Partner unseres Helden, menschliche Merkmale besitzen müssen, also eine (relative) Unabhängigkeit des Redens und Handelns von den Worten und Taten des Helden; sie dürfen keine Marionetten sein – es sei denn, daß der Phantomatisierungswillige auch hier wieder einen entsprechenden Wunsch vor der »Vorstellung« äußert. Die Komplexität der in Anspruch genommenen Apparatur wird selbstverständlich variieren: Miss Universum ist leichter zu imitieren als Einstein; im letzteren Falle müßte die Maschine schon über eine Komplexität und damit auch eine Intelligenz verfügen, die der Verstandeskraft eines genialen Menschen entspricht. Man kann nur hoffen, daß es von den Liebhabern eines Schwätzchens mit solchen Schönheitsköniginnen weitaus mehr gibt als von denen, die nach einem Gespräch mit dem Schöpfer der Relativitätstheorie lechzen. Ergänzend sei noch hinzugefügt, daß das »Einschiebsel«, die »Gegenaugen«, von denen in unserem ersten Anschauungsbeispiel die Rede war, bei einem voll entwickelten Phantomisator nicht sehr viel hergeben würde – hier bedarf es anderer, vollkommenerer Lösungen. Das Prinzip ist jedoch das gleiche: Der Mensch ist durch zwei Informationskanäle, einen afferenten und einen efferenten, mit einer Umwelt verbunden, die von der phantomatischen Maschine imitiert wird. Die Maschine kann in dieser Situation alles, nur eines nicht: ihrer direkten Kontrolle unterliegen nicht die Prozesse, die im Gehirn des Rezipienten ablaufen, sondern lediglich die Fakten, die in das Gehirn gelangen; man kann also im Phantomaten beispielsweise nicht verlangen, eine Persönlichkeitsspaltung oder einen akuten Anfall von Schizophrenie zu erleben. Doch ist diese Bemerkung ein bißchen voreilig, denn hier sprechen wir nur von der »peripheren Phantomatik«, die »von der Peripherie« des Körpers aus hervorgerufen wird, da ja das Hin und Her der Impulse sich in den Nerven abspielt und nicht unmittelbar in die zerebralen Prozesse eingreift.

Die Frage, wie man den fiktiven Charakter der phantomatischen Vision erkennen kann, entspricht *prima facie* der Frage, die sich zuweilen der Träumende stellt. Bei manchen Träumen kann man sich ja nicht des überwältigenden Gefühls erwehren, daß das, was in ihnen geschieht, real ist. Dazu wäre allerdings anzumerken, daß das Gehirn des Träumenden niemals die volle Erkenntnis- und Intelligenzleistung aufbringt wie im Wachzustand. Unter normalen Bedingungen kann man den Traum für den Wachzustand halten, aber nicht umgekehrt (den Wachzustand für einen Traum), höchstens ausnahmsweise, aber das sind dann spezifische Zustände (gleich nach dem Aufwachen oder während einer Krankheit oder während wachsender geistiger Erschöpfung). In diesen Fällen haben wir es aber stets mit einem Bewußtsein zu tun, das sich deshalb »betrügen« läßt, weil es verschattet ist.

Die phantomatische Vision tritt – im Unterschied zum Traum – im Wachzustand auf. Nicht das Gehirn des Phantomatisierten erzeugt die »anderen Personen«, die »anderen Welten«, sondern die Maschine. Der phantomatisierte Mensch ist, was Menge und Inhalt der zu ihm gelangenden Information betrifft, der Gefangene der Maschine: von außen erreicht ihn keine sonstige Information. Mit der zu ihm gelangenden Information kann er jedoch ganz ungehindert verfahren, also sie interpretieren und analysieren, wie es ihm gefällt, aber natürlich nur, so weit sein Scharfsinn reicht. Kann also ein Mensch, der im Vollbesitz seiner geistigen Kräfte ist, den phantomatischen »Betrug« entdecken?

Nun, wenn die Phantomatik so etwas sein sollte wie heute das Kino, dann müßte ihm schon die Tatsache, daß er sich dorthin begibt, eine Eintrittskarte erwirbt und ähnliche vorausgehende Handlungen, an die sich der Phantomatisierte ja auch während der Vorstellung noch erinnert, und schließlich auch das Wissen, wer er im gewöhnlichen Leben wirklich ist – das alles müßte es ihm gestatten, das Erlebte richtig zu beurteilen und nicht ganz ernst zu nehmen. Das hätte zwei Aspekte: einerseits könnte sich der Mensch in dem Bewußtsein, daß das erlebte Geschehen nur Konvention ist, genau wie im Traum sehr viel mehr erlauben als in Wirklichkeit (in der Schlacht, in Gesellschaft oder in der Liebe würde er also kühner vorgehen, als es seiner Verhaltensnorm entspricht). Dieser die Handlungsfreiheit erweiternde und daher subjektiv eher angenehme Aspekt würde durch den zweiten, gleichsam entgegengesetzten Aspekt wettgemacht: durch das Bewußtsein, daß weder die vollbrachten Taten noch die in der Vision auftretenden Personen materiell, das heißt echt sind. Es könnte also passieren, daß selbst die perfekteste Vision das Bedürfnis nach Authentizität nicht befriedigt.

Das kann und wird auch sicherlich eintreten, wenn aus der Phantomatik tatsächlich so etwas wie ein Theater oder Freizeitvergnügen wird. Die Direktion des hypothetischen Phantomaten wird nicht daran interessiert sein, das Fiktive der Erlebnisse sonderlich geschickt zu maskieren, wenn dadurch bei den Besuchern etwa ein Nervenschock ausgelöst werden könnte. Schließlich wird es, aufgrund entsprechender Gesetze, wahrscheinlich nicht erlaubt sein, gewisse Wünsche – zum Beispiel solche sadistischer Natur – zu erfüllen.

Uns geht es hier indessen nicht um ein solches sittlich-administratives Problem, sondern um ein ganz anderes, gnoseologisches. Daß es möglich ist, den »Eintritt« in die Vision vollkommen zu verschleiern, steht außer Zweifel. Jemand begibt sich zum Phantomaten und bestellt einen Ausflug in die Rocky Mountains. Es ist ein sehr schöner und angenehmer Ausflug, bis dieser Mensch schließlich »aufwacht«, das heißt, daß die Vision zu Ende ist; der Bedienstete des Phantomaten nimmt dem Besucher die Elektroden ab, geleitet ihn zur Tür und sagt freundlich auf Wiedersehen, der Mensch tritt auf die Straße und befindet sich auf einmal inmitten einer ungeheuerlichen Katastrophe: die Häuser stürzen ein, die Erde bebt, und aus dem Himmel sinkt eine gewaltige »Untertasse« voller Marsmenschen herab. Was ist geschehen? Das »Aufwachen«, das Abnehmen der Elektroden, das Verlassen des Phantomaten – das waren *gleichfalls* Teile der Vision, die mit einem unschuldigen Ausflug in die Natur begann.

Aber selbst wenn niemand auf derartige »Streiche« verfiele, würden in den Wartezimmern der Psychiater gewisse Neurotiker auftauchen, die von einer neuartigen Plage gequält wären, nämlich der Angst, das, was sie erlebten, sei überhaupt nicht wahr, »jemand« halte sie in der »phantomatischen Welt« gefangen. Ich erwähne das, weil es ein eindeutiger Beweis dafür ist, daß die Technik nicht nur das normale Bewußtsein prägt, sondern sich sogar in Krankheiten niederschlägt, die durch sie entstehen.

Wir haben nur eines der zahlreichen Verfahren erwähnt, mit denen die »Phantomatizität« der Erlebnisse verschleiert werden kann. Es ließe sich noch eine ganze Reihe anderer, nicht minder wirksamer Verfahren anführen, ganz davon zu schweigen, daß die Vision sich in beliebig vielen »Etagen« abspielen kann, wie es oftmals im Traum geschieht, wenn man träumt, man sei bereits erwacht, während man in Wirklichkeit den nächsten, in den vorigen gleichsam eingesetzten Traum träumt.

Das »Erdbeben« hört plötzlich auf, die Untertasse verschwindet, der Besucher stellt fest, daß er noch immer in dem Sessel mit den Drähten sitzt, die seinen Kopf mit der Apparatur verbinden. Der Techniker erläutert mit einem zuvorkommenden Lächeln, das sei ein »Zusatzprogramm« gewesen, der Besucher geht wieder nach Hause, legt sich schlafen, geht am nächsten Morgen zur Arbeit, um festzustellen, daß das Büro, in dem er gearbeitet hat, nicht mehr existiert: ein Blindgänger aus dem letzten Krieg ist explodiert und hat es zerstört.

Das kann natürlich gleichfalls eine Fortsetzung der Vision sein. Wie aber kann man sich davon überzeugen?

Zunächst gibt es da ein sehr einfaches Verfahren. Die Maschine, so haben wir gesagt, ist die einzige Quelle von Informationen über die Außenwelt. Das ist Tatsache. Allerdings ist sie nicht die einzige Quelle von Informationen über den Zustand des Organismus selbst. Das ist sie nur zum Teil: sie ersetzt nämlich nur die *neuralen* Mechanismen des Körpers, die darüber informieren, wo Arme und Beine, wo der Kopf sich befindet, wie die Augäpfel sich bewegen usw. Die vom Organismus erzeugte *biochemische* Information unterliegt dagegen nicht der Kontrolle – zumindest nicht in den bisher besprochenen Phantomaten. Wir brauchen also nur hundert Kniebeugen zu machen: wenn wir dann in Schweiß geraten, wenn uns ein bißchen die Luft ausgeht, wenn das Herz zu hämmern beginnt und die Muskeln müde werden, befinden wir uns in der Realität und nicht in der Vision, denn die Ermüdung der Muskeln beruht darauf, daß sich in ihnen Milchsäure angesammelt hat, und auf den Zucker- oder Kohlendioxydgehalt des Blutes sowie auf die Milchsäurekonzentration in den Muskeln kann die Maschine keinen Einfluß haben. In der phantomatischen Vision könnte man sogar tausend Kniebeugen ohne irgendwelche Ermüdungserscheinungen machen. Doch selbst dem ließe sich abhelfen – sofern natürlich jemandem daran gelegen wäre, die Phantomatik weiter zu vervollkommnen. Ganz primitiv könnte man zunächst dem Phantomatisierten authentische Bewegungen ermöglichen, nur müßte er dazu speziell untergebracht werden, damit er Spielraum hätte (also mit den Muskeln arbeiten könnte). Griffe er dann zum Schwert, so wäre die Bewegung natürlich nur für den äußeren Beobachter echt, da seine Faust ja nicht den Schwertgriff, sondern die Leere umschließen würde. Doch kann man dieses simple Verfahren durch ein vollkommeneres ersetzen. Die chemische Information des Organismus wird dem Gehirn auf verschiedenen Wegen übermittelt. Entweder durch Nerven: sei es, daß der ermüdete Muskel »den Gehorsam versagt«, daß die ausgesandten Nervenimpulse ihn also nicht in Bewegung setzen, sei es, daß wir Muskelschmerzen empfinden, was gleichfalls ein Resultat der Reizung von Nervenendungen ist und sich natürlich phantomatisch imitieren läßt; oder unmittelbar: ein Übermaß an Kohlendioxyd im Blut reizt das Atemzentrum im verlängerten Mark und ruft eine Vertiefung und Beschleunigung des Atems hervor. Aber die Maschine kann ja einfach den Kohlendioxydgehalt der *Luft*, die der Mensch einatmet, erhöhen; wenn sich die Sauerstoffmenge entsprechend vermindert, verschiebt sich der quantitative Anteil beider Gase im Blut wie bei schwerer Muskelarbeit. Somit scheidet bei einer perfektionierten Maschine auch die »biochemisch-physiologische Methode« aus.

Bleibt nur noch das »intellektuelle Spiel mit der Maschine«. Die Möglichkeit, Vision und Realität zu unterscheiden, hängt von der »phantomatischen Potenz« der Apparatur ab. Angenommen, wir befänden uns in der zuletzt geschilderten Situation und versuchten herauszubekommen, ob sie authentische Wirklichkeit ist oder nicht. Nehmen wir an, wir kennen einen hervorragenden Philosophen oder Psychologen; wir begeben uns zu ihm und verwickeln ihn in ein Gespräch. Auch das kann Einbildung sein, doch muß eine Maschine, die einen vernünftigen Gesprächspartner imitiert, weitaus komplexer sein als eine, die Szenen wie aus einer *»soap opera«* arrangiert, etwa die Landung einer Untertasse mit Marsbewohnern. Der »Ausflugs«-Phantomat und der »menschenerzeugende« Phantomat sind im Grunde zwei verschiedene Apparate. Der letztere ist ungleich schwerer zu bauen als der erstere.

Die Wahrheit könnte man auch anders herausbekommen. Wie jeder Mensch, haben wir unsere Geheimnisse. Mögen sie auch nichtig sein, so sind sie doch unsere. »Gedankenlesen« kann die Maschine nicht (das ist nicht möglich: der neurale »Code« des Gedächtnisses ist eine individuelle Eigentümlichkeit jedes Menschen, und selbst wenn der Code bei einem »gebrochen« wird, sagt das nichts über die Codes anderer). Weder sie noch sonst jemand weiß also, daß eine bestimmte Schublade in unserem Schreibtisch klemmt. Wir eilen nach Hause und überprüfen, wie es sich damit verhält. Eine klemmende Schublade macht es sehr viel wahrscheinlicher, daß die Welt, in der wir uns befinden, real ist. Um etwas so Belangloses wie eine Schublade, die sich verworfen hat, noch vor unserem Besuch im Phantomaten zu entdecken und auf seinen Bändern festzuhalten, müßte uns der Schöpfer der Vision ganz schön ausforschen! Am leichtesten wird es noch sein, die Vision durch ähnliche Einzelheiten zu demaskieren. Aber der Maschine bleibt immer die Möglichkeit eines taktischen Manövers. Die Schublade klemmt nicht. Wir vermuten deshalb, daß wir noch immer in der »Vision« sind. Nun erscheint unsere Frau; wir erklären ihr, es sei bloß eine »Täuschung«. Wir beweisen das, indem wir lebhaft auf die herausgezogene Schublade hindeuten. Die Frau lächelt mitleidig und erklärt, der von ihr bestellte Tischler habe die Schublade am Morgen abgehobelt. Also wissen wir wiederum nichts. Entweder ist es die wirkliche Welt, oder die Maschine hat durch ein geschicktes Manöver unseren Zug pariert. Zweifellos setzt das »strategische Spiel« mit der Maschine voraus, daß sie unser alltägliches Leben genau kennt. Man darf sich allerdings nicht zur Übertreibung verleiten lassen; in einer Welt, in der es die Phantomatik gibt, erweckt jede Erscheinung, die nicht völlig normal ist, den Verdacht, es handele sich um eine fiktive Vision, aber schließlich kommt es auch in der Wirklichkeit gelegentlich vor, daß Blindgänger explodieren und daß Ehefrauen den Tischler bestellen. Halten wir also das folgende fest: die Behauptung, die Person X befinde sich in der wirklichen und nicht in der phantomatischen Welt, kann stets nur wahrscheinlich sein, zuweilen sehr wahrscheinlich, ist aber niemals absolute Gewißheit. Das Spiel gegen die Maschine ist mit dem Schachspiel vergleichbar: die elektronische Maschine von heute verliert gegen einen perfekten Spieler, gewinnt aber gegen einen mittelmäßigen; in Zukunft wird sie gegen jeden Menschen gewinnen. Für die Phantomaten gilt das gleiche. Die prinzipielle Schwäche jeglicher Bemühungen um die Aufdeckung des tatsächlichen Sachverhalts besteht darin, daß jemand, der gegen die Welt, in der er lebt, den Verdacht der Nichtauthentizität hegt, auf sich allein gestellt handeln muß. Wendet er sich nämlich um Hilfe an andere Personen, dann liefert er – oder besser gesagt: dann besteht die Möglichkeit, daß er *der Maschine strategisch wertvolle Information liefert.* Befindet er sich in der Vision und weiht er einen »alten Freund« in seine existentiellen Zweifel ein, so gibt er der Maschine zusätzliche Information, die sie dazu ausnützt, ihn in der Überzeugung zu bestärken, seine Erlebnisse seien real. Er darf also *niemandem* vertrauen außer sich selbst, was seinen Handlungsspielraum stark einschränkt. Er handelt gleichsam aus der Defensive heraus, weil er überall umstellt ist. Woraus gleichzeitig folgt, daß die phantomatische Welt eine Welt der totalen Vereinsamung ist. Mehr als einen Menschen kann es in ihr zur gleichen Zeit nicht geben – so wie sich auch zwei reale Menschen nicht in ein und demselben Traum befinden können.

Es ist unmöglich, daß eine Zivilisation sich »hundertprozentig phantomatisiert«. Würden nämlich all ihre Mitglieder von einem bestimmten Augenblick an beginnen, phantomatische Visionen zu erleben, so würde die reale Welt dieser Zivilisation zum Stillstand kommen und absterben. Da selbst die appetitlichsten phantomatischen Gerichte nicht die Lebensfunktionen in Gang halten (obwohl man das Gefühl der Sättigung durch Einleitung entsprechender Impulse in die Nerven hervorrufen kann!), muß der phantomatisierte Mensch über kurz oder lang authentische Nahrung bekommen. Man kann sich natürlich einen gesamtplanetaren »Superphantomaten« vorstellen, an den die Bewohner dieses Planeten »ein für allemal«, das heißt bis zum Ende ihres Lebens angeschlossen sind, während die vegetativen Prozesse ihrer Körper von automatischen Apparaten (die zum Beispiel dem Blut Nährstoffe usw. zuführen) aufrechterhalten werden. Eine solche Zivilisation ist natürlich ein Alptraum. Das ist allerdings kein Kriterium für ihre Wahrscheinlichkeit, die von etwas anderem abhängt. Sie würde nur so lange existieren, wie die an den »Superphantomaten« angeschlossene Generation leben würde. Das wäre eine merkwürdige Form der Euthanasie, so etwas wie ein angenehmer zivilisatorischer Selbstmord. Wir halten deshalb ihre Realisierung für unmöglich.

Periphere und zentrale Phantomatik

Neben der Phantomatik ist aus der Geschichte eine Reihe mehr oder weniger spezifischer Verfahren bekannt, auf das menschliche Gehirn einzuwirken, sei es durch periphere Reize (»periphere Präphantomatik«) oder durch zentrale Eingriffe (»zentrale Präphantomatik«).

Zu den ersteren gehören die besonders in frühen Zivilisationen entwickelten Rituale, bei denen die Menschen durch motorische Reize (z. B. Tanzrituale), akustische Reize (rhythmische Impulse mit ihrem »Wiegeneffekt« auf emotionale Prozesse; die Melodie kommt nämlich in der

Evolution nach dem Rhythmus), visuelle Reize usw. in einen bestimmten Zustand der Ekstase versetzt wurden. Durch solche Rituale konnte man Gruppen von Menschen in einen Zustand bringen, bei dem das Bewußtsein des einzelnen verdunkelt oder vielmehr verengt war, wie es immer bei besonders starken Emotionen der Fall ist. Heute denkt man bei solchen kollektiven Zuständen höchster Erregung an eine »allgemeine Zügellosigkeit«, an eine Orgie, doch in den Gesellschaften der Vorzeit handelte es sich wohl eher um ein halb mystisches, halb dämonisches Verschmelzen der individuellen Erlebnisse zu einem Zustand allgemeiner Erregung, in dem sexuelle Gefühlselemente durchaus nicht dominierten; die Anziehungskraft solcher Praktiken beruhte wohl eher auf ihrer mysteriösen Fähigkeit, die im Menschen verborgenen, im täglichen Leben nicht sichtbar werdenden Kräfte freizusetzen.

Zu den letzteren Verfahren gehört das Einnehmen von solchen Substanzen wie Meskalin, Psilocybin, Haschisch, Alkohol, Fliegenpilzextrakt usw. Durch ihren Einfluß auf den Chemismus des Gehirns rufen sie Zustände hervor, die subjektiv teils als erhaben, teils als lustvoll erlebt werden; zuweilen appellieren sie mehr an die ästhetischen, dann wiederum mehr an die emotionalen Seiten der Seele. Im übrigen sind diese beiden Verfahrensarten häufig kombiniert worden, um so die Erlebnisse aufs höchste zu steigern; mit der Phantomatik haben diese Praktiken das gemein, daß sie die dem Gehirn zugeführte Information aktiv beeinflussen, um es in einen Zustand zu versetzen, der nicht deshalb erstrebt wird, weil er eine angemessene Regelung des Verhältnisses zur Umwelt bedeutet, sondern weil er Lust bzw. Erschütterung (Katharsis) hervorruft, also ganz einfach ein machtvolles und tiefes Erlebnis. Waren diese alten Praktiken vielleicht kollektive Äußerungen von Sadismus oder Masochismus? Waren sie eine Erscheinung des religiösen Lebens? Oder waren es die ersten Anfänge der »Massenkunst«, die zwischen Schöpfern und Adressaten nicht unterscheidet, sondern alle zu Mitschöpfern des »Werkes« macht? Wieso uns das interessiert? Weil es in einer gewissen Weise mit der Klassifikation der Phantomatik zusammenhängt.

Die verschiedenen Schulen der Psychoanalyse neigen dazu, alles menschliche Handeln auf elementare Triebe zurückzuführen, ob es nun die puritanische Askese ist, die als »Masochismus« – oder die krasseste Ausschweifung, die als »Sadismus« etikettiert wird; unser Einwand gegen diese Thesen ist nicht, daß sie falsch seien, sondern vielmehr, daß ihre Wahrheit allzu trivial ist, als daß sie zur Erkenntnis beitragen könnte. Über den Pansexualismus zu diskutieren ist ebenso unfruchtbar, wie es ein Streit über die Frage wäre, ob der Geschlechtsakt eine Äußerung der Sonnenaktivität ist. Letzten Endes ist er das sicher, denn das Leben verdankt ja seine Entstehung der Strahlung der Sonne; man könnte also, indem man die lange Kette von Ursachen und Wirkungen darstellt, die von unserem Stern ausgehend über die Erdrinde und weiter durch die Entwicklungsreihen der Evolution verläuft, aufzeigen, wie der Energieverfall der Strahlungsquanten in den Pflanzen, die wiederum Nahrung für die Tiere sind, zu denen auch der Mensch gehört, letzten Endes, auf einer von der Energiequelle bereits unendlich weit entfernten Stufe zu Geschlechtsakten führt, dank denen dieser ganze Prozeß überhaupt fortgesetzt werden kann (denn ohne Vermehrung der Organismen würden alle aussterben). In diesem Sinne kann man auch sagen, daß in einem Kunstwerk der Geschlechtstrieb sublimiert worden sei. Wenn man das sagt, spricht man eher eine Metapher als eine Wahrheit aus – jedenfalls ist es keine wissenschaftliche Wahrheit. Nicht alles ist nämlich eine wissenschaftliche Wahrheit: der Ozean der irrelevanten Variablen ist größer als der Ozean der Dummheit, und das will schon etwas heißen.

Läßt man die Ketten von Ursache und Wirkung nur genügend lang werden, dann bekommt jeder Versuch, weit auseinander liegende Etappen miteinander zu verknüpfen, etwas Metaphorisches, statt eine wissenschaftliche Aussage zu sein. Das gilt ganz besonders für komplexe Systeme von der Art des Neuronennetzes, bei denen wegen der Vielzahl innerer Verknüpfungen und Rückkoppelungsschleifen schwer festzustellen ist, was Wirkung und was Ursache ist. In einem so komplexen Netzwerk wie dem menschlichen Gehirn nach »ersten Ursachen« zu suchen ist reinster Apriorismus. Auch wenn sich der psychoanalytische Psychiater dagegen verwahren wird, so muß doch aus seinen Behauptungen gefolgert werden, daß ein strenger Erzieher und Jack the Ripper sich nur in der Weise voneinander unterscheiden wie zwei Autos, von denen das erste weit bessere Bremsen hat als das zweite und deshalb keine Katastrophe verursacht. Vor Jahrhunderten waren die künstlerische, die magische, die religiöse und die unterhaltende Aktivität nicht so voneinander abgegrenzt wie heute. Wenn wir die Phantomatik als »Unterhaltungstechnik« bezeichnen, so mit Rücksicht auf ihre genetischen Zusammenhänge mit entsprechenden Techniken von heute, was aber über ihre künftigen, vielleicht universellen Aspirationen nichts besagt.

In unserem Klassifikationssystem gehört die periphere Phantomatik in den Bereich der mittelbaren Einwirkung auf das Gehirn, da die phantomatisierenden Reize lediglich Information über *Tatsachen* liefern; in analoger Weise wirkt ja auch die Realität. Sie determiniert immer nur die äußeren, nicht aber die inneren Zustände, da eine und dieselbe sinnliche Feststellung (daß es stürmt, daß wir auf der Pyramide sitzen), gleichgültig, ob künstlich oder natürlich hervorgerufen, bei verschiedenen Menschen unterschiedliche Gefühle, Emotionen und Reaktionen bewirkt.

Möglich wäre auch eine »zentrale Phantomatik«, das

heißt eine unmittelbare Reizung gewisser Hirnzentren, die angenehme Gefühle oder Lustempfindungen hervorruft. Diese Zentren befinden sich im Mittelhirn und im Hirnstamm. Nicht weit von ihnen sitzen auch die Zentren der Aggression und der Angst (Angriffs- und Fluchtreaktionen). Die Untersuchung von Olds und Millner gehört bereits zu den klassischen Arbeiten auf diesem Gebiet. Dabei wurden einer Ratte, die sich in einem Käfig befand, dauerhaft Elektroden in das Gehirn (das Zwischenhirn) implantiert, und sie konnte diese Stelle elektrisch reizen, indem sie mit der Pfote eine Taste drückte, durch die der Kontakt geschlossen wurde. Manche Tiere hörten 24 Stunden lang nicht auf, sich zu reizen, und zwar mit einer Häufigkeit von bis zu 8000mal in der Stunde, also rund zweimal je Sekunde. Wurde die Elektrode etwas tiefer eingeführt, dann konnte man beobachten, daß Ratten, die sich einmal gereizt hatten, es nie wieder taten. Man kann annehmen, daß in dieser Hirnregion zwei entgegengesetzte nervöse Mechanismen sitzen, die H. Magoun als Mechanismen von »Lohn« und »Strafe« bezeichnet hat. »Befinden sich«, so fragt er, »anders gesagt, Himmel und Hölle im Gehirn des Tieres?«

Ähnliche Verhältnisse entdeckten Jasper und Jacobsen beim Gehirn des Menschen; der Untersuchte empfand, je nachdem, welche Stelle gereizt wurde, Unruhe und Angst wie vor einem epileptischen Anfall oder auch angenehme Gefühle. Eine »zentrale Phantomatik«, die sich auf diese anatomisch-physiologischen Daten stützte, wäre so etwas wie »zentrale Onanie«, auch wenn die bei der Reizung der Hippocampusgegend empfundenen Gefühle nicht mit einer sexuellen Entladung (Orgasmus) identisch sind. Man ist natürlich geneigt, derartige, mit elektrischen Methoden hervorgerufene »Glücksanfälle« zu verurteilen, so wie man ja auch die gewöhnliche Selbstbefriedigung verurteilt. Die Kybernetiker – wie der bereits erwähnte Stafford Beer

– sind sich auch im klaren darüber, daß in einen komplexen Homöostaten ein Mechanismus von Lohn und Strafe eingebaut werden muß. Der einfache Homöostat (wie ihn Ashby aus vier Elementen konstruiert hat) bedarf eines solchen speziellen Subsystems nicht; einer solchen »algedonischen Kontrolle« bedürfen nur hochkomplizierte Systeme mit einer Vielzahl von Gleichgewichtszuständen und einer Vielzahl von möglichen, sich selbst programmierenden Handlungsweisen und -zielen.

Nun werden seit jeher und auch heute noch von den Menschen Mittel benützt, die »angenehme Zustände« hervorrufen, darunter auch Gifte (Alkaloide, Alkohole usw.); man kann also nicht ausschließen, daß in Zukunft eine »zentrale Phantomatik« entsteht, nur weil eine solche »Technik der erleichterten Lust« moralische Empörung weckt. Auf jeden Fall wird man aber diese Variante der Phantomatik nicht als »Kunst« ansehen können, genausowenig wie die Einnahme von Narkotika oder das Trinken von Alkohol. Anders verhält es sich mit der peripheren Phantomatik, die unter gewissen Umständen zur Kunst werden könnte – aber auch zur Sphäre jedes erdenklichen Mißbrauchs.

Grenzen der Phantomatik

Durch die periphere Phantomatik wird der Mensch in eine Welt von Erlebnissen geführt, deren Nichtauthentizität unmöglich aufzudecken ist. Wir haben gesagt, keine Zivilisation könne sich »hunderprozentig phantomatisieren«, denn das würde für sie Selbstmord bedeuten. Mit dem gleichen Argument kann man aber auch das Fernsehen ad absurdum führen. Eine Zivilisation, die sich in zwei Teile aufspalten würde – diejenigen, die das Programm ausstrahlen, und diejenigen, die es am Fernseher empfangen – könnte genausowenig existieren. Die Phantomatik ist somit möglich, ja sogar wahrscheinlich – als eine Unterhaltungstechnik, nicht aber als ein Weg, bei dessen Beschreiten die Gesellschaft sich so weit von der realen Welt löst, daß sie sich in der schon erwähnten Weise »abkapselt«.

Die Phantomatik ist gewissermaßen der Kulminationspunkt, auf den zahlreiche Unterhaltungstechniken der Gegenwart hinzielen, etwa der »Rummelplatz«, das »Zauberkabinett«, die »Geisterbahn«; ein einziger großer und primitiver Pseudophantomat ist schließlich das »Disneyland«. Außer solchen Techniken, die das Gesetz zuläßt, gibt es illegale (wie sie Jean Genet in seinem *Balkon* darstellt, wo ein Bordell der Schauplatz einer »Pseudophantomatisierung« ist). Die Phantomatik hat gewisse Anlagen, sich zur Kunst zu entwickeln, zumindest hat es auf den ersten Blick den Anschein. Es könnte deshalb in ihr zu einer ähnlichen Aufspaltung kommen wie beim Film, aber auch bei anderen Bereichen der Kunst (in eine künstlerisch wertvolle Produktion und in wertlosen Schund).

Von der Phantomatik können allerdings ungleich größere Gefahren ausgehen als von dem heruntergekommenen, zuweilen sogar die Grenzen der gesellschaftlichen Normen überschreitenden Film (etwa vom pornografischen Film). Aufgrund ihrer besonderen Verhältnisse vermittelt nämlich die Phantomatik ein Erlebnis, dessen »Privatheit« nur noch der Traum erreicht. Sie ist eine Technik der augenblicklichen Wunscherfüllung, die sich leicht zu Handlungen mißbrauchen läßt, die dem, was gesellschaftlich erlaubt ist, zuwiderlaufen. Nun könnte jemand behaupten, eine eventuelle »phantomatische Ausschweifung« könne für die Gesellschaft nicht bedrohlich sein, sondern sei gerade so etwas wie ein »Aderlaß«, bei dem böses Blut abgelassen wird. Es schade ja niemandem, wenn in phantomatischen Visionen »dem Nächsten Böses angetan wird«. Wird denn jemand für den greulichen Inhalt seiner Träume zur Verantwortung gezogen? Ist es nicht besser, wenn jemand seinen Feind im Phantomaten niederschlägt oder sogar ermordet, als wenn er es in Wirklichkeit tut? Daß er (im Phantomaten) »seines Nächsten Weib begehrt«, was (in Wirklichkeit) leicht Unglück in ein friedliches Ehepaar hineintragen kann? Kann nicht, mit einem Wort, die Phantomatik, ohne irgend jemand Abbruch zu tun, all die dunklen Kräfte absorbieren, die im Menschen verborgen sind?

Dieser Auffassung läßt sich eine andere entgegensetzen. Verbrecherische Taten in der Vision, so wird der Gegner erklären, können nur dazu ermuntern, sie in der realen Welt zu wiederholen. Wir wissen ja, daß den Menschen am stärksten nach dem verlangt, was für ihn unerreichbar ist. Auf Schritt und Tritt begegnen wir dieser »Perversität«. Sie entbehrt jeder rationalen Grundlage. Was bewegt denn eigentlich den Kunstliebhaber, der bereit ist, alles für einen echten van Gogh herzugeben, den man nur mit Hilfe einer Armee von Experten von einer perfekten Kopie unterscheiden kann? Was er will, ist »Echtheit«, »Authentizität«. Die Nichtauthentizität der phantomatischen Erlebnisse macht sie also als »Puffer« unbrauchbar; sie werden eher eine Schule, ein Übungsfeld für die Vervollkommnung von gesellschaftlich verbotenen Handlungen sein, statt diese zu »absorbieren«. Macht man dagegen die phantomatische Vision ununterscheidbar von der Wirklichkeit, so führt das zu unabsehbaren Konsequenzen. Ein Mörder wird dann zu seiner Verteidigung anführen, er sei zutiefst überzeugt, daß die Tat »nur eine phantomatische Vision« gewesen sei. Außerdem wird sich in einem Leben, wo Wahrheit und Fiktion ununterscheidbar geworden sind, in einer Welt, wo Echtes und Trügerisches subjektiv nicht mehr zu trennen sind, manch einer derart verirren, daß er den Ausgang aus diesem Labyrinth nicht mehr findet. Da hätten wir aber gewaltige »Generatoren von Frustration« und psychischen Zusammenbrüchen!

Es sprechen also gewichtige Gründe dagegen, die Phantomatik – ähnlich wie den Traum – als eine Welt völliger Handlungsfreiheit anzuerkennen, in der den Tollheiten nihilistischer Zügellosigkeit nicht durch das Gewissen, sondern lediglich durch die Phantasie Grenzen gezogen wären. Es ist gewiß denkbar, daß illegale Phantomaten entstehen werden. Das ist jedoch eher ein polizeiliches als ein kybernetisches Problem. Die Kybernetiker könnte man auffordern, in die Apparatur so etwas wie eine »Zensur« (eine Analogie der Freudschen »Traumzensur«) einzubauen, die sofort, wenn der Phantomatisierte aggressive, sadistische usw. Tendenzen erkennen läßt, den Fortgang der Vision unterbricht.

Es scheint, als sei das ein rein technisches Problem. Für den, der einen Phantomaten bauen kann, dürfte es nicht allzu schwer sein, derartige Beschränkungen einzubauen. Hier stoßen wir jedoch auf zwei ganz unerwartete Konsequenzen, die sich aus den geforderten Beschränkungen ergeben. Behandeln wir zunächst die einfachere. Die Werke, welche die Kunst bis heute geschaffen hat, dürften in ihrer überwältigenden Mehrheit gar nicht phantomatisiert werden, denn sie würden mit Sicherheit die Grenzen des Erlaubten überschreiten! Selbst wenn der Held der Vision den frommen Wunsch äußern sollte, Podbipięta (ein edler Streiter aus einem historischen Roman von Sienkiewicz – Anm. d. Ü.) zu sein, vermeiden wir das Übel nicht, denn als Podbipięta wird er drei Türken auf einen Hieb niedersäbeln, und wollte er Hamlet sein, so wird er Polonius wie eine Ratte abstechen. Und sollte er wünschen – man verzeihe mir bitte dieses Beispiel –, das Martyrium eines Heiligen zu erleben, so hätte die Sache ebenfalls einen recht zweifelhaften Beigeschmack. Nicht nur, daß es beinahe kein Kunstwerk gibt, in dem nicht jemand umgebracht oder jemandem Böses angetan wird (auch die Kindermärchen gehören hierher: wieviel Blut wird doch in den Märchen der Brüder Grimm vergossen). Der Kernpunkt ist, daß der Bereich der Reizregulierung, also die »Zensur« des Phantomisators, die eigentliche Erlebnissphäre des Phantomatisierten überhaupt nicht erreicht. Wenn der sich auspeitschen lassen möchte, so vielleicht aus einem Verlangen nach Kasteiung, aber vielleicht auch deshalb, weil er ein ganz gewöhnlicher Masochist ist. Kontrollieren kann man nur die dem Gehirn zugeleiteten Reize, nicht aber das, was sich in diesem Gehirn abspielt, was es erlebt. Der Inhalt des Erlebnisses bleibt außer Kontrolle (in diesem Falle ist das quasi ein Minus, aber grundsätzlich kann man sagen, daß das doch ein großes Glück ist). Schon das wenige experimentelle Material, das bei der Reizung verschiedener Regionen des menschlichen Gehirns (bei Operationen) gewonnen wurde, läßt erkennen, daß gleiche oder ähnliche Inhalte in jedem Gehirn auf andere Weise fixiert sind. Die Sprache, in der unsere Nerven zu unseren Hirnen sprechen, ist praktisch bei allen Menschen dieselbe, während die Sprache oder vielmehr das Codierungsverfahren der Erinnerungen und Assoziationskreise in hohem Maße individuell ist. Davon kann man sich unschwer überzeugen, da sich nur für den einzelnen die Erinnerungen auf eine ganz bestimmte Weise verknüpfen. Einer bringt zum Beispiel den Schmerz mit erhabenem Leiden und Strafe für ein Vergehen zusammen, während ein anderer perverse Lust daraus bezieht. Hier sind wir an den Grenzen der Phantomatik angelangt, denn Einstellungen, Meinungen, Glaubensinhalte oder Gefühle kann man mit ihrer Hilfe nicht unmittelbar bestimmen. Wohl kann man den quasi materiellen Inhalt eines Erlebnisses beeinflussen, nicht aber die damit verbundenen Urteile, Gedanken, Empfindungen und Assoziationen. Deshalb haben wir diese Technik ja auch »peripher« genannt. Genau wie im realen Leben können zwei Menschen aus zwei identischen Erfahrungen ganz unterschiedliche, diametral entgegengesetzte Folgerungen ziehen (im emotionalen und weltanschaulichen Sinne, aber nicht im Sinne einer wissenschaftlichen Verallgemeinerung). Es ist zwar richtig, daß *nihil est in intellectu, quod non fuerit prius in sensu* (für die Phantomatik eher *in nervo*), doch werden die emotional-intellektuellen Inhalte nicht eindeutig von den Reizzuständen der Nerven bestimmt. Der Kybernetiker sagt: die Zustände der »Eingänge« und »Ausgänge« determinieren nicht eindeutig den Zustand des zwischen ihnen befindlichen Netzes.

Was heißt das, determinieren nicht? wird jemand einwenden, es wurde doch gesagt, die Phantomatik mache es möglich, »alles« zu erleben, sogar, daß man z. B. ein Krokodil oder ein Fisch ist!

Krokodil oder Hai, richtig, aber »zum Schein«, und das im doppelten Sinne. Erstens, weil es nur eine täuschende Vision ist – was wir bereits wissen. Zweitens, weil man, um tatsächlich ein Krokodil zu sein, ein Krokodil- und nicht ein Menschengehirn haben muß. Der Mensch kann im Grunde nur er selbst sein. Man muß das allerdings richtig verstehen. Wenn der Angestellte der Landesbank davon träumt, Angestellter der Investitionsbank zu werden, so läßt sich sein Wunsch ausgezeichnet erfüllen. Wünscht er dagegen, für zwei Stunden Napoleon Bonaparte zu sein, so wird er das (während der Vision) nur äußerlich sein: er wird, wenn er in den Spiegel schaut, das Gesicht Bonapartes erblicken, die »Alte Garde«, die treuen Marschälle usw. werden um ihn sein, aber er wird mit ihnen nicht französisch reden können, wenn er diese Sprache nicht zuvor beherrschte. Und er wird gleichfalls in dieser »bonapartistischen‹ Situation seine eigenen Charaktermerkmale zu erkennen geben und nicht die Napoleons, wie wir ihn als historische Gestalt kennen. Er wird höchstens versuchen, Napoleon zu *spielen*, also ihn mehr oder weniger gut simulieren. Und das gilt auch für das Krokodil... Die Phantomatik kann es einrichten, daß ein Schreiberling, wie schon gesagt, den Nobelpreis erhält, sie kann ihm die ganze Welt, natürlich in der Vision, zu Füßen legen, alle werden ihn wegen seiner wundervollen Gedichte rühmen, doch er wird auch während der Vision diese Gedichte nicht zustande bringen, es sei denn, er ist damit einverstanden, daß sie ihm vorher auf den Schreibtisch geschmuggelt werden...

Sagen wir es so: Je ferner eine Gestalt, die jemand verkörpern möchte, in ihrer Persönlichkeitsstruktur und ihrer historischen Zeit seinem eigenen Charakter und seiner eigenen Zeit liegt, um so konventionellere, naivere, ja primitivere Formen wird sein Verhalten und die ganze Handlung der Vision annehmen. Denn um sich zum König krönen zu lassen oder die päpstlichen Gesandten zu empfangen, muß man das ganze höfische Zeremoniell kennen; sicherlich können die von dem Phantomatisator geschaffenen Personen so tun, als würden sie das idiotische Verhalten des in Hermelin gekleideten Angestellten der Landesbank nicht sehen, und vielleicht wird deshalb auch seine Befriedigung nicht durch seine Entgleisungen geschmälert, aber gerade daran sieht man auch, wie trivial und lächerlich die ganze Situation ist. Das ist auch der Grund, warum es der Phantomatik sehr schwerfallen dürfte, zur vollwertigen Kunst zu werden. Erstens kann man für sie keine Drehbücher schreiben, sondern höchstens allgemeine Situationsskizzen; zweitens setzt die Kunst Charaktere voraus, das heißt Personen, die solche darstellen können, während der Besucher des Phantomaten seine eigene Persönlichkeit mitbringt und nicht imstande sein wird, die vom Drehbuch geforderten Rollen zu spielen, weil er kein professioneller Schauspieler ist. Deshalb wird die Phantomatik wohl vor allem ein Unterhaltungsmedium sein. Vielleicht wird sie auch so etwas wie ein »Super-Touropa«, ein »Super-Cook's« für Reisen im möglichen und unmöglichen Kosmos, von dem weiten Bereich der durchaus zu schätzenden Anwendungen abgesehen, die jedoch weder mit Kunst noch mit Unterhaltung etwas zu tun haben.

Man wird mit ihrer Hilfe Trainings- und Schulungssituationen allerersten Ranges schaffen können; man wird sich deshalb ihrer Mittel bei der Ausbildung für jegliche Berufe bedienen können, sei es der des Arztes, des Piloten des Ingenieurs usw. Die Gefahr einer Bruchlandung, eines Unglücksfalles auf dem Operationstisch oder einer Katastrophe aufgrund von schlecht berechneten Konstruktionen ist dabei ausgeschlossen. Zweitens ermöglicht sie die Untersuchung von psychischen Reaktionen und wird deshalb für die Auslese von Kandidaten für die Astronautik und dergleichen besonders wertvoll sein. Durch die Maskierung der phantomatischen Vision wird man Bedingungen herstellen können, unter denen der Untersuchte nicht wissen wird, ob er tatsächlich zum Mond fliegt oder ob das nur eine Täuschung ist. Diese Maskierung ist nötig, weil man ja seine *authentischen* Reaktionen kennen muß, und zwar angesichts einer echten und nicht bloß fingierten Havarie, bei der es jedem leichtfällt, »persönlichen Mut« zu demonstrieren.

»Phantomatische Tests« werden es dem Psychologen gestatten, in einem sehr weiten Bereich die Reaktionen der Menschen besser zu erforschen, etwa den Entstehungsmechanismus einer Panik und dergleichen zu untersuchen. Sie werden eine rasche Vorauslese der Bewerber für verschiedene Studien und Berufe ermöglichen. Die Phantomatik kann sich als unersetzlich für all jene erweisen, die durch die Bedingungen (in einer arktischen Forschungsstation, bei einem kosmischen Flug, während des Aufenthalts auf einer außerirdischen Station oder gar bei einer Forschungsreise zu den Sternen) gezwungen sind, lange in Einsamkeit und auf relativ engem, geschlossenem Raum auszuharren. Dank ihnen können die langen Jahre der Reise zu irgendeinem Stern für die Mitglieder der Besatzung ausgefüllt sein mit normalen Beschäftigungen, denen sie sich auf der Erde hingeben würden, es können Jahre sein, in denen sie die Länder und Meere der Erde bereisen, ja selbst Jahre des Lernens (denn es ist ja auch möglich, in der Vision die Vorlesungen berühmter Professoren zu hören). Ein wahrer Segen wird die Phantomatik für die Blinden sein, denen sie eine ganze ungeheure Welt visueller Erlebnisse eröffnet (ausgenommen jene, die an Rindenblindheit leiden, deren kortikales Sehzentrum also beschädigt wurde), sowie auch für Kranke, Rekonvaleszenten und dergleichen. Aber auch für Alte, die noch einmal ihre Jugendzeit erleben möchten – mit einem Wort, für Millionen. Demnach werden ihre Unterhaltungsfunktionen möglicherweise von gänzlich untergeordneter Bedeutung sein.

Gewiß wird sie auch negative Reaktionen hervorrufen. Es werden sich Gruppen bilden, die sie erbittert bekämpfen, Anbeter der Authentizität, welche die prompte Wunscherfüllung, wie sie die Phantomatik hervorbringt, verachten werden. Ich denke jedoch, daß es zu vernünftigen Kompromissen kommen wird, denn am Ende bedeutet Zivilisation doch immer Erleichterung des Lebens, und Entwicklung ist weitgehend nichts anderes als die Ausweitung des Bereichs solcher Erleichterungen. Selbstverständlich kann die Phantomatik auch zu einer echten Bedrohung, zu einer gesellschaftlichen Plage werden, doch das gilt ja für alle Produkte der Technologie, wenn auch in unterschiedlichem Maße: bei den Produkten der Dampf- und Elektrizitätstechnologie sind die Konsequenzen einer unsachgemäßen Nutzung bekanntlich weitaus ungefährlicher als bei den Produkten der Atomtechnologie. Aber das ist bereits ein Problem der Gesellschaftsordnung und der jeweiligen politischen Verhältnisse und hat mit der Phantomatik – oder jedem anderen beliebigen Zweig der Technik – nichts zu tun.

Ist es möglich, die zerebralen Prozesse und damit die Zustände des Bewußtseins unter Umgehung der normalen, also der biologisch entstandenen Zugangswege zu beeinflussen? Ohne Zweifel; schließlich verfügt die Pharmakochemie heute über eine große Zahl von Mitteln, welche die Hirnaktivität teils auf verschiedene Weise anregen, teils dämpfen, und es gibt sogar solche, die ihre Strömungen in bestimmte Richtungen lenken können. Viele Halluzinogene haben zum Beispiel eine spezifische Wirkung: die einen rufen eher »Gesichte«, andere nur unbestimmte Wahn- oder Glückszustände hervor. Aber ob es möglich wäre, diese zerebralen Prozesse nach unseren Absichten zu *formen*, zu *gestalten*? Kann man, kurz gesagt, das Gehirn von Herrn Smith derart »abändern«, daß er, wenn auch nur zeitweise, ein »echter« Napoleon Bonaparte wird oder daß er eine unbestreitbare und überragende musikalische Begabung zeigt oder daß er schließlich zu einem Feueranbeter wird, der von der Notwendigkeit dieses Kultes überzeugt ist?

Hier gilt es, zunächst eine eindeutige Abgrenzung vorzunehmen. Erstens bedeuten die genannten »Abänderungen« etwas ganz Verschiedenes. Insgesamt stellen sie eine Veränderung der dynamischen Struktur des zerebralen Neuronennetzes dar, und deshalb fassen wir sie unter der gemeinsamen Bezeichnung Cerebromatik zusammen. Die Phantomatik liefert dem Gehirn »falsche Information«, die Cerebromatik »verfälscht«, das heißt »verändert« das Gehirn selbst. Darüber hinaus ist es ein Unterschied, ob man einer *gegebenen* Persönlichkeit ein bestimmtes Merkmal, zum Beispiel musikalisches Talent, einsetzt (sicher wird das die Persönlichkeit verändern, aber man darf annehmen, daß es dieselbe bleibt, lediglich ein bißchen umgeändert) – oder ob man aus Herrn Smith Napoleon macht.

Der Schneider schneidert das, was der Stoff hergibt, sagt ein polnisches Sprichwort. So kann man dadurch, daß man gewisse Hirnteile (die Stirnlappen beispielsweise) außer Funktion setzt, aus einem erwachsenen Menschen ein infantiles Wesen machen, das in seinen Reaktionen einem Kind mit seinem begrenzten Intellekt und seiner emotionalen Unbeständigkeit gleicht. Man kann auch die hemmende Wirkung der Scheitellappen beseitigen und dadurch die Aggressivität des Menschen freisetzen (der Alkohol bewirkt das, insbesondere bei denen, die zur Aggression neigen). Man kann, mit anderen Worten, die individuell gegebene Aktivität des gesamten Neuronennetzes innerhalb gewisser Grenzen verschieben oder einschränken. Was man dagegen nicht kann, ist, der Psyche nicht vorhandene Merkmale hinzuzufügen – wenn man es genau nimmt. Als der Erwachsene noch ein Kind war, enthielten seine Stirnlappen Fasern, die noch nicht myelinisiert waren, und von daher besteht eine gewisse Ähnlichkeit zwischen einem Kind und einem Kranken, der an einem Schwund dieser Lappen leidet. Man kann also den Erwachsenen wie eine Uhr »zurückstellen« und zum Kind machen, wenn auch nicht vollständig, weil die verbleibenden Teile seines Gehirns »unkindlich« sind und er überdies eine Menge von Erfahrungen und Erinnerungen besitzt, die das Kind nicht hat. Man kann bei dieser oder jener Antriebsfunktion »die Bremse lösen« und so aus einem normalen Menschen einen Vielfraß, einen Erotomanen und dergleichen machen. Man kann auf diese Weise also die Persönlichkeit von ihrer normalen Ausgeglichenheit, von ihrem ursprünglichen Kurs abbringen, mehr aber auch nicht. Mit solchen Mitteln kann man Herrn Smith nicht in einen Napoleon verwandeln.

Hier ist eine Erläuterung nötig. Wir sagten zwar, daß die Zustände der Eingänge und Ausgänge die Zustände des Bewußtseins nicht eindeutig determinieren, was man schon daran sieht, daß innerhalb eines gleichartigen Milieus unterschiedliche weltanschauliche Einstellungen entstehen, da man ein und dieselbe Information unterschiedlich interpretieren kann, doch folgt daraus nicht, daß das Bewußtsein von den ihm zugeführten Inhalten irgendwie unabhängig wäre. Wenn jemand (ein vereinfachtes Beispiel) glaubt, daß »die Menschen gut sind«, und wir ihn, sei es durch phantomatische Visionen, sei es durch eine entsprechende Inszenierung von Vorfällen, über längere Zeit unablässig mit der menschlichen Gemeinheit und Schlechtigkeit konfrontieren, dann ist es möglich, daß dieser Mensch seine Überzeugung von der Redlichkeit unserer Art aufgibt. Auch die periphere Phantomatik kann also durch geeignete Mittel auf eine Änderung der Meinungen hinwirken, selbst wenn sie schon fest verwurzelt sind. Eine solche Änderung wird um so schwieriger, je mehr Erfahrungen ein Mensch durchgemacht hat. Besonders schwierig ist es aber, metaphysische Auffassungen zu erschüttern – wegen des bereits erwähnten und für ihr Vorhandensein charakteristischen Abblockens von Informationen, die sich mit ihrer Struktur nicht vereinbaren lassen.

Etwas anderes ist es mit der unmittelbaren cerebromatischen »Formung der Seele«, also der Beeinflussung der psychischen Prozesse unter Umgehung der afferenten Nervenbahnen – nämlich durch eine andere Gestaltung ihrer neuronalen Grundlage.

Das Gehirn stellt keine unteilbare, geschlossene Einheit dar. Auch es besitzt zahlreiche untereinander verbundene »Subsysteme«, und diese Verbindungen sind physiologisch variabel, das heißt, daß ein bestimmter Teil des Gehirns nicht immer »Eingang« für die von anderen Gehirnteilen eintreffenden Reize sein muß und umgekehrt. Die universelle Plastizität und die dynamische Fähigkeit des Neuronennetzes, Modelle zu bilden, beruht gerade darauf, daß es potentiell fähig ist, zu verbinden oder zu trennen, wobei aus solchen Kombinationen unterschiedliche Subsysteme entstehen. Wer radfahren kann, besitzt eine bestimmte Bereitschaft solcher »gebahnten« Verbindungen, die automatisch zu einer funktionierenden Ganzheit »zusammenschießen«, sobald er sich aufs Fahrrad setzt. Jemandem das Radfahren beizubringen unter Umgehung des normalen Weges, das heißt bestimmter Übungen, allein durch unmittelbare Einführung der entsprechenden Information in sein Gehirn, ist selbst in der Theorie keine einfache Sache.

Zwei Arten des Vorgehens sind hier denkbar. Die erste ist die »genetische«: man muß die Fähigkeit des Radfahrens (oder die Kenntnis des Korans, die Fähigkeit des Trampolinspringens und dergleichen) zur angeborenen Eigenschaft machen, sie also bereits im Genotyp des Eis programmieren, aus dem sich der Mensch und sein Gehirn entwickeln. So könnte man dahin gelangen, daß im Grunde nichts mehr erlernt zu werden braucht, weil jegliches theoretische und praktische Wissen den Chromosomen schon vor der fötalen Entwicklung »eingeprägt« ist und somit erblich wird. Allerdings würde das eine ganz beträchtliche Erweiterung der im Genotyp enthaltenen Informationsmenge, eine Komplizierung der Kernstruktur usw. erfordern. Es ist auch möglich, daß der Genotyp oberhalb einer bestimmten Grenze ein Mehr an Information gar nicht aufnehmen kann – darüber ist uns nichts bekannt. Doch muß man diese Möglichkeit gleichfalls ins Auge fassen. Man hätte sich dann darauf zu beschränken, solche Merkmale des Genotyps zu perfektionieren, welche das Lernen, wenn sie es schon nicht ersetzen können, zumindest *erleichtern*. Sicherlich wäre es recht merkwürdig, wenn es gelänge, die Gesamtheit des menschlichen Wissens in der Weise erblich zu machen, daß das Neugeborene zur Welt kommt und schon ein Dutzend Sprachen sowie die Quantentheorie beherrscht. Das müßte ja nicht unbedingt bedeuten, daß es auf der Stelle »mit Menschen- und Engelszungen« spräche oder uns aus der Wiege heraus Vorträge über Spins und Quadrupolmomente hielte; im Laufe der Jahre würden sich bestimmte Kenntnisse in seinem Hirn genauso entwickeln, wie sich sein Organismus entwickeln, wachsen und während der Reifung verschiedene Wandlungen durchmachen wird.

Damit drängt sich erneut das Bild einer Welt auf, in der Kinder »programmiert werden«, und zwar derart, daß mit den erblichen (oder vielmehr in die Chromosomen des Eis einkomponierten und dort fixierten) Fähigkeiten und Kenntnissen zugleich die Neigung verbunden ist, das zu tun, was jene erblichen Kenntnisse und Fähigkeiten ermöglichen (das Bild einer Welt, die ein wenig der Huxleys ähnelt). Selbstverständlich sind auch hier verschiedene Formen des Mißbrauchs möglich sowie Tendenzen zur »Produktion von Menschentypen unterschiedlicher Qualität«, das heißt von »höheren« und »geringeren« Intelligenzen. Das ist möglich, doch möglich ist ja auch, daß die gesamte Erdatmosphäre derart vergiftet wird, daß innerhalb von wenigen Stunden die ganze Biosphäre zugrunde geht. Bekanntlich gibt es viele Dinge, die möglich sind und trotzdem nicht Wirklichkeit werden. Wenn eine neue technologische Entwicklung sich in ihrer Anfangsphase befindet oder wenn ein bevorstehender Wandel »sich ankündigt«, dann besteht allgemein die Tendenz, das Neue zu verabsolutieren und anzunehmen, daß es von nun an die gesamte menschliche Tätigkeit ausnahmslos beherrschen werde. So ist es in früheren Jahrhunderten gegangen, so ging es noch unlängst mit der Kernenergie (als man glaubte, innerhalb weniger Jahre würden die konventionellen Kraftwerke und Schornsteine beinahe überall den Atomreaktoren weichen). Eine derart übertrieben gradlinige Vorhersage bewahrheitet sich in der Regel nicht. Es ist deshalb denkbar, daß man auch die Programmierung des Erbgutes ebenso vernünftig wie maßvoll betreibt; die angeborene Kenntnis der höheren Mathematik steht jedenfalls nicht im Widerspruch zur Würde des Menschen.

Die zweite, cerebromatische Art des Vorgehens bedeutet die Umgestaltung des bereits ausgereiften Gehirns. Oben war eigentlich mehr von der Programmierung wissenschaftlicher Information als von der Gestaltung der Persönlichkeit die Rede; daß ein bestimmter Persönlichkeitstyp auf genetischem Wege (über die Chromosomen) sehr viel leichter zu modellieren ist als ein bestimmtes Wissen, versteht sich von selbst. An der im Genotyp enthaltenen Informationsmenge ändert sich nämlich im Prinzip nicht sehr viel, gleichgültig, ob wir den künftigen Herrn Smith als Choleriker oder als Phlegmatiker »projektieren«. Was nun die Cerebromatik betrifft, so stößt das eine wie das andere – die Verwandlung einer reifen Persönlichkeit in eine andere und die Einführung dort nicht vorhandenen Wissens in das Gehirn durch einen Eingriff in das Neuronennetz – auf sehr große Schwierigkeiten. Allem Anschein zum Trotz sind bei diesem Vorgehen größere Hindernisse zu überwinden als bei dem »genetisch-embryonalen«. Es ist leichter, eine Entwicklung von vornherein vorzuprogrammieren, als eine bereits voll ausgeformte Dynamik wesentlich zu verändern.

Diese Schwierigkeit hat zwei Aspekte, einen technischen und einen ontologischen. Es ist schwierig, die Information darüber, wie man radfährt, in das Neuronennetz einzuführen. Sehr schwierig ist es, dem vierzigjährigen Herrn Smith ein »plötzliches« mathematisches Talent »einzupassen«. Dazu wären chirurgische und kybernetische Eingriffe nötig, um irgendwie die neuronalen Kreise (Schaltungen) aufzumachen und biologische, elektronische oder sonstige »Einsätze« anzuschließen. Technisch gesehen, wäre das eine höchst undankbare Aufgabe. Man müßte dazu wenn nicht Milliarden, so doch zumindest Dutzende Millionen von Verbindungen umbauen. Aber auch wenn es in der Rinde nach Lorente de Nó nicht mehr als 10000 wichtige (große) neuronale Schaltkreise gibt, so ist doch zu befürchten, daß jeder einzelnen neuronalen Schaltung *als Ganzheit* eine gewisse Bedeutung (sowohl als Grundlage des Denkens wie auch als funktionales Element) zukommt. Sie zu öffnen und irgendein Einschiebsel »anzustückeln« würde demnach nicht bloß eine »organisatorisch-informatorische Zugabe« bedeuten, sondern die völlige Zerstörung der ursprünglichen subjektiven und objektiven Bedeutung.

Lassen wir aber diese Details auf sich beruhen, treten sie doch angesichts der ontologischen Problematik, die durch derartige Eingriffe entsteht, weit in den Hintergrund. Wenn wir aus einer Dynamomaschine eine Zentrifugalpumpe machen wollen, so müssen wir von ihren Teilen dermaßen viele wegwerfen, dermaßen viele neue hinzufügen und das Ganze dermaßen umbauen, daß die Pumpe, die dabei herauskommt, keine »ehemalige Dynamomaschine« mehr sein wird, sondern einfach eine Pumpe und sonst nichts. Entsprechend kann es sein, daß die »Abänderungen«, die aus Herrn Smith einen Napoleon oder einen Newton machen sollen, uns im Endeffekt eine völlig neue Persönlichkeit liefern, die mit der früheren nur noch so lose zusammenhängt, daß man im Grunde von Mord sprechen muß. Dabei wird ja ein Mensch vernichtet und in seiner früheren Haut ein neuer geschaffen. Angesichts der fließenden Übergänge läßt sich nicht genau festlegen, wo die »mörderische Cerebromatik« anfängt und eine Cerebromatik aufhört, die »gewisse Merkmale der fortgeführten Persönlichkeit umgestaltet«. Ein so brutaler Eingriff wie die Entfernung der Frontallappen (Lobotomie) bewirkt weitreichende Veränderungen des Charakters, der Persönlichkeit, des Trieblebens und des Gefühlslebens. Aufgrund dessen hat man die Lobotomie in zahlreichen Ländern (darunter auch in Polen) zu einem unerlaubten Eingriff erklärt. Derartige Eingriffe sind um so gefährlicher, als der Operierte gewöhnlich von den in ihm eingetretenen Veränderungen subjektiv nichts weiß. Zum Trost sei allerdings hinzugefügt, daß unser Wissen sich ausschließlich auf verstümmelnde Eingriffe stützt.

Aber ist es nicht möglich, ein »Einschiebsel« zu schaffen, das, als Träger des »musikalischen Talents« an das Gehirn von Herrn Smith »angeschlossen«, dessen Persönlichkeit bereichert, jedoch nicht zerstört? Hier fehlt es an den einfachsten Handlungskriterien, denn ein Cerebromatiker, der verspricht, »vorsichtig« vorzugehen, ist wie jemand, der jeweils einige Hälmchen aus einem Heuschober entnimmt. Der Unterschied ist jedesmal mikroskopisch klein, doch nach einer gewissen Zeit gibt es den Heuschober nicht mehr – und keiner kann sagen, wann das passiert ist! Deshalb ist der Cerebromatiker, der Herrn Smith in winzigen Schrittchen in einen Beethoven abändern möchte, genauso gefährlich wie der, welcher diese Veränderung auf einen Schlag durchführen will.

Wir haben oben die technische Seite des Problems insofern vereinfacht, als die verschiedenen Teile des Gehirns in unterschiedlichem Maße an der Schaffung der Persönlichkeit beteiligt sind. Die exakt lokalisierbaren Zentren (die kortikalen Analysatoren) wie etwa das optische oder das akustische Wahrnehmungsfeld haben auf die Konstitution der Persönlichkeit einen minimalen Einfluß. Dagegen besitzen die kleinen supraorbitalen Windungen und die Thalamuskerne in dieser Hinsicht gegenüber anderen Hirnregionen einen eindeutigen Vorrang. Das ist jedoch für das Resultat unserer Überlegungen nicht ausschlaggebend. Nicht »stoffliche Probleme«, sondern die Ethik gebietet uns, Pläne für eine »Seelenveränderung« zu verwerfen, bei der eine gegebene, möglicherweise sogar sehr einfältige Persönlichkeit in eine vielleicht überaus nette und hochtalentierte, aber *andere* Persönlichkeit verändert werden soll. Die »Seelentechnologie« – sowohl in ihrer heutigen wie in ihrer künftigen Gestalt – stößt hier auf das Problem der subjektiven Einmaligkeit der individuellen Existenz, die keineswegs als ein geheimnisvolles, unerklärliches Phänomen aufgefaßt wird, sondern lediglich als ein dynamischer Systemverlauf. Welche Abweichungen dieses Verlaufs man als eine totale Persönlichkeitsveränderung aufzufassen hat und welche lediglich als »Korrekturen« an der Persönlichkeit, die deren fortdauernde Identität nicht berühren, ist eine willkürlich zu entscheidende Frage, die also ganz auf Konvention beruht. Die »Cerebromatik« kann, mit anderen Worten, Menschen unbemerkt umbringen, da statt einer Leiche, die als Beweis des begangenen Verbrechens dienen würde, ein anderer Mensch entsteht. Den »Mord« als solchen kann sie auf beliebig viele Etappen verteilen, wodurch die Entdeckung wie auch die Beurteilung derartiger Operationen noch mehr erschwert wird.

Damit ist klar geworden, daß Herr Smith vernünftig handelt, wenn er darauf verzichtet, sich in Casanova oder in einen großen Erfinder »umändern« zu lassen, denn die Welt würde dabei vielleicht einen außergewöhnlichen Menschen gewinnen, doch Herr Smith würde verlieren, woran ihm am meisten gelegen sein muß, nämlich sich selbst.*

Aber, so könnte man sagen, ist nicht das menschliche Leben von Geburt an über die Zeit der Reifung hinweg ein

* Ob bei einem Eingriff die zum Zeitpunkt T_1 bestehende Persönlichkeit restlos »abgetötet« und zum Zeitpunkt T_2 durch eine neue Persönlichkeit ersetzt wurde, läßt sich empirisch nicht nachprüfen. Bei der Cerebromatik handelt es sich nämlich um eine stetige »Kursänderung«, und da sich die Vernichtung der vorherigen Persönlichkeit nicht aufdecken läßt, müssen derartige Eingriffe verboten werden. Sehr wahrscheinlich werden kleine »Korrekturen« die Persönlichkeit nicht umbringen, doch wird man – wie in dem Paradoxon mit dem Kahlköpfigen – nicht wissen, wann aus einer harmlosen Retusche ein Verbrechen wird.

fortgesetztes »Absterben« der jeweiligen Persönlichkeiten – des zweijährigen Knirpses, des sechsjährigen Schlingels, des zwölfjährigen Milchbarts usw. –, bis schließlich die davon ganz verschiedene Persönlichkeit des Erwachsenenalters entsteht? Und falls sich jemand eine seelische Veränderung wünschte, die der Gesellschaft einen wertvolleren Menschen bescheren würde, als es der Antragsteller bis dahin gewesen ist – warum sollte man ihm diesen Wunsch eigentlich versagen?

Gewiß kann man sich unschwer eine Zivilisation vorstellen, in der cerebromatische Eingriffe erlaubt sind, und ebenso gut eine, in der etwa Kriminelle einer obligatorischen personoklastischen Cerebromatisierung unterzogen werden. Man muß jedoch deutlich sagen, daß das zerstörerische Eingriffe sind; das »Umsteigen« von einer Persönlichkeit in eine andere ist weder als reversibler noch als irreversibler Prozeß möglich, weil zwischen solchen Metamorphosen eine Periode der psychischen Vernichtung liegt, die mit dem Aufhören der individuellen Existenz gleichbedeutend ist. Man kann also entweder nur man selbst oder niemand sein – mit zwei Einschränkungen, die noch gesondert zu besprechen sind.*

Teletaxie und Phantoplikation

Die kategorische Feststellung am Ende des vorigen Abschnitts, man könne nur entweder man selbst oder niemand sein, steht nicht im Widerspruch zu den Möglichkeiten der Phantomatik. Wir wissen ja schon, daß Herr

* Man könnte aus der früheren Persönlichkeit ihre gesamten Erfahrungen und Erinnerungen in die spätere, künstlich gestaltete Persönlichkeit »hinüberbugsieren«. Auch wenn damit scheinbar die Kontinuität der Existenz gewahrt würde, wären es doch Reminiszenzen, die zu der neuen Persönlichkeit »nicht passen«. Mir ist übrigens klar, daß meine kategorische Haltung in dieser Frage anfechtbar ist.

Smith, der im Phantomaten das Leben Nelsons »erlebt«, den berühmten Seemann lediglich spielt, also vortäuscht. Nur außergewöhnliche Naivität könnte ihn glauben lassen, er sei tatsächlich jene hervorragende historische Gestalt. Würde er lange genug in der phantomatischen Welt leben, dann würde die Tatsache, daß die Befehle, die er dort als Admiral erteilte, ohne Murren ausgeführt wurden, am Ende sicherlich einen Einfluß auf seine Psyche ausüben, und es wäre zu befürchten, daß er nach der Rückkehr ins Büro – wenn auch nur aus Zerstreutheit – den Befehl gibt, den ersten Prokuristen an der Rahe des Fockmastes aufzuhängen. Geriete er aber als Kind oder Heranwachsender in die phantomatische Welt, dann könnte es sein, daß er die Situation in einem solchen Maße verinnerlichte, daß die Rückkehr zur normalen Wirklichkeit ihm die allergrößten Schwierigkeiten bereiten würde. Vielleicht würde sie sich sogar als unmöglich herausstellen. Sicher ist, daß ein von den ersten Lebenswochen an in einer »Höhlenmenschen-Vision« phantomatisiertes Kind zu einem ausgewachsenen Wilden werden kann, dessen Zivilisierung dann nicht mehr in Frage käme. Ich sage das nicht aus Freude am Paradoxen oder zum Scherz, sondern um darauf hinzuweisen, daß die Persönlichkeit nicht etwas Fertiges und die Phantomatik nicht das Pendant eines gewöhnlichen, bloß farbiger und plastischer gemachten Wachtraums ist. Ihren Ersatzcharakter kann der Phantomatisierte nur anhand des Vergleichs mit der Realität beurteilen. Eine ständige Phantomatisierung vereitelt natürlich eine solche Beurteilung und muß zu dauerhaften Veränderungen führen, die im realen Leben des einzelnen nie entstehen würden. Hier handelt es sich übrigens um einen Sonderfall des allgemeinen Problems der Anpassung an ein bestimmtes Milieu und eine bestimmte Zeit.

Wir erwähnten bereits das ernstliche Handikap, das der phantomatischen Vision dadurch anhaftet, daß sie unauthentisch ist, daß sie einen biotechnisch realisierten Eskapismus darstellt. Zur Beseitigung dieser Nichtauthentizität der Erlebnisse schlägt die Kybernetik zwei Verfahren vor. Nennen wir sie (denn schließlich müssen sie ja irgendeinen Namen bekommen) Teletaxie und Phantoplikation.

Teletaxie bedeutet nicht, daß der Mensch »kurzgeschlossen« wird, daß man ihn an eine Maschine anschließt, die einen beliebig gewählten Ausschnitt der Realität von der Welt isoliert und dessen Wirklichkeit vortäuscht; vielmehr wird der Mensch an eine Maschine angeschlossen, die lediglich ein Zwischenglied zwischen ihm und der realen Welt ist. Prototypen des »Teletaktors« sind zum Beispiel das astronomische Fernrohr und der Fernsehapparat. Das sind allerdings überaus unvollkommene Prototypen. Die Teletaxie macht es möglich, den Menschen an einen beliebig gewählten Ausschnitt der Realität derart »anzuschließen«, daß er sie so erlebt, als befände er sich tatsächlich in ihr. Technisch läßt sich das Problem auf verschiedene Weise lösen. Man kann beispielsweise ein exaktes Modell des Menschen konstruieren, dessen sämtliche Rezeptoren (für optische, akustische, olfaktorische, Gleichgewichts- und Tastempfindungen etc.) an die sensorischen Bahnen des Originals angeschlossen werden, und dasselbe macht man mit all seinen motorischen Nerven. Der so »afferent angeschlossene« Doppelgänger oder »Fernling« kann sich beispielsweise im Krater eines Vulkans, auf dem Gipfel des Mount Everest oder im erdnahen Weltraum aufhalten bzw. in London eine gesellige Konversation treiben, während der ihn steuernde Mensch sich die ganze Zeit in Warschau befindet. Die endliche Geschwindigkeit der Nachrichtensignale – im vorliegenden Falle der Funksignale – schließt es allerdings aus, daß sich das »alter ego« allzu weit von dem ihn steuernden Menschen entfernt. Schon wenn es sich auf den Mond begibt, tritt eine deutliche Verzögerung der Reaktionen ein, weil das Signal rund eine Sekunde benötigt, um unseren Satelliten zu erreichen und für den Rückweg dieselbe Zeit braucht. Praktisch wird man deshalb eine Distanz von einigen tausend, im Höchstfall einigen zehntausend Kilometern zwischen dem »Fernling« und der ihn steuernden Person nicht überschreiten dürfen. Die Illusion, sich auf dem Mond oder in dem Krater zu befinden, wird vollkommen sein, nur werden die potentiellen Gefahren ausgeschaltet sein, da eine Vernichtung des »Fernlings« infolge einer Katastrophe, etwa eines Steinschlags, beim angeschlossenen Menschen lediglich ein plötzliches Abreißen der Vision bewirkt, seine Gesundheit aber keineswegs beeinträchtigt. Sicher wird ein solches Kommunikationssystem bei der Erforschung der Himmelskörper von großem Nutzen sein, und überhaupt kann es sich in zahlreichen Situationen, die nichts mit Unterhaltung zu tun haben, als brauchbar erweisen. Es ist natürlich nicht nötig, daß zwischen dem Fernling und der ihn steuernden Person äußere Ähnlichkeit besteht, ja, bei der Erforschung des Kosmos wäre sie sogar überflüssig; lediglich in besonderen Fällen der »teletaktischen Touristik« könnte sie – im Sinne einer vollkommenen Illusion – angebracht sein. Anderenfalls würde der Mensch zwar die bleichen, sonnenversengten Mondgebirge vor sich sehen und unter seinen Füßen das Mondgestein spüren, doch wenn er sich die vor Augen hielte, würde er natürlich die Vordergliedmaßen des Fernlings erblicken, und im Spiegel würde er nicht sich selbst, den Menschen, erkennen, sondern seinen Automaten, seine Maschine, und das könnte bei vielen einen Schock auslösen, denn man hätte sich auf diese Weise nicht nur in eine andere Situation versetzt, sondern gleichsam außer dem vorherigen Aufenthaltsort scheinbar auch noch den eigenen Körper eingebüßt.

Von der Teletaxie ist es nur noch ein kurzer Schritt zur Phantoplikation, die nichts anderes bedeutet, als daß die

Nervenbahnen eines Menschen an die entsprechenden Bahnen eines anderen angeschlossen werden. Durch diese Methode können in einem entsprechend eingerichteten »Phantoplikaten« tausend Personen gleichzeitig am Marathonlauf »teilnehmen«, mit den Augen des Läufers sehen, seine Bewegungen als eigene empfinden, kurz, ihre Empfindungen weitgehend mit denen des Läufers identifizieren. Die Bezeichnung geht darauf zurück, daß an einer solchen Übertragung gleichzeitig eine beliebige Personenzahl (Phanto*plikation*) teilnehmen kann. Allerdings wird bei dieser Methode die Information nur *einseitig* übertragen, weil nicht alle, die an den Läufer »angeschlossen« sind, gleichzeitig seine Bewegungen steuern können. Das Prinzip dieses Verfahrens ist bereits bekannt. Nach derselben Methode übermitteln entsprechende Mikrosender, die an verschiedenen Stellen am Körper der Astronauten angebracht sind, den Wissenschaftlern auf der Erde Informationen darüber, was mit dem Herzen der Astronauten, ihrem Blut usw. los ist. Mit verwandten Problemen (Nachahmung der Wirkungsweise bestimmter Rezeptoren von lebenden Organismen mit technischen Mitteln, direkte Anschließung des Gehirns oder der Nerven an ausführende Apparaturen unter Umgehung bestimmter normaler Zwischenglieder, etwa der Hände) befaßt sich ein neuer Zweig der Wissenschaft, die Bionik. Wir sagten, ein Umsteigen von einer Persönlichkeit in die andere sei unmöglich, mit zwei Einschränkungen. Damit waren natürlich nicht die Teletaxie und die Phantoplikation gemeint, die lediglich verschiedene Verfahren darstellen, ein Gehirn an bestimmte »Informationsspeicher« »anzuschließen«. Uns interessiert dagegen vor allem die Möglichkeit, ein Gehirn an ein anderes anzuschließen, und was sich daraus eventuell für Konsequenzen ergeben: ein »Überspringen« von einem Bewußtsein ins andere, eine »Verschmelzung« von zwei oder mehr Bewußtseinen und schließlich die Frage einer solchen Metamorphose des individuellen Bewußtseins, die nicht gleichbedeutend wäre mit der Vernichtung der individuellen Existenz. Wenn wir der Meinung sind, daß Herr Smith, der Angestellte der Landesbank, den wir von Kindheit an kennen und der bestimmte Eigenarten besitzt (die bestimmten dynamischen Merkmalen des Neuronennetzes seines Gehirns entsprechen), und eine ihm vollkommen gleichende Person, die von anderer Wesensart ist und andere Interessen und Begabungen zeigt, aber erklärt, sie sei jener Herr Smith, dem bei einer Operation ein »Verstärker« für gewisse schwach entwickelte geistige Merkmale »ins Gehirn eingebaut« worden sei – wenn wir der Meinung sind, daß diese zwei Personen zwei verschiedene Menschen sind, dann entfällt das ganze Problem, dann ist die Reinkarnation oder das »psychische Umsteigen« unmöglich, und der neue Herr Smith ist lediglich der Meinung, er sei der alte Herr Smith, jener Bankangestellte, doch das scheint ihm nur so.

Wenn wir ihn aber ausfragen und uns davon überzeugen, daß er sich an das vorige Leben einschließlich der Kindheit ganz genau erinnert, daß er sich gleichfalls erinnert, wie er beschlossen hat, sich dem Eingriff zu unterziehen, und daß er schließlich seine neuen psychischen Merkmale mit seinen früheren (abhanden gekommenen) vergleichen kann, und wenn wir daraufhin zu der Ansicht kommen, es handele sich um dieselbe Person, dann heißt das, daß unser Problem durchaus real ist. Das ist unsere erste Einschränkung: Ob wir die beiden Herren Smith (das heißt den Herrn Smith von vor der Operation, vom Zeitpunkt T_1, und den Herrn Smith vom Zeitpunkt T_2, nach der Operation) als identisch anerkennen oder nicht, hängt von den Kriterien ab, auf die wir uns vorher geeinigt haben.

Aber die Kybernetik verfügt leider über schlechthin unbegrenzte Möglichkeiten. Es tritt eine Person auf, in der wir unseren Bekannten, Herrn Smith, wiedererkennen. Wir unterhalten uns lange mit ihm und sind danach sicher, daß es sich um unseren alten, absolut unveränderten Bekannten handelt, der sich an uns und an sein Leben ganz genau erinnert. Er ist genauso, wie er immer war. Nun tritt ein dämonischer Kybernetiker auf und erklärt uns, der vermeintliche Herr Smith sei »in Wirklichkeit« ein ganz anderer Mensch, den er in Smith »umgeändert« habe – durch eine entsprechende Umgestaltung seines Körpers und seines Gehirns, welch letzteres er mit der Gesamtsumme der Erinnerungen von Herrn Smith ausgestattet habe, der bei diesem Eingriff (bei der Bestandsaufnahme der Erinnerungen) leider verstorben sei. Der Kybernetiker ist sogar bereit, uns die sterbliche Hülle unseres Bekannten zum Zwecke der Untersuchung zugänglich zu machen. Nun interessiert uns der kriminelle Aspekt der Angelegenheit nicht so sehr wie der ontologische. Im ersten Falle ging es um eine Person, die in eine andere »umgeändert« wurde, aber die Erinnerung an ihre ursprüngliche Vergangenheit bewahrte. Im zweiten Falle geht es um eine völlig neue Person, die Herrn Smith in jeder Hinsicht »imitiert«, »ohne er zu sein«, denn Herr Smith ruht ja im Grabe.

Wenn wir als Kriterium der Kontinuität die *Stetigkeit* der individuellen Existenz wählen, ohne Rücksicht auf die vorgenommenen Änderungen (unter Berufung auf die »physiologischen Änderungen, die aus dem Säugling einen Einstein machen«), dann ist der erste (aus dem ersten Beispiel) der *wahre* Herr Smith.

Wenn wir als ein solches Kriterium die *Unveränderlichkeit* der Persönlichkeit wählen, dann ist der zweite Herr Smith der »wahre«. Der ursprüngliche hat nämlich mittlerweile »eine ganz andere Persönlichkeit«, er widmet sich dem Alpinismus, züchtet Kakteen, hat sich beim Konservatorium eingeschrieben und hält in Oxford Vorlesungen über natürliche Evolution, während der zweite weiterhin und unverändert Bankangestellter ist und »sich überhaupt in keiner Hinsicht verändert hat«.

Das Problem der Identität oder Nichtidentität des Individuums erweist sich somit als *relativ* und abhängig von den gewählten Unterscheidungskriterien. Eine unter kybernetischem Aspekt primitive Zivilisation braucht sich zum Glück mit derartigen Paradoxa nicht herumzuschlagen. Eine Zivilisation dagegen, die bereits vollständig die Imitologie und die Phantomologie beherrscht (unter Einschluß, wie man jetzt schon sagen kann, der peripheren und der zentralen Phantomatik, der Phantoplikation, der Teletaxie und der Cerebromatik) und die sich gar der Pantokreatik voller Begeisterung widmet – eine solche Zivilisation muß Probleme aus dem Bereich der »Relativitätstheorie der Persönlichkeit« lösen. Absolut können die Lösungen nicht sein, da es absolute, invariante Kriterien nicht gibt. Dort, wo die Persönlichkeitsveränderung realisierbar ist, wird die Identität des Individuums aus einem *Gegenstand der Untersuchung zu einem Gegenstand der Definition.*

Persönlichkeit und Information

Norbert Wiener hat wohl als erster von der theoretischen Möglichkeit gesprochen, den Menschen »telegrafisch zu versenden«, ein ungewöhnliches Kommunikationsmittel, das sich als technische Anwendung aus der Kybernetik ergibt. Ist nicht, wenn man es genau nimmt, der Mensch – oder ein beliebiges materielles Objekt – eine Summe von Informationen, die man, verschlüsselt in der Sprache der Funk- oder Telegrafiesignale, über eine beliebige Entfernung verschicken kann? Man könnte mit Recht sagen, daß alles, was existiert, Information ist. Information ist das Buch genauso wie der Tonkrug, das Bild genauso wie die psychischen Phänomene, denn das Gedächtnis, diese

Grundlage der Kontinuität des subjektiven Daseins, besteht in einer Informationsaufzeichnung im Gehirn, und ein Verwischen dieser Aufzeichnung infolge einer Verletzung oder einer Krankheit kann sämtliche Erinnerungen auslöschen. Die Imitologie bedeutet, daß wir, gestützt auf den erforderlichen Informationsbestand, Phänomene nachahmen. Wir behaupten natürlich nicht, daß es *nur* Information gibt. Wir können einen Tonkrug identifizieren, wenn wir ein vollständiges Protokoll der ihn (seine chemische Zusammensetzung, seine Topologie, seine Maße etc.) betreffenden Information besitzen. Dieses Protokoll oder, wenn man so will, »Signalement« ist mit dem Krug so sehr identisch, daß wir, auf diese Aufzeichnung gestützt, den Krug nachbilden können, und wenn wir nur über einen genügend präzisen Apparat verfügen (zum Beispiel einen atomaren Synthetisator), wird die so geschaffene »Kopie« durch keine Untersuchung mehr von dem Original zu unterscheiden sein. Verfahren wir analog etwa mit einem Gemälde Rembrandts, dann verwischt sich der im üblichen Sinne verstandene Unterschied zwischen »Kopie« und »Original« ganz und gar, da das eine vom anderen nicht zu unterscheiden sein wird. Ein solches Verfahren setzt voraus, daß die von dem Krug, dem Bild oder irgendeinem anderen Objekt verkörperte Information codiert und im atomaren Synthetisator wieder decodiert wird. Das Mittelglied dieses Verfahrens, also jenes Stadium, in dem es den Originalkrug nicht mehr gibt (weil er beispielsweise zerbrach), sondern lediglich sein »atomares Signalement«, ist natürlich in materieller Hinsicht nicht mit dem Urbild identisch. Das Protokoll kann auf Papier verzeichnet sein, es kann in einer Reihe von im Elektronenrechner aufgezeichneten Impulsen bestehen usw., so daß natürlich jegliche materielle Ähnlichkeit zwischen diesem System von Zeichen und dem Krug bzw. dem Bild fehlt. Gleichwohl besteht eine wechselseitig eindeutige Entsprechung zwischen sämtlichen Zeichen dieser Menge und dem Originalobjekt, und genau sie ermöglicht die vollkommene Rekonstruktion.

Wenn wir Napoleon (wir gehen davon aus, daß sein »atomares Signalement« sich in unserem Besitz befindet) aus Atomen synthetisieren, dann wird Napoleon leben. Und wenn wir von einem x-beliebigen Menschen ein solches Signalement aufnehmen und es per Telegraf an einen Empfänger übermitteln, dem eine Apparatur angeschlossen ist, die aufgrund der eingegangenen Information den Körper und das Gehirn dieses Menschen aufbaut, dann wird er gesund und munter aus dem Apparat hervortreten.

Die Frage, ob ein solcher Plan technisch realisierbar sei, tritt in den Hintergrund angesichts seiner ungewöhnlichen Konsequenzen. Was geschieht, wenn wir das »atomare Signalement« nicht einmal, sondern zweimal abschicken? Aus dem Empfangsapparat werden zwei identische Menschen hervortreten. Und wenn wir diese Information nicht per Draht nur in eine Richtung schicken, sondern als Radiowelle ausstrahlen, und wenn die Empfänger sich an tausend Stellen unseres Globus, aber auch auf zahlreichen Planeten und Monden befinden, wird der »gesendete« Mensch an all diesen Orten auftreten. Wir haben das Signalement von Herrn Smith nur einmal abgesendet, und nun erscheint Smith, aus den Kabinen der Apparate hervortretend, in millionenfacher Gestalt auf Erden und im Himmel, in den Städten und auf Berggipfeln, in den Dschungeln und Mondkratern.

Kurios ist das nur, solange wir nicht fragen, wo währenddessen Herr Smith eigentlich bleibt. Wohin hat ihn die telegrafisch unternommene Reise geführt? Da die aus den Empfangsgeräten kommenden Personen *ex definitione* absolut identisch sind und sich allesamt als Herr Smith bezeichnen, ist es klar, daß wir nichts herausbekommen werden, auch wenn wir sie noch so genau untersuchen oder aushorchen. Logisch betrachtet, kann es nur eine der zwei Möglichkeiten geben: entweder sind all diese Personen zugleich Herr Smith oder keine von ihnen. Aber wie ist es möglich, daß Herr Smith an hundert Millionen Stellen gleichzeitig existiert? Seine Persönlichkeit sei »vervielfältigt« worden? Wie soll man das verstehen? Ein Mensch kann hier- oder dorthin gehen, er kann eine bestimmte Realität erleben, aber jeweils nur eine. Wenn Herr Smith am Schreibtisch sitzt, kann er sich nicht gleichzeitig im Krater des Erastothenes, auf der Venus, auf dem Grunde des Ozeans und vor dem Rachen eines Nilkrokodils befinden. Die durchtelegrafierten Personen sind gewöhnliche, normale Menschen. Es ist daher ausgeschlossen, daß irgendein rätselhaftes psychisches Band sie zu einer Einheit verbindet und bewirkt, daß sie all die erwähnten und ähnliche Dinge gleichzeitig erleben.

Angenommen, ein Krokodil habe einen der Smiths, den, der an den Nil gereist war, verschlungen. Wer ist umgekommen? Smith. Aber gleichzeitig soll er doch weiterleben, an unzähligen Orten zugleich? Was sämtliche Smiths miteinander verbindet, ist nur eine außergewöhnliche Ähnlichkeit, die jedoch überhaupt keinen Zusammenhang in irgendeinem physischen oder psychischen Sinne bedeutet. Auch eineiige Zwillinge sind einander ähnlich und dabei psychisch voneinander unabhängig. Jeder der Zwillinge stellt eine autonome, vollständige Persönlichkeit dar, und jeder erlebt ausschließlich sein eigenes Schicksal. Und dasselbe gilt für die Millionen telegrafierten Smiths. Es handelt sich dabei um eine Million verschiedener, weil voneinander völlig unabhängiger psychischer Subjekte.

Dieses Paradoxon scheint unauflösbar zu sein. Wir sehen kein Experiment, mit dessen Hilfe sich entscheiden ließe, *wo* sich die Fortsetzung jenes Smith aufhält, den wir telegrafisch abgeschickt haben. Versuchen wir aber, an das Problem anders heranzugehen. Es gibt ein aus der Psychiatrie bekanntes Phänomen, das man als Persönlichkeitsspaltung bezeichnet. Allerdings ist die Spaltung niemals so vollständig, wie es nach unterschiedlichen Darstellungen in der Literatur den Anschein hat. Man kann jedoch am lebenden Gehirn einen Trennungsschnitt vornehmen, in dessen Folge zwei praktisch unabhängige Zentralnervensysteme innerhalb einer Schädelkapsel koexistieren. Daß ein Körper zwei Köpfe haben kann, wissen wir, denn zum einen gibt es solche Mißgeburten, die zuweilen noch eine gewisse Zeit leben (auch bei Menschen kam das vor), und zum anderen wurde ein solcher Zustand schon des öfteren durch künstliche Eingriffe (in der Sowjetunion zum Beispiel an Hunden) geschaffen.

Den Zustand, daß ein Gehirn in zwei autonome und gesondert arbeitende Teile aufgetrennt war, hat man durch neurochirurgische Eingriffe z. B. an Affen realisiert. Man muß dazu den großen Balken, der die beiden Hemisphären des Gehirns miteinander verbindet, möglichst gründlich durchtrennen. Stellen wir uns vor, an Herrn Smith sei ein solcher Eingriff durchgeführt worden. Die Trennung der Hirnhälften erfolgte schrittweise und ganz allmählich, um eine unverhoffte Störung der Hirnfunktionen zu verhindern und um jeder der beiden Hemisphären, während sie sich von der anderen unabhängig machte, Zeit zu lassen, sich von dem Schock, den ein so grausamer Eingriff zweifellos hervorgerufen haben muß, vollständig zu erholen. Nach einer gewissen Zeit gibt es im Kopf von Herrn Smith zwei funktional voneinander unabhängige Gehirne. Das scheint auf das uns bereits bekannte Paradoxon hinauszulaufen. Affen, an denen solche Operationen durchgeführt wurden und die man genau untersuchte, verhielten sich so, als besäßen sie zwei relativ autonome Gehirne, wobei entweder eines von ihnen ständig dominierte und die nachgeordneten Systeme absteigender Nervenbahnen und damit auch den ganzen Körper beherrschte oder die beiden

»schlossen sich« abwechselnd an diese Bahnen an und regierten den Körper wechselweise. Doch Affen kann man selbstverständlich nicht nach ihren subjektiven Zuständen befragen. Anders bei Herrn Smith. Nehmen wir (im Gegensatz zur anatomischen Wahrheit, aber im Interesse unserer Überlegung) an, die beiden getrennten Hirnhemisphären seien vollkommen gleichwertig (tatsächlich dominiert in der Regel bei jedem normalen Menschen die linke Hemisphäre). Jede von ihnen enthält die gleichen Gedächtnisaufzeichnungen und die gleiche Persönlichkeitsstruktur, die zuvor das gesamte Gehirn enthielt. Die Frage, welche Hemisphäre die Fortsetzung von Smith darstellt, welches dieser beiden Gehirne der »wahre Smith« ist, erweist sich als sinnlos. Wir haben es mit zwei analogen Smiths in einem Körper zu tun. Der infolge des materiellen Eingriffs in zwei Teilbahnen aufgetrennte dynamische Bewußtseinsverlauf erzeugt zwei unabhängige Persönlichkeiten, die jedoch beide berechtigt sind, sich als Fortsetzung der ursprünglichen Persönlichkeit zu betrachten. In diesem Falle ist also die Vervielfältigung zur Tatsache geworden. Zwischen diesen Systemen kann es natürlich zu Konflikten kommen, denn sie besitzen ja nur einen gemeinsamen Organismus, ein sensorisches und effektorisches (muskuläres) System. Wenn wir nun aber durch einen neuen Eingriff diese beiden Hemisphären, die mittlerweile als vollwertige Gehirne funktionieren, auf zwei dafür vorbereitete Körper übertragen, bekommen wir zwei nunmehr auch physisch getrennte Smiths. Es besteht also, auch wenn wir uns das nicht sinnfällig vorzustellen vermögen, die reale Möglichkeit, eine Persönlichkeit zu vervielfältigen. Vom Standpunkt desjenigen aus, der den Empfangsapparat verläßt, ist er und nur er die rechtmäßige, normale und überaus lebendige Fortsetzung des »Telegrafierten« – und wir haben keinen Grund, diese Überzeugung in Zweifel zu ziehen.

Man kann also einen Menschen in viele Richtungen gleichzeitig verschicken. Das heißt nicht, daß er in allen Personen einer ist. Von »ihm« wird es so viele geben, wie atomare Kopien hergestellt wurden. Die vielfache Fortsetzung des Individuums wird zur Tatsache.

Das ist jedoch nur das erste Paradoxon, und, um auch das zu sagen, das verhältnismäßig primitivste.

Es zeigt sich nämlich, daß es bei der »existentiellen Relativität« zu einem merkwürdigen Fall kommt, der ein wenig an die Relativität der Messung in Einsteins Theorie erinnert, wo das Resultat der Messung von dem gewählten Bezugsrahmen abhängig ist. Wie wir ja schon wissen, ist vom Standpunkt der Smiths aus, die aus den Empfangsgeräten hervortreten, *jeder* von ihnen eine Fortsetzung des telegrafisch abgeschickten. Doch vom Standpunkt des Herrn Smith, den wir abgeschickt haben, ist keine dieser Personen seine Fortsetzung.

Wie vollzieht sich eigentlich dieses »Abschicken«? Herr Smith betritt die Kabine des Apparats, in dem sein »atomares Signalement« hergestellt wird, etwa derart, daß er mit sehr harter Strahlung durchleuchtet wird. Den so gewonnenen »atomaren Plan« übermitteln wir telegrafisch. Kurz darauf beginnen in Dörfern und Städten unzählige Smiths aus den Empfängern hervorzutreten.

Doch was ist mit dem Original? Wenn er aus der Kabine kommt, in der wir die »Inventarisierung« seiner Atome vorgenommen haben, hat er sich ganz offensichtlich nicht von der Stelle gerührt, sondern ist weiterhin dort, wo er bisher war. Und selbst wenn an den Empfangsgeräten Millionen seiner Kopien ins Dasein treten sollten, ändert das die Situation des Original-Smith nicht im geringsten: wenn wir ihm von alldem nichts erzählen, geht er nach Hause und hat nicht die leiseste Ahnung, was überhaupt passiert ist. Daraus folgt also, daß wir das »Original« vernichten müssen, und zwar gleich nach vollzogener »atomarer Bestandsaufnahme«. Wenn wir uns in die Lage von Herrn Smith versetzen, begreifen wir unschwer, daß seine Zukunftsaussichten bei der telegrafischen Reise durchaus nicht rosig sind. Für ihn bedeutet sie im Grunde, daß er in der Kabine umkommen wird, daß es mit ihm ein für allemal aus sein wird, während aus den Empfängern Leute herauskommen, die ihm vollkommen gleichen, *nicht aber er selbst.* Es ist nämlich so: Zwischen jedem Zustand eines Menschen und seinem vorherigen Zustand besteht ein enger kausaler Zusammenhang. Im Zeitpunkt T_1 empfinde ich einen süßen Geschmack, weil mir im Zeitpunkt T_0 ein Zuckerwürfel auf die Zunge gelegt wurde. Zwischen Herrn Smith und seiner atomaren Personenbeschreibung besteht ebenfalls ein kausaler Zusammenhang: eine bestimmte Beschreibung kam dadurch zustande, daß wir auf den Körper von Smith in einer bestimmten Weise eingewirkt haben, und diese Einwirkung ermöglichte es, die Information über den Aufbau von Herrn Smith vollständig zu übermitteln. Ein informationaler und kausaler Zusammenhang besteht gleichfalls zwischen der atomaren Personenbeschreibung und den aus den Empfängern herauskommenden »Kopien«, weil sie genauso aufgebaut wurden, wie es die Rezeptur der »Personenbeschreibung« vorschrieb. Doch welche Zusammenhänge bestehen zwischen all diesen Umwandlungen (Smith als lebender Organismus, Smith als abgesandte Information und die zahlreichen Smiths, die gemäß dieser Information nachgebaut wurden) und dem Tod von Herrn Smith, den wir gleich nach der Aufstellung seiner atomaren Personenbeschreibung herbeigeführt haben?

Um es deutlich zu sagen, besteht zwischen dem einen und dem anderen nicht der geringste Zusammenhang. Wenn wir von dem an der Wand hängenden Rembrandt eine atomare Kopie herstellen, kann jemand sagen: ich erkenne das Original an seiner Lage; es hängt an der Wand, und somit ist das andere Bild auf der Staffelei die Kopie. Wenn wir das Original verbrennen, wird es keiner mehr finden. Wir haben den einzigen Gegenstand vernichtet, der es gestattet hätte, den Originalcharakter der atomaren Kopie anzuzweifeln. Die Kopie ist dadurch jedoch nicht zum Original geworden in dem Sinne, daß sie sich in jenen Gegenstand aus Holz und Leinwand verwandelt hätte, den der berühmte holländische Maler vor einigen Jahrhunderten mit Farben bedeckte. Empirisch ist sie vom Original nicht zu unterscheiden, doch ist sie es nicht, weil sie eine andere Geschichte hat.

Wenn wir Smith töten und ihm dabei versichern, er werde in Kürze an Millionen Orten gleichzeitig die Augen wieder aufschlagen, muß man das als eine Schandtat bezeichnen: als einen Mord, dessen Spuren »kybernetisch« verwischt wurden, und das im Übermaß, denn an die Stelle des einen, ermordeten Individuums tritt eine Unmenge von Individuen, die ihm exakt gleichen.

Wenn wir einen Menschen telegrafisch verschicken wollen, reicht es also nicht aus, seine atomare Personenbeschreibung aufzugeben, sondern es ist darüber hinaus unausweichlich, daß wir diesen Menschen töten; damit ist der verbrecherische Charakter dieses Vorhabens wohl offensichtlich. Nehmen wir – um die Sache ganz deutlich zu machen – an, wir würden die Smithsche Personenbeschreibung aufgeben; die Kopien seiner Person zeigen sich schon in der Tür der Empfangsgeräte, aber das Original lebt noch immer und weiß von alldem nichts. Dürfen wir davon ausgehen, daß er so lange unter uns weilt, wie wir nicht zum Hammer greifen, und daß dieser Mensch in dem Augenblick, wo wir ihm den Schädel zertrümmern, mit einem Mal auf unbekannte Weise entweder zu einem jener durchtelegrafierten Individuen oder gar zu allen gleichzeitig »wird«!? Was soll ihn eigentlich an das andere Ende der Telegrafenleitung befördern, wenn die Signalübertragung allein das nicht zu leisten vermochte? Etwa der Schlag mit dem Hämmerchen auf seinen Hinterkopf? Offensichtlich ist diese Annahme nicht paradox, sondern schlechthin absurd. Smith wird dahin sein, und zwar für alle Ewigkeit, und somit kann auch von einer telegrafischen Verschickung des Menschen nicht die Rede sein.

Aber nicht nur die telegrafische Übermittlung der Information über einen Menschen stößt auf dieses Hindernis. Es wäre beispielsweise denkbar, daß in Zukunft jeder Mensch eine »atomare Matrize« seines Körpers besitzt, die in einer »Persönlichkeitsbank« aufbewahrt wird. Die Matrize enthält eine vollständige Aufzeichnung seiner atomaren Struktur, welche sich zu ihm verhält wie der Plan des Architekten zu dem materiellen Haus. Kommt so ein Mensch beispielsweise bei einem Unfall ums Leben, dann begibt sich seine Familie zur Bank, die Matrize wird in den atomaren Synthetisator eingegeben, und zum allgemeinen Entzücken tritt aus dem Apparat der tragisch Dahingeschiedene hervor und sinkt seinen sehnsüchtig wartenden Angehörigen in die Arme. Nun denn, das ist möglich, doch macht, wie wir ja schon wissen, diese freudige Szene den Tod des »Originals« keineswegs rückgängig. Weil aber in diesem Falle niemand einen Mord begangen hat, sondern lediglich das Opfer eines Unglücks oder einer Krankheit wirksam durch einen »atomaren Doppelgänger« ersetzt wurde, fallen die moralischen Hindernisse fort, die zumindest innerhalb einer bestimmten Zivilisation eine derartige Praxis zu etwas Unannehmbarem machen würden.

Dagegen läßt sich eine solche Methode nicht anwenden, um sich eine »Existenzreserve« zu schaffen, anders gesagt, um das persönliche Weiterleben zu garantieren. Ob ich nämlich meine »atomare Personenbeschreibung«, die sich erst nach Eingabe in den Synthetisator (die Personenbeschreibung ist, nebenbei bemerkt, nichts anderes als ein Handlungsprogramm) in meinen lebenden Doppelgänger verwandelt, bloß im Schreibtisch oder in der Bank habe oder ob ich schon jetzt, zu Lebzeiten, einen lebenden Doppelgänger besitze, hat auf mein Schicksal absolut keinen Einfluß. Wenn ich in einen Abgrund stürze oder auf andere Weise umkomme, wird mich der Doppelgänger zweifellos ersetzen, aber *mein* Leben ist dann beendet. Den Beweis (für die Unmöglichkeit der »Existenzreserve«) liefert die zeitweilige Koexistenz von Original und Kopie. Sie verhalten sich zueinander wie Zwillinge, und es wird doch niemand, der bei Sinnen ist, behaupten, ein Zwilling sei für den anderen eine »Reserve des Weiterlebens«.

Zuvor hatten wir festgestellt, daß es nicht das Durchtelegrafieren der Information ist, was den Menschen unwiderruflich tötet, sondern die anschließend erfolgende Vernichtung dieses Menschen, die den Anschein erwecken soll, als habe er tatsächlich den Draht in eigener Person bis zum anderen Ende durchwandert. Nun hat es den Anschein, als beruhe die Unwiderruflichkeit des individuellen Todes auf einer *Unterbrechung* in der Stetigkeit des Daseins.

Erst hier betreten wir die wahre Hölle des Paradoxen. Bekanntlich verspricht sich die moderne Medizin sehr viel von der Methode der Hibernation, die von Jahr zu Jahr vervollkommnet wird. Einerseits kann man auch den Menschen, der normalerweise keinen Winterschlaf hält, (durch Anwendung entsprechender pharmakologischer Mittel, Unterkühlung des Körpers usw.) in jenen Zustand eines suspendierten, physiologisch verlangsamten Lebens versetzen, wie man ihn bei gewissen Säugetieren (Fledermäuse, Bären) antrifft, andererseits kann man jenen Zustand derart vertiefen, daß er statt dem Winterschlaf immer mehr dem authentischen Tode ähnelt. Dieser Zustand eines reversiblen Todes, nicht nur der Verlangsamung, sondern völligen Stillstands jeglicher Lebensfunktionen wird durch eine sehr starke Auskühlung des gesamten Organismus herbeigeführt. Bei einigen Versuchstieren hat man ihn schon verwirklichen können, und einzellige Organismen (zu denen in einem gewissen Sinne auch die Samenzellen, darunter auch die menschlichen, gehören) kann man durch Einfrieren sehr lange, vielleicht sogar beliebig lange in diesem Zustand erhalten. Die Befruchtung einer Frau mit dem Samen eines Mannes, der vielleicht schon vor vielen hundert Jahren gestorben ist, zeichnet sich damit als eine durchaus reale Möglichkeit ab.

Große Schwierigkeiten bereitet es, einen so komplexen Organismus wie den des Menschen (oder überhaupt der Säugetiere unter den Gefrierpunkt des Wassers abzukühlen, da die Gewebsflüssigkeit die Tendenz hat, in Form von Eis zu kristallisieren und diese Reaktion zur Zerstörung lebenswichtiger Strukturen des Protoplasmas führt. Doch sind diese Schwierigkeiten nicht unüberwindlich Man darf annehmen, daß es gelingen wird, eine Technik des Einfrierens zu entwickeln, bei der die Möglichkeit einer späteren Wiedererweckung zu einem beliebigen Zeitpunkt nahezu hundertprozentig ist. In sie werden nicht geringe Hoffnungen gesetzt unter anderem im Hinblick auf lange kosmische Reisen. Allerdings vermag diese Technik im Lichte unserer bisher erwogenen Gedankenexperimente einige Zweifel zu wecken. Haben wir es wirklich mit einem reversiblen Tod zu tun? Ist es nicht möglich, daß das eingefrorene Individuum für immer stirbt und der, den wir wieder auferwecken, gewissermaßen nur eine Kopie ist? Es scheint, als handele es sich um ein und dasselbe Individuum. Schließlich wurden ja die Lebensprozesse nur angehalten, so wie man den Mechanismus einer Uhr anhält. Ihr Wiederingangsetzen ist gleichbedeutend mit einer Wiederbelebung. Im übrigen kommt es ja nicht zu einer völligen Erstarrung jener Prozesse. Bekanntlich verhält es sich mit diesen Phänomenen ein wenig wie mit jener Scheibe, deren sieben Sektoren die Farben des Spektrums zeigen. Solange sie stillsteht oder sich nur langsam dreht, erkennen wir die einzelnen Farben. Bei wachsender Umdrehungszahl beginnen sie zu verflimmern, und bei einer bestimmten Geschwindigkeit verschmelzen sie zu einem einheitlichen Weiß. Ähnlich ist es mit dem Bewußtsein. Die Prozesse, welche seine Grundlage bilden, müssen ein bestimmtes Tempo haben, unterhalb dessen das Bewußtsein sich zu trüben beginnt, bis es schließlich, längst bevor die biochemischen Reaktionen des Gehirns tatsächlich zum Stillstand kommen, verfällt. Das Bewußtsein erlischt also, ehe die Stoffwechselprozesse stillstehen, die wiederum, wenngleich nicht alle, überaus langsam weitergehen können, auch wenn sie praktisch aufgehört haben. Unmittelbar am absoluten Nullpunkt der Temperatur kommen sie allerdings wirklich zum Stillstand, und der Organismus altert nicht mehr. Wie dem aber auch sei – sämtliche Strukturen des lebenden Gewebes bleiben erhalten. Damit ist die Einfriermethode gleichsam vom Vorwurf des Mordes freigesprochen.

Führen wir jedoch noch ein weiteres Gedankenexperiment durch. Angenommen, wir hätten unseren Smith beinahe bis zum absoluten Nullpunkt abgekühlt. Dabei wird sein Gehirn wie alle übrigen Organe des Körpers zur kristallinen Struktur. Außer den winzigen Schwingungen, welche die Atome selbst auf dem niedrigsten energetischen Niveau noch erkennen lassen, stellen wir im Elektronenmikroskop keine Bewegungen fest. Die durch die Kälte eingefangenen, unbeweglichen und daher leichter zugänglichen Atome des Gehirns von Herrn Smith können wir nun nach und nach einzeln aus seinem Schädel herauslesen und auf entsprechende Behälter verteilen. Der Ordnung halber legen wir die Atome der verschiedenen Elemente gesondert ab. Nun werden sie – sicherheitshalber weiterhin in der Eiseskälte von flüssigem Helium – aufbewahrt, bis wir sie schließlich zu gegebener Zeit wieder zusammenfügen, wobei wir jedes genau dort einpassen, wo es hingehört.

Das nunmehr vollständige, aber immer noch eingefrorene Gehirn wird jetzt einschließlich des Körpers mit wirksamen Wiederbelebungsmethoden behandelt. Nachdem er aufgetaut ist, erhebt sich Herr Smith, kleidet sich an und geht nach Hause. Wir haben nicht den geringsten Zweifel, daß es tatsächlich er persönlich war. Auf einmal stellt sich heraus, daß unser Laborant sämtliche Reagenzgläser zerbrochen hat, in denen sich in Gestalt eines feinen Pülverchens die Atome von Kohle, Schwefel, Phosphor und allen anderen Elementen befanden, aus denen das Gehirn von Herrn Smith sich zusammensetzte. Wir hatten diese Reagenzgläser im Kühlraum auf dem Tisch abgestellt, der Laborant stieß den Tisch um, und als er sich vor dieser Katastrophe sah, bemühte er sich, ihre Spuren rasch zu beseitigen; die Überreste der verschütteten Elemente sammelte er in neuen Reagenzgläsern ein, und was fehlte, ergänzte er anhand der Aufzeichnungen im Laborbuch, wo wir bis aufs einzelne Atom genau festgehalten hatten, was sich in welchem Reagenzglas befindet. Noch haben wir uns von dieser Nachricht nicht erholt, noch sehen wir durchs Fenster, wie Herr Smith, sein Spazierstöckchen herumwirbelnd, sich über den Hof entfernt, da öffnet sich die Tür, und ein zweiter Smith tritt herein. Was ist geschehen? Als die heruntergefallenen Reagenzgläser zerbrochen am Boden lagen, hatte der Laborant es eilig und sammelte von den verschütteten Elementen nur die Hälfte ein, doch sein Kollege, der ihm einen Gefallen tun wollte, sammelte später die verstreuten Reste der Elemente sorgfältig ein, ergänzte wiederum das Fehlende anhand des Laborbuches, brachte eigenhändig die Atome an die richtige Stelle, setzte voller Eifer den Entfroster in Gang und ließ Herrn Smith Nr. 2 auferstehen.

Welcher von den Herren Smith ist nun eigentlich die Fortsetzung des Eingefrorenen, der erste oder der zweite? Jeder besitzt ungefähr die Hälfte der »originalen« Atome, was übrigens insofern unwesentlich ist, als die Atome keine Individualität haben und der Organismus sie beim Stoffwechsel fortwährend austauscht. Es sieht ganz so aus, als sei es zur Vervielfältigung von Herrn Smith gekommen. Aber was ist mit dem Original? Lebt es in beiden Körpern oder vielleicht eher in keinem von ihnen? Anders als bei dem Experiment mit der Durchtrennung des Balkens zwischen den beiden Hemisphären des Gehirns ist die Frage diesmal unentscheidbar, da es an jeglichen empirischen Kriterien fehlt, auf die man sich stützen könnte. Man könnte natürlich das Dilemma willkürlich auflösen, indem man sich zum Beispiel darauf einigt, daß unser Bekannter, den wir ständig derart halsbrecherischen Versuchen unterwerfen, in beiden Herren S. seine Fortsetzung findet. Das ist bequem, in dieser Lage vielleicht sogar notwendig, doch muß diese Lösung moralische Vorbehalte wecken. Uns vertrauend, begab sich Herr Smith mit der gleichen Gelassenheit in den Hibernationskühlschrank, mit der er die Telegrafenkabine betreten hatte, aus der wir ihn nach dem Schlag mit dem Hammer an den Füßen herauszogen, ein wenig getröstet durch sein vielfaches Erscheinen auf den Planeten des Sonnensystems. In jenem Falle kam es, wie wir bewiesen haben, zum Mord. Und in diesem? Gewiß scheint das Fehlen einer Leiche für uns zu sprechen, aber dann könnten wir Smith ja auch in ein Wölkchen von Atomen auflösen; uns liegt jedoch nicht so sehr daran, auf unbemerkte und äußerst ästhetische Weise einen Mord zu begehen, als vielmehr daran, ihn überhaupt nicht zu verüben.

Wir fangen an, den Verstand zu verlieren. Gibt es vielleicht eine immaterielle Seele, die in der Struktur des Gehirns wie ein Vogel im Käfig gefangen ist und den Fesseln des Körpers entfleucht, wenn die Stäbe des Käfigs, das heißt hier: die atomaren Strukturen, aufgebrochen und bis ins letzte zerteilt werden? Nur die Verzweiflung treibt uns zu derart metaphysischen Hypothesen. Aber auch sie helfen uns nicht weiter. Was geschah nach dem Durchtrennen des großen Hirnbalkens? Haben wir damit vielleicht gleichzeitig die immaterielle Seele in zwei Teile zerlegt? Doch andererseits – sind nicht aus den telegrafischen Empfängern scharenweise ganz normal beseelte Smiths hervorgekommen, woraus – wenn es überhaupt eine Seele gibt – offensichtlich geschlossen werden muß, daß jeder atomare Synthetisator sie mit Leichtigkeit zusammenbauen kann? Aber es geht ja gar nicht darum, ob Herr Smith eine immaterielle Seele hat; nehmen wir an, er hat eine. Es geht darum, daß jeder neue Smith in jeder Hinsicht absolut genauso sein sollte wie der originale Smith, und das war er ja nicht, weil wir außer der Personenbeschreibung, dem Telegrafen usw. auch noch den Hammer benutzen mußten! Dieser Erklärungsversuch hilft uns also nicht weiter.

Doch vielleicht beruht das Paradoxon darauf, daß unsere Gedankenexperimente zu den Möglichkeiten der realen Welt genauso im Widerspruch stehen wie etwa die Vorstellungen von einer Reise mit unendlicher Geschwindigkeit oder das Perpetuum mobile? Aber auch das stimmt nicht. Liefert uns nicht die Natur im Falle der eineiigen Zwillinge überaus exakte Kopien eines menschlichen Organismus? Gut, solche Zwillinge sind hinsichtlich der atomaren Struktur nicht völlig identisch. Aber das liegt unter anderem daran, daß die Evolution mit ihrer selektiven Technologie niemals das Ziel verfolgte, eine absolute Ähnlichkeit dieser Struktur zu schaffen, denn das war unter biologischem Aspekt vollkommen gleichgültig und überflüssig. Wenn aber eine so weitgehende Ähnlichkeit zwischen Systemen von so hohem Komplexitätsgrad gleichsam beiläufig und zufällig erreicht wurde (denn Elemente des Zufalls spielen bei der Entstehung von Zwillingen, bei der ersten Teilung des befruchteten Eis, eine nicht geringe Rolle), dann wird sich die mit der Kybernetik verbündete

Biotechnologie der Zukunft gewiß zutrauen dürfen, diesen Erfolg, an dem die Natur nur einen zufälligen Anteil hat, zu übertreffen.

Um unsere Darlegungen zu vervollständigen, müssen wir noch die Möglichkeit erörtern, daß der lebende Organismus durch die atomare Bestandsaufnahme selbst zerstört wird. Dieser Sachverhalt würde einige Paradoxa ausräumen (z. B. das Paradoxon des möglichen Nebeneinanderbestehens von »Fortsetzung« und Original) und könnte zur Grundlage der Behauptung werden, daß es im Grunde nicht anders sein könne, daß also ein solches Nebeneinanderbestehen lediglich denkbar, aber eine unrealisierbare Fiktion sei. Das ist der Grund, warum wir der ganzen Angelegenheit ein wenig mehr Beachtung schenken. Stellen wir uns vor, zu unserer Verfügung stünden zwei Apparaturen zum Telegrafieren von Menschen, eine Apparatur S und eine Apparatur Z. Die Apparatur S schont denjenigen, den wir durchtelegrafieren wollen, anders gesagt, bleibt der Mensch, nachdem die gesamte Information über seine atomare Struktur gesammelt wurde, vollkommen unversehrt. Die Apparatur Z funktioniert derart, daß sie mit dem Sammeln der Information gleichzeitig die atomare Struktur des Untersuchten zerstört, und somit verfügen wir nach beendeter Aufzeichnung außer über den Gesamtbestand an struktureller Information noch über einen toten Menschen bzw. dessen pulverisierte Überreste. Dem sei noch hinzugefügt, daß in beiden Fällen die gewonnene Information quantitativ gleich ist, das heißt, sie ist vollständig und ausreichend, um nach telegrafischer Übermittlung an eine Empfangsstation einen identischen Menschen nachzubilden.

Die schonende Apparatur vom Typ S ist subtiler, damit auch komplizierter und wird historisch gewiß später entstehen, da sie eine weiter fortgeschrittene Technologie erfordert als die zerstörerische Apparatur Z. Trotzdem wollen wir uns zuerst mit der Apparatur S befassen. Ihr Funktionsprinzip ist das der »Punktierung«, des Führungsstrahls, ungefähr so wie bei der Bildröhre des Fernsehgeräts. Ein von der Apparatur ausgeschickter Strahl wandert über den Körper des Untersuchten. Jeder Zusammenstoß des Strahls mit einem Atom oder einem Elektron wird sofort im Gedächtnis der Apparatur notiert, da der Strahl über jedes Materieteilchen »stolpert«. Die Atome, welche die äußeren Schichten des Körpers bilden, werden nach der Aufzeichnung ihrer Lage für den Strahl gleichsam durchsichtig. Damit das möglich ist, darf es sich natürlich nicht um einen materieförmigen (korpuskularen) Strahl handeln. Gehen wir davon aus, daß es sich gar nicht um einen solchen Strahl handelt, sondern einfach um den Anlegepunkt von elektromagnetischen Feldern, die wir so zu steuern vermögen, daß sie sich überschneiden. Wenn sie auf nichts als Leere stoßen, bleiben die Zeiger der Apparatur unbewegt. Befindet sich dort, wo diese Felder verlaufen, ein Atom, so entsteht eine von seiner Masse abhängige Wechselwirkung, die den Wert der Felder verändert, und die Zeiger schlagen aus, was in einem entsprechenden »Gedächtnis«system registriert wird. Die Apparatur registriert zugleich die raumzeitliche Stelle der Ablesungen, ihre Reihenfolge usw., bis wir nach 10^{20} Einzelablesungen, die natürlich mit einer Geschwindigkeit von einer Million je Sekunde ablaufen, die gesamte Information über die Lage sämtlicher Atome des Körpers, anders gesagt, über seine materielle Konfiguration, aufgezeichnet haben. Die Apparatur ist derart empfindlich, daß sie auf ein ionisiertes Atom anders reagiert als auf ein nicht ionisiertes, und wiederum anders auf ein Atom, das sich an einer bestimmten Stelle der Eiweißkette befindet, was mit der Dichte der Elektronenhülle des Moleküls zusammenhängt, und so weiter. Zweifellos verursachen die zur Aufzeichnung benützten wandernden elektromagnetischen Felder durch ihre Einwirkung bei den Atomen des Körpers kleine Abweichungen von ihren vorherigen Zuständen, die jedoch so geringfügig sind, daß der Organismus sie ohne Schaden übersteht. Ist die Aufzeichnung fertig, schicken wir sie über den Draht, der Empfänger setzt sich, sowie die Information eingegangen ist, in Bewegung, und am anderen Ende der Leitung wird ein Kopie-Individuum geschaffen. Dieses Individuum gleicht vollkommen dem Original, das indessen davon nichts zu wissen braucht, sondern die Kabine verlassen und heimgehen kann, ohne eine Ahnung davon zu haben, daß in der Zwischenzeit irgendwo eine Kopie von ihm oder sogar eine Legion von Kopien entstanden ist. Das war unser erstes Experiment.

Nun setzen wir die zweite Apparatur in Gang. Ihre Wirkungsweise ist sehr viel brutaler, da der Führungsstrahl materieförmig ist, die abgeschossenen Teilchen also auf die einzelnen Atome des Körpers aufprallen, zunächst die der äußeren Schichten, dann die der tieferen, und so weiter. Es kommt jedesmal zu einem Zusammenstoß, einer Karambolage, und aus der Abweichung des abgeschossenen Teilchens, dessen Impuls uns bekannt ist, lesen wir die ursprüngliche Lage und Masse des getroffenen Teilchens (des Körperatoms) ab. So gelangen wir zu unserer zweiten Aufzeichnung, die genauso exakt ist wie die erste, nur haben wir durch die bloße Prozedur den Organismus pulverisiert, der sich nach der Beendigung unserer Tätigkeit in ein unsichtbares Wölkchen verwandelt hat.

Man beachte bitte, daß wir in beiden Fällen genau die gleiche Informationsmenge gewinnen, nur daß wir beim zweiten Mal während der Ablesung den ursprünglichen Organismus zerstören. Da nun die Zerstörung allein auf die Brutalität der Apparatur zurückzuführen ist, eine Brutalität, welche den Umfang der erlangten Information *in keiner Weise erhöht*, ist die Zerstörung für die Informationsübermittlung als solche nebensächlich und steht weder mit ihr noch mit der anschließend erfolgenden Synthese der atomaren Kopie am anderen Ende der Leitung in irgendeinem Zusammenhang.

Die Informationsübertragung und die durch sie ermöglichte Synthese erfolgen nämlich in beiden Fällen in genau der gleichen Weise. Da sie in der gleichen Weise erfolgen, ist es klar, daß das Schicksal des Originals für das Geschehen am anderen Ende des Drahtes nicht die geringste Bedeutung hat. Mit anderen Worten: Dort, beim Empfänger, entstehen in beiden Fällen absolut gleichartige Individuen. Da wir jedoch für den ersten Fall bewiesen haben, daß das entstandene Individuum nicht die Fortsetzung des Originals sein konnte, muß das folglich auch für den zweiten Fall gelten. Wir haben somit bewiesen, daß das im Synthetisator geschaffene Individuum immer nur eine Imitation, eine Kopie und nicht das »per Draht verschickte Original« ist, woraus wiederum zu entnehmen ist, daß jenes aus der Aufzeichnung und Übermittlung der Information bestehende »Einschiebsel«, welches wir in die Ursachen- und Wirkungs-Zusammenhänge der organismischen Existenz eingefügt haben, in Wirklichkeit nicht bloß ein Einschiebsel, nicht bloß eine Zäsur innerhalb der kontinuierlichen Lebenslinie eines identischen Individuums ist, sondern die Schaffung eines imitierenden Individuums, eines Zwillings gewissermaßen darstellt, wobei das Original entweder am Leben bleibt oder umkommt. Sein Los hat für die Kopie überhaupt keine Bedeutung, da sie niemals die Fortsetzung des Originals ist; was nun das Original betrifft, so widerlegt es im ersten Falle, wo es am Leben bleibt, allein durch seine Gegenwart die Auffassung, als sei es irgendwohin »telegrafiert« worden, während es im zweiten Falle durch seine Vernichtung den (falschen, wie wir gerade gezeigt haben) Eindruck hervorruft, als sei die »Reise durch den Draht« doch gelungen.

Zum Schluß wollen wir das Experiment in einer Variante vorführen, die ohne die Aufstellung einer atomaren Matrize wie auch ohne atomaren Synthetisator auskommt. Heute läßt es sich noch nicht verwirklichen, doch sind in dieser Richtung schon bedeutende Fortschritte gemacht worden. Es geht um die Aufzucht eines befruchteten menschlichen Eis außerhalb des Organismus. Dieses Ei ist zu halbieren. Die eine Hälfte frieren wir ein, die andere lassen wir sich normal entwickeln. Nehmen wir an, daß aus ihr ein Mensch entsteht, der im Alter von zwanzig Jahren stirbt. Nun tauen wir die andere Hälfte des Eis auf, und nach zwanzig Jahren haben wir »den anderen Zwilling«, von dem man sagen kann, daß er die Fortsetzung des Verstorbenen sei – mit genau der gleichen Berechtigung wie bei der im Synthetisator hergestellten atomaren Kopie. Daß man auf die Entstehung der »Fortsetzung« zwanzig Jahre warten muß, besagt nichts, denn es ist durchaus möglich, daß auch der atomare Synthetisator sich mit der Fertigstellung der atomaren Kopie zwanzig Jahre lang abmühen muß. Betrachten wir nun diesen »anderen Zwilling« als Fortsetzung des verstorbenen und nicht als Doppelgänger von täuschender Ähnlichkeit, dann werden wir mit der künstlich geschaffenen atomaren Kopie genauso verfahren müssen. Dann aber ist jeder normale Zwilling, dessen Entwicklung wir durch Hibernation verzögern, die »Verlängerung« seines Bruders. Da man aber die Dauer der Hibernation beliebig abkürzen kann, stellt sich letzten Endes heraus, daß jeder Zwilling die Fortsetzung des anderen Zwillings ist, und das ist denn doch eine offenkundige Absurdität. Freilich ist der Zwilling nicht eine ideale molekulare Kopie des »Originals«. Gleichwohl ist die Ähnlichkeit zwischen den beiden Zuständen eines und desselben Menschen, in denen er zunächst acht und dann siebzig Jahre zählt, mit Sicherheit geringer als die Ähnlichkeit zwischen Zwillingen. Trotzdem wird jeder zugeben, daß das Kind und der Greis eine und dieselbe Person sind, was man von zwei Brüdern nicht sagen kann. Ausschlaggebend für die Kontinuität des Daseins ist somit nicht die Menge der übereinstimmenden Information, sondern die Genidentität (das heißt genetische Identität) der im Laufe des Lebens sogar bedeutenden Veränderungen unterliegenden dynamischen Struktur des Gehirns.

Die Phantomologie II

Der fiktiven Technologie – durch die Bezeichnung »Phantomologie« umschrieben – hatte ich in der »Summa technologiae« 70 Seiten gewidmet, in der ersten Version des vorliegenden Buches standen dazu ganze zwei Sätze; denn sie war – als ein Thema der Phantastik – eine fast leere Menge. Die Situation hat sich jedoch in den letzten Jahren geändert. Daher muß man sich mit ihr auseinandersetzen, und gerade hier, denn die Phantomologie stellt – obwohl sie nichts zur *Erkenntnis* der Welt beiträgt – dennoch eine totale, wenn auch vorläufig imaginierte Änderung der *Erkenntnistheorie* dar. Eine Einführung in diesen Tatbestand scheint notwendig. Da ich den Leser nicht ständig auf die »Summa technologiae« verweisen noch mich wiederholen möchte, will ich alles Wichtige möglichst kurz vorzutragen versuchen.

Lassen wir in einer Welt, die für ihre Bewohner die einzige Wirklichkeit ist, eine Technik entstehen, die es ermöglicht, diese Wirklichkeit durch eine vollkommene Illusion zu ersetzen. Prototyp könnte z. B. eine Maschine sein, die mit einem individuellen Gehirn rückgekoppelt ist. Das Gehirn ist ausschließlich auf Impulse angewiesen, die die Maschine ihm zuleitet. Diese gestalten das Bild der äußeren Welt so, wie es im Gedächtnis der Maschine gespeichert wurde. Eine solche Technik nennen wir Phantomatik. Der wichtigste Unterschied zwischen der Phantomatik und den anderen, uns bekannten Formen der Illusion liegt in dem Feedback zwischen dem Gehirn und der Informationsquelle, d. h., der Kreis der fiktiven Realität ist nicht zu unterbrechen. Diese Fiktion ist eine von »der wahren Wirklichkeit der Existenz« trennende und nicht abreißbare Maske – zumindest *könnte* sie eine solche Maske sein.

Die Phantomatik ist eine Technik, die Phantomologie

hingegen eine Disziplin, die der Erforschung *aller* Konsequenzen, die sich aus der Anwendung eben jener Technik ergeben, gewidmet ist.

Die Phantomatik stellt ein metatechnisches und sogar metakulturelles Problem dar: wenn die Phantomatik verwirklicht ist, dann rüttelt sie an dem Grundproblem der klassischen Philosophie gerade dort, wo dieses Problem mehr als zweitausend Jahre bewegungslos ruhte und das gerade deshalb in seiner Unveränderlichkeit ewig zu sein schien.

Die Sache reduziert sich auf das Feststellen des faktischen Zustandes. Wir wissen, daß es in der Welt der atomaren Mikroerscheinungen eine nicht zu beseitigende Unschärfe-Marginale gibt. Zugleich wissen wir, daß es in der makroskopischen Wirklichkeit einen solchen Indeterminismus nicht gibt. Nimmt man als Beispiel den Mord an dem Präsidenten Kennedy, dann wird jeder zugeben müssen, daß dieser Mord nur in ganz konkreter Weise verübt wurde; wenn es zwei Mörder gab, dann konnte es nicht drei geben und wenn es nur einer war, dann war es eben nur einer usw. Zwar wissen wir nicht mit hundertprozentiger Sicherheit, was passierte. Wenn wir auch nicht ganz sicher sein können, daß diese Angelegenheit irgendwann einmal endgültig geklärt werden wird, so wissen wir doch sehr gut, d. h. ohne jeden Zweifel, daß nicht irgendwelche Naturgesetze, nicht irgendeine übermenschliche Kraft noch total undurchdringbare Barrieren die Aufklärung dieses Sachverhaltes vereitelten, sondern allein konkrete, sekundäre Umstände, d. h. Umstände, die nicht durch theoretisch-gnoseologische Begrenzungen charakterisiert sind. Die Flugbahn eines einzelnen Elektrons nicht zu kennen und die Flugbahn der Geschosse, die den Körper des Präsidenten Kennedy durchlöcherten, nicht zu kennen, sind vom erkenntnistheoretischen Standpunkt aus zwei völlig verschiedene Dinge. Die Unkenntnis des ersten Sachverhaltes ist fundamental, sie ist in der Natur der Materie selbst enthalten und wird niemals und durch nichts geändert werden. Die Unkenntnis des zweiten Sachverhaltes resultiert aus dem Mangel an Beobachtungsunterlagen, aus der Unzuverlässigkeit menschlicher Beobachtung, aus unzureichend durchgeführten Untersuchungen, vielleicht auch aus der Cleverness der Attentäter und aus anderen Umständen, die wohl einen für die *gegebene* Situation (z. B. den verübten Mord) undurchdringbaren Schirm abgeben können, die aber für die Situation keine immanente Eigenschaft darstellen.

Eine Welt jedoch, in der die Phantomatik verwirklicht ist, wird die obige Unterscheidung samt und sonders liquidieren.

In solch einer Welt gilt *prinzipiell* und ausnahmslos die Regel, daß niemand völlig sicher sein kann, es mit der »natürlichen Wirklichkeit« zu tun zu haben. Und sie gilt nicht deshalb, weil in solch einer Welt perfide Gangsterbanden zum Zuge kommen könnten, die irgendwelche Personen »phantomatisch zu verhaften« suchen, indem sie sie z. B. im Schlaf entführen und an Fiktionsgeneratoren anschließen, nein, nicht solche Umstände – Umstände verbrecherischer, polizeilicher, administrativer, also *sozialer* Natur – heben die Differenzierung zwischen der Wirklichkeit und der Fiktion der Wirklichkeit auf; es ist die neue Technologie selbst, die diese Differenzierung allein durch die Tatsache ihrer Entstehung liquidiert. »Die Bedrohung durch die Phantomatisierung« kann aus praktischer Sicht so weit auf Null hin reduziert werden, daß sie die Wahrscheinlichkeit von einer Trillion oder einer Quadrillion bekommt. Dadurch wäre sie eine Eventualität, die niemand, der alle Sinne beisammen hat, real in Betracht zöge. (So wie niemand die doch durchaus mögliche Eventualität real in Betracht zieht, daß er morgen – getroffen von einem aus den Sternen kommenden Meteoriten – tot umfällt.) Das Problem, um das es geht, hat einen anderen, hat einen metapraktischen Charakter. Es geht um die subversive Tätigkeit, durch die die Phantomatik unsere Beziehung zur Welt pervertiert. Die Phantomatik schließt nämlich die Existenz eines Testes aus, der die Wirklichkeit von der Illusion unterscheiden könnte. Man kann das auch so formulieren: wenn ein solcher Test dennoch durchführbar ist, dann haben wir es nicht mit der Phantomatik zu tun, sondern mit einer ihrer überaus primitiven und dadurch verkrüppelten Prototypen.

Wenn jemand in einer Zivilisation, in der diese Technik bereits realisiert wurde, Zweifel an der Authentizität seiner Erlebnisse bekommt und wenn in ihm der Verdacht aufkommt, daß er heimlich von der Wirklichkeit abgeschnitten wurde und daß er alles, was er empfindet, phantomatisch empfindet, dann gibt es keine Methode, kein experimentum crucis, das ihm beweisen könnte, daß es nicht so ist. Er könnte zu einem Freund oder zu einem Arzt gehen und diese um Rat und Hilfe bitten; doch auch sie könnten, wie übrigens alle Menschen, mit denen er in Kontakt kommt, ein Produkt der phantomatischen Maschine und nicht das der Realität sein. Er könnte auf Reisen gehen, er könnte die verschiedensten Forschungen betreiben, er könnte letztendlich Selbstmord begehen, doch auch das könnte Teil einer phantomatischen Täuschung sein. Unser argwöhnischer Held könnte verlangen, daß man ihm Menschen zeigt, die sich – im Gegensatz zu ihm – regungslos neben der phantomatisierenden Maschine ausruhen; er könnte sie sich anschauen, er könnte in Erfahrung bringen, mit welchen einprogrammierten Visionen ihre Gehirne gefüttert wurden, aber auch das könnte alles eine ihm zugefügte Täuschung sein. Wenn, wie gerade gesagt wurde, eine phantomatisierte Person in einer Surrogatwelt andere Menschen einer Phantomatisierung unterzieht, dann öffnet sich hier der Abgrund eines klassischen regressus ad infinitum.

Dieses Problem soll hier erörtert werden, wobei ich mich auf die Besprechung der Werke dreier Autoren beschränken möchte. Dies werden sein: »Gray Matters« von William Hjortsberg, »Raw Meat« von Richard Geis sowie eine Gruppe der besten Romane von P. K. Dick mit »Ubik« an der Spitze.

1)Das erste Buch präsentiert uns eine irdische Zivilisation, die fast geschlossen phantomatisiert ist; das zweite beschreibt eine spezifische Variante, in der die Phantomatisierung das soziotechnische Instrument absoluter Machtausübung ist; es handelt sich hier um eine Anti-Utopie, die nur Vorwand für eine typisch pornographische Absicht ist. Was nun die Bücher Dicks betrifft, so haben für ihn phantomatische Techniken – in dem Sinne, wie ich es skizziert habe – eigentlich keine Rolle gespielt; doch gerade er schuf Werke, die sowohl zur phantastischen Literatur gehören als auch Visionen von Beziehungen beschreiben, denen die menschliche Welt nach der totalen Spaltung der individuellen Realität unterworfen ist.

William Hjortsberg ist ein Homo novus in der SF. Wenn man genau sein will, müßte man sagen, daß er eigentlich nur bedingt zur SF gehöre, weil sein Buch – durch die Aufmachung wie durch den Verleger – seine Zugehörigkeit zur SF nicht signalisiert: im Gegenteil, das Buch wollte dies verheimlichen; mit diesem Trick haben Autoren und Herausgeber mehr als einmal versucht, Bücher vom Typ SF in Leserkreise »einzuschmuggeln«, die sonst phantastische Literatur nicht in die Hand nehmen.

»Gray Matters« nimmt eine außerordentlich instruktive Position ein. Hjortsberg übertrifft als Schriftsteller – durch die Phraseologie, durch den geschickten Witz, der obszöne Details entschärft (»sie hielt nicht viel von Männern, die ihr Glied als eine Verlängerung der Unendlichkeit betrachteten«), durch die gekonnten lyrischen Beschreibungen –

zweifelsohne Geis (der übrigens in einem, von ihm selbst herausgegebenen Amateur-»Fanzine« zugab, daß er »Raw Meat«, diese pornographische SF, aus kommerziellen Gründen geschrieben habe). Doch »Raw Meat«, das von einem SF-Profi verfaßt wurde, birgt, wie wir zeigen werden, ein paradigmatisches Skelett in sich – und das ist in der SF sehr oft so! – das bei einer *anderen* Belletrisierung seinen – auch intellektuellen – Wert offenbaren könnte. Die Gesamtstruktur von »Gray Matters« ist jedoch einfach ungereimt. Nach dem kurzen, furchtbaren Weltkrieg entschloß sich die Föderationsregierung, alle Bürger einer Cerebroektomie zu unterwerfen; in unterirdischen, sich meilenweit erstreckenden Depositorien leben dann die Gehirne, die in eine Nährflüssigkeit eingetaucht sind und von einer Armee wachsamer Automaten beaufsichtigt werden; diese Gehirne sind Teile eines wunderlichen Kasten-Systems; jedes Gehirn hat seinen »Auditor«, der sich um die »seelische Entwicklung« des Gehirns zu kümmern hat, um etwas, was zwischen dem Einüben in ein Pseudojoga und einer Stabilisierung der Persönlichkeit im Sinne der westlichen Psychotherapie angesiedelt ist; ein stufenweise »avancierendes« Gehirn (in der Terminologie des Autors ein »Cerebromorph«) erlangt auf der höchsten Etage, der zehnten, das Recht auf »Reinkarnation«: es wird in einen der »fertigen«, in Anabiose befindlichen, natürlichen menschlichen Körper implantiert. Danach – von niemandem mehr abhängig – wird es zu einem Mitglied einer der »Ur-gruppen«, die – jeweils einige hundert Menschen stark – auf der erneut üppigen, wilden und herrlichen Erde leben. Damit haben wir eine »Anti-Utopie« von Gehirnen vor uns, die in sterilen unterirdischen Kammern eingeweckt sind, und über denen sich die »Utopie« einer vollkommenen Rückkehr zur Natur ausbreitet. Die »deponierten« Gehirne, die »Cerebromorphen« also, kommen in den Genuß aller Möglichkeiten, die die phantomatische

Technologie ihnen bieten kann. Sie können studieren, Ausflüge machen, sich auf herrlichen, menschenleeren Inseln aufhalten, ausgefallene Sex-Orgien feiern, in alten Bibliotheken stöbern, das Leben der Bienen erforschen, bildhauern, malen usw. – ohne Ende. Doch zwei Dinge verleiden ihnen diese Freuden: sie müssen sich regelmäßig bei ihrem Auditor »melden«, der ihren geistig-seelischen Fortschritt kontrolliert; außerdem ist es ihnen nach Annahme der phantomatischen Körper – aus vom Autor überhaupt nicht erklärten Gründen – nur in Ausnahmefällen erlaubt, gemeinsam an den arrangierten Visionen teilzunehmen. Weil der Autor selbst nicht weiß, warum eigentlich den »Cerebromorphen« das Recht auf »phantomatische Kommunion« nicht zuteil wurde, verstrickt er sich an dieser Stelle in Erklärungen, die nicht nur lakonisch, sondern auch widersprüchlich sind. Den Mittelpunkt des Erzählten, das nacheinander um das Schicksal von vier verschiedenen »Cerebromorphen« oszilliert, bildet die »Meuterei« des Ubu Itubi. Dieser, auf der niedrigsten Etage »deponiert«, wagt eine »Flucht« aus dem Depositorium, nachdem er sich eines Aufseher-Automaten bemächtigt hatte. Die Flucht gelingt; der »Gesundbeter« eines in der irdischen Utopie lebenden Urstammes verpflanzt sein Gehirn in einen natürlichen Körper. Doch Ubu, nun schon restituiert und Körper einer Menschengruppe, erschlägt aus Eifersucht und infolge eines Mißverständnisses einen anderen Menschen und kommt elendig um. Erneut »cerebrektomiert«, »auf die tiefste Stufe des Depositoriums geworfen«, wird er schließlich – sogar als Gehirn – »strafgerichtlich liquidiert«.

Der Nonsens dieses Romans – den übrigens ein Rezensent des Buches aufdeckte (Newsweek, November 1971) – besteht in folgendem: wenn sich die den »Cerebromorphen« zugänglichen phantomatischen Erlebnisse durch nichts von den realen Erlebnissen unterscheiden (die dazu erst nach *Jahrhunderten* von Jahren »cerebromorphierender« Existenz dank »langsamer Beförderungen« erreichbar sind), dann versteht man nicht, warum eigentlich die ultimative Reinkarnation ihrer aller Wunschtraum sein soll? Mehr noch: wenn man dann endlich der »Reinkarnation« unterliegt, führt man ein an Attraktionen nicht allzu reiches Leben in einer primitiven Gruppe; das Leben endet mit dem natürlichen Tod aus Altersgründen, weil die »Primitiven« sich gleichsam vor allem ekeln, was nach Technologie riecht; als »Cerebromorph« hingegen ist man unsterblich und hat alle nur vorstellbaren Inkarnationen und Metamorphosen vor sich.

Dies ist so zu erklären: der Autor wollte etwas anderes, als ihm tatsächlich gelang. Seine Ideologie ist leicht zu rekonstruieren. Es ist jene, für gewisse subkulturelle Strömungen in der heutigen jungen Generation der USA typische Mischung aus der Sehnsucht nach »Rückkehr zur Natur« und aus dem Ekel vor der Technologie, wie vollkommen sie auch sein mag, sowie aus der Feindschaft gegen die hervorragend geölte und unpersönliche Verwaltungsmaschinerie. Die »Rückkehr zur Natur«, das ist die irdische »Utopie« von schönen, starken, subtilen, schweigsamen »Primitiven«. Der Ekel vor der Technologie äußert sich in der den Leser ermüdenden detaillierenden Beschreibungswut all jener Vorgänge, denen die »Cerebromorphen« in den »Waben« des computerisierten Bienenstocks – mit dem das gigantische Depositorium vergleichbar ist – unterworfen sind. Und das »Establishment« selbst findet seine Karikatur in der Hierarchie der Kastenbeziehungen, in den Aufseher-Auditoren (die ihrerseits jeweils ihre Vorgesetzten-Auditoren haben usw.).

Dies wollte der Autor. Doch die phantastische Technik, die sich hier geradezu aufdrängte, fiel ihm – irgendwie seitwärts – in die Parade. Die ungewöhnlich angenehmen Dinge, die der mehr als 100 Jahre alten Schauspielerin tschechischer Abstammung Vera Mitlovic zusammen mit anderen »Cerebromorphen« auf einer Koralleninsel widerfahren (weil sie in jenen Visionen als schönes Mädchen und nicht als alte Frau auftritt), sind – gemäß der Relation des Autors – nicht im mindesten besser oder schlechter als die Freuden, die der Flüchtling aus dem Depositorium schließlich unter den natürlichen Menschen, besonders mit den Frauen, erleben kann. Der Unterschied besteht allein darin, daß die Cerebromorphen alles, was zu erleben ist, »in Wirklichkeit« in ihren Weckgläsern, in ihren elektrolytischen Bädern erleben, während die »Reinkarnierten« bereits »ganz in Wirklichkeit« ihre eigenen Gehirne in ihren eigenen Schädeln haben. Was folgt daraus? Dem Autor war nicht klar, in welch unlösbare Widersprüche er geriet, als er einmal seine Helden (d. h. die »Cerebromorphen«) »von außen her« beschrieb – dann sind es graue Kutteln, die im Elektrolyt in den Glasaquarien schwimmen – und zum anderen »von innen her«, wenn er ihr geistiges Leben und ihre phantastischen Abenteuer zu Papier bringt.

Dort, wo die Technologie der Phantomatisierung in ihrer Leistungsfähigkeit bereits mit der »natürlichen Technologie des Seins«, die die Bioevolution uns zeitweilig zur Verfügung stellte, vergleichbar ist, dort *hört* die Differenzierung zwischen »dem, was wirklich ist« (was angeboren, natürlich, authentisch ist), und dem, was »nicht wirklich ist« (was der Natur widerspricht, nicht authentisch, synthetisch ist), *auf zu existieren*. Wenn man meint, daß jemand, der das sagt, was ich eben äußerte, ein *wertendes* Urteil abgegeben habe, dann irrt er völlig – obwohl dies mit unseren alltäglichen Intuitionen übereinstimmt. Das kommt daher, daß eine »phantomatische Vision« von uns mit Träumen, mit inszenierten Darstellungen, mit – durch Narkotika hervorgerufenen – Halluzinationen sowie mit irgendwelchen (ekelhaften oder bezaubernden) Vermummungen der Wirklichkeit assoziiert wird. Doch die Phantomatik ist – wenn wir ihre Funktion als Tarnfunktion bezeichnen wollen – dadurch charakterisiert, daß sie den Unterschied zwischen »Gesicht« und »Maske« irreversibel aufhebt. Die Impulse, die in ein Gehirn hineinfließen, sind Salven der gleichen Neuronenentladungen, egal, ob wir den Duft einer realen Rose einatmen oder ob wir den Impulsen einer Informationsapparatur unterliegen. Die Rose von dem Apparat unterscheiden kann indes nur ein Beobachter, der außerhalb von beiden steht; doch weiter: der Beobachter kann vielleicht das, was er sieht, nur deshalb sehen, weil er phantomatisiert wurde, und diesen Zustand wiederum kann nur ein Beobachter höherer Ordnung erkennen, der seinerseits... usw. Solch ein regressus ad infinitum ist bereits nicht mehr anhaltbar. Die Prämisse, daß phantomatische Impulse »minderwertiger« seien als Impulse, die aus der Wirklichkeit stammen, ist die Folge gedanklichen Beharrungsvermögens. Weil die phantomatische Realität sich erlebnismäßig durch nichts von der »wirklichen« Realität unterscheidet, ist das Verfahren, über die hierarchische Pyramide der Weckgläser mit Cerebromorphen eine Ebene »authentischer Utopie« zu bauen, nicht nur unsachlich, sondern auch einfach undurchführbar. Es ist nämlich nicht zu entscheiden, ob man bereits dem »Reinkarnationsprozeß« unterlag, wenn man die üppig wuchernde Welt der Erde einmal »wirklich« und einmal »visionär« betritt. In einer »Welt mit Phantomatik« wird man – trotz besten Willens – einen Mißtrauischen nicht davon überzeugen können, daß er bereits außerhalb derselben lebt, und keine Macht ist imstande, dafür Beweise zu liefern. Man könnte vor seinen Augen all diese Maschinen zerstören, man könnte ihn über deren Trümmer führen, die Pläne verbrennen, die Computergedächtnisse vernichten, doch auch all das könnte nur ein phantomatisches Bild sein. Wer also in solch einer Wirklichkeit auf seiner Meinung beharrt und klärende Experimente wünscht, der dürfte nicht ganz klar im Kopf sein. Wer klar im Kopf ist, wird nicht etwas verlangen, was nachweisbar undurchführbar ist.

Lohnt es sich, darüber so viel zu reden? Ja, denn es geht um eine Problematik von Rang, um eine Problematik, die unsere Beziehung zur Welt ändert und die in ontologische und epistemologische Fragen verwickelt ist. Und eine Belletrisierung darf nicht im Widerspruch zu ihnen stehen. Zugegeben, Hjortsberg könnte – formal gesehen – solche Vorwürfe entschärfen, indem er sich auf den Tenor des Romans beruft, wonach die Cerebromorphen pausenlos durch ein »Control Center« kontrolliert und beaufsichtigt werden und erst den reinkarnierten »Primitiven« niemand mehr etwas zu befehlen hat. Doch solch ein Argument ist kindisch. Die typisch philosophische Problematik, die die Phantomatik aufwirft, kann nicht durch administrative Mittel – wie sie der Roman beschreibt – aus der Welt geschafft werden. Nicht, weil die Polizei den Philosophen nie in der Geschichte das Leben schwer gemacht hat (was im allgemeinen oft geschah), sondern weil eine derartige Restriktion an der Sache überhaupt nichts ändert. Woher will der Hauptcomputer des »Control Center« wissen, daß er die Reinkarnierten auf die Erde schickt und daß er selbst nicht mit einem anderen phantomatisierenden Computer verkoppelt ist, der seinerseits diese Erde aus elektronischen Impulsen schafft? Der Gedanke, daß die einen Gehirne – die in den Weckgläsern schwimmen –, andere Gehirne aus einem anderen Regal denunzieren könnten, ist sogar amüsant. Doch diese Kreuzung aus einem Bienenstock, einem Kindergarten, einem pyramidenartigen Kastensystem und einem Masturbantenclub (jeder Cerebromorph kann sich tagelange Orgasmen bestellen) ist außerphantomatisch nicht realisierbar, und eine einmal beschworene Phantomatik macht jedes Streben nach einem von ihr unabhängigen arkadischen Sein vergeblich. Auch die Gedanken der

Cerebromorphen über sich selbst als einem grauen Eingeweide, das in einer Nährflüssigkeit schwimmt, stellen eine irrationale Obsession dar, weil unser aller Gehirn eben solch ein graues Eingeweide ist, das in eben solch einer Flüssigkeit (Hirnflüssigkeit) schwimmt. Und der Umstand, daß unsere Schädeldecke nicht die Transparenz von Glas hat, ist in der Tat nicht besonders signifikant. Die Phantomatik überstieg den Plan des Autors, deshalb hat er sie auch abgehackt, um im Rahmen eines »Bienenstocks mit Hirnlarven« eine Projektion der amerikanischen gesellschaftlichen Beziehungen, die er für signifikant hielt, unbehindert durchführen zu können. Die thematische Prädetermination, die gegenüber der tatsächlichen Problematik des Bereiches – in den man mit dem Gedanken, neue Möglichkeiten zu suchen, eintritt –, mit Blindheit geschlagen ist, ist ein chronisches und fast unheilbares Leiden der Sciencefiction.

2)»Raw Meat« von Richard Geis ist, wie man sagt, Pornographie à la SF. Sex finden wir auch in »Gray Matters«, doch spielt er dort eine untergeordnete Rolle. Vielleicht ist die Bemerkung angebracht, daß in der zeitgenössischen Prosa des Westens solche Inklusionen keine schockierende Wirkung mehr haben, im Gegenteil, schockierend wirkt deren *Nichtvorhandensein*. Wir geben zu, daß es einem Schriftsteller aus unserer Gesellschaftsordnung die Sprache verschlägt, wenn die Verleger, Kritiker und Kollegen des Westens ihn nach den Ursachen der fast viktorianischen Enthaltsamkeit in der Erotik fragen. Aufgrund solcher offenherzigen Fragen könnte man meinen, daß ein psychologisches Porträt, das nicht die Kopulationscharakteristik des Helden oder der Heldin enthält, dort einfach als unvollständig angesehen wird. Natürlich ist das eine Frage der jeweiligen Konventionen. Die Reste der normativen Ethik, die Balzac die lakonische Bemerkung nicht erlaubte, daß der – in Orgelmusik versunkenen – Markgräfin B die Hämorrhoiden juckten, wurden besonders intensiv an der Sex-Front zerschlagen, und sie unter die Lupe zu nehmen, gilt als obligatorisch. Wenn schon diese Parole der Modernität vom Schriftsteller verlangt, »aufs Ganze zu gehen«, dann verdient die Defäkationsproblematik sogar noch mehr Aufmerksamkeit. Psychiatern und Psychologen ist der Umstand gut bekannt, daß die Abführfunktionen bei vielen Menschen von sehr freien Träumereien, oft vom Typ »Träume von Macht und Herrschaft« begleitet sind; deshalb gibt es für mich keinen rationalen Grund, warum das Benehmen im Bett wichtiger sein sollte als das Benehmen auf dem Klosett. Das Gesagte kann nur von denjenigen als eine Verleumdung der Liebe angesehen werden, die Sex-Techniken mit höheren Gefühlen gleichsetzen. Das Leben wäre in der Tat um vieles einfacher, doch ich fürchte auch langweiliger, als es ist, könnte man die Macht der Gefühle einfach durch ungeheure Potenz ersetzen. In der Literatur ist es schon so weit gekommen; es ist sicher einfacher zu beschreiben, wer, wem, wohin und wie was reinsteckt, als die individualisierte Unwiederholbarkeit von Anziehung und Repulsion, von Kämpfen und all den anderen Turbulenzen, aus denen die Liebe gewöhnlich gemacht ist, zu schildern. Die »Detabuisierung« der Sex-Angelegenheiten stellt daher einen Nachlaß-Tarif vor allem für die Literatur-Zwerge dar – einen kurzlebigen Tarif übrigens, weil dort, wo alle ständig unanständige Sachen sagen, nichts mehr unanständig ist. Etwas anders verhält es sich mit der Pornographie vom Zuschnitt perseverierender Anstrengung. »Raw Meat«, das ist eine ziemlich große Portion Pornographie im Gewand der Science-fiction. Doch es ist weder gute SF noch geschickte Pornographie. (Pornographie, die bereits nach zwei Seiten einschläfernd wirkt, halte ich nicht für gelungen.) Trotzdem verdient dieses Werk Beachtung. Sein Rahmen stellt eine typische Antiutopie dar. In einer übervölkerten, armen und hungernden zukünftigen Welt leben unter hermetischen Glaskuppeln und unter der Herrschaft einer »Digitalmaschine« (Mother Computer) die Reste der amerikanischen Zivilisation. Im Grunde lebt man unter diesen Kuppeln ähnlich wie heute in den USA (nur schlechter): es gibt eine immer gegenwärtige Reklame, Automatisation, Klimatisierung usw. Die größten Innnovationen erfolgten im Bereich des Geschlechtslebens. Die Kopulation zwischen den Menschen unterliegt einem strikten Verbot; der unsittlichste Körperbereich ist der Bauchnabel, weil er an die Nabelschnur, also an die Geburt erinnert; man darf weder auf dem Körper noch auf dem Kopf auch nur eine Spur von Haaren haben. Das Geschlechtsleben ist total phantomatisiert. Jeder Bürger besitzt eine Maschine, die ihm das Erleben beliebig komplizierter Sex-Orgien ermöglicht. Dies ist das letzte Asyl des Privatlebens. (Doch auch hier wagt niemand, den Bauchnabel zu enthüllen oder auch nur ein Haar auf dem Kopf zu haben.) Diese Orgien sind in den entsprechenden Läden – wie heute Magnetbänder – zu kaufen (es sind übrigens Bänder – »sex tapes«). Der Sex »aus der Konserve« ist im Vergleich zum natürlichen Sex vollkommen, da die Partner sich durch ungewöhnliche Schönheit und unerschöpfliche Kräfte auszeichnen, und dabei duftet und schmeckt alles – bis zu den Sekretionen der Geschlechtsteile – vorzüglich (nach Coca-Cola, nach Apfelsinen usw.). Der Held, ein junger Mann, verhält sich jedoch trotz all dieser Möglichkeiten dissidentisch und nimmt sich am Ende, nachdem er von der Arbeit fliegt, das Leben. Seine Nachbarin, ein Backfisch, gibt sich ähnlich wie er langen Séancen mit »Sex aus der Konserve« hin; die Beschreibung dessen, was beide erleben, bildet den Kern des Romans. Zufällig lernen sie sich kennen und – hungrig auf die verbotene Frucht der authentischen Kopulation (nicht auf Liebe – auf solch einen *Gedanken* kamen sie nicht) – unternehmen sie einen Versuch, der mit einem

Fiasko endet. Das Mädchen ist frigide, der junge Mann – halb impotent. Beide laufen in Konfusion auseinander und suchen so schnell wie möglich Trost bei ihren »G-Eileratoren« (wenn man diesen Neologismus aufgrund des marathonischen Charakters der Erlebnisse, die die Apparate liefern, benutzen darf).

Dieser Roman birgt in sich – wie ein kranker Körper ein gesundes Skelett – eine Gesamtstruktur, die bei einer anderen, gleichsam optimalisierten Bearbeitung das pornographische Werk zu einem Problemwerk hätte machen können. Zuerst: die Idee, daß der Sex das hauptsoziotechnische Werkzeug der Versklavung der Bürger sei, ist ein gewisses Novum. Besonders interessant ist die Szene, in der die Keime des illoyalen Denkens, das in dem Kopf der Heldin entstanden war, durch den Geschlechtsverkehr mit der »Computer- Mutter« liquidiert werden. (Das ist insofern möglich, als in einer phantomatischen Vision alles möglich ist; der Mutter-Computer, der dem Mädchen viele liebe und zärtliche Worte ins Ohr flüstert, verdoppelt sich in diesem Moment, verdreifacht sich, ja er vervielfältigt sich sogar noch weiter und vermehrt sich körperlich, um dem Mädchen sowohl sexuell als auch staatsräsonmäßig eine Gefälligkeit zu erweisen.)

Die »G-Eileratoren« sind einfach die Phantomatik, die der totalen Subordination und der geistigen Entmündigung der Menschen dient; doch der Autor hat nicht erkannt, daß das Werk größere Bedeutung hätte erlangen können, wenn er es von den traditionellen Accessoires der Antiutopie befreit hätte: Polizei, nächtliche Durchsuchungen, Verhöre usw. Die Polizei und die von ihr vorgenommenen Verfolgungen zu hassen, das ist keine Kunst; aus diesem Haß kann man den Wunsch, um die menschliche Würde zu kämpfen, ableiten; doch das ist schwerer bei Institutionen durchzuführen, die man völlig freiwillig – in Erwartung einer neuen Portion Lust – betritt.

Solche Institutionen erweisen sich als lebenslängliche Gefängnisse, die man nur frigide oder impotent verlassen kann; denn der synthetische Sex majorisierte durch die technische Vollkommenheit der »Succuben« und »Incuben« aus der Konserve den natürlichen Sex. Wie man sich ein »sexuelles Paradies« vorzustellen habe, davon berichten sehr lehrreich die pornographischen Kapitel »Rohes Fleisch«; dort werden die Menschen zu Objekten reduziert, die mit Griffen und Löchern versehen sind; es gibt dort viel Stöhnen, Schnaufen, Sägen sowie völlig unentwirrbare Beschreibungen (man kann nicht mitbekommen, was wer mit wem macht, wenn bei einer »Polykopulation« sechs oder sogar zehn Personen auf einmal beteiligt sind), die mit solennen Kommentaren des Autors dicht gespickt sind, der uns davon überzeugen will, daß all das dem Helden eine einfach überwältigende Lust bereitet habe. Es fehlen auch nicht die in Millimetern (wegen der größeren Zahlen!) angegebenen Maße der Genitalien usw. Deshalb ist jenes Paradies erschreckend jämmerlich; es erinnert an ein Handbuch der Anatomie, aber auch an eine Tischlerei. Dies bewirkt eine derartig totale »Dementia« bei seinen »Kunden« – in Form der Amputation höherer Gefühle, so daß es in solchen Szenen, wenn die Helden endlich zum echten Sex bereit sind, kein Gran von Zärtlichkeit oder Liebkosung oder auch nur ein einziges Küßchen gibt: alles beginnt mit einer Debatte darüber, wer, wo und was reinstecken soll. Und dies ist nicht nur grotesk, sondern darüber hinaus auch kläglich, weil es wahrscheinlich ist: das Trainieren extremer Zügellosigkeit vernichtet die mögliche Entfaltung höherer Gefühle und verwandelt den Sex in eine Serie bedingter Kettenreflexe.

Der Roman, den Geis nicht geschrieben hat, der aber in »Raw Meat« wie eine nicht entwickelte Larve enthalten ist, weist dann auf zwei Ordnungen von Phänomenen zugleich: auf die Pornographie selbst (»das sexuelle Paradies«, in einer für die »permissive society« typischen Version) sowie auf deren gesellschaftliche Folgen in extremer Vergrößerung. Die Phantomatik wird zu einer Technik der sozialen Versklavung und Depravation zugleich. Eine Revolte ist nämlich dort unmöglich, wo es keine innere Freiheit gibt. Ein Narkotiker kann unmöglich gegen Narkotika revoltieren. Deshalb ist die phantomatische Falle so gefährlich; das ist eine Hölle, die einem alle Hoffnungen raubt, gerade wenn man sie verläßt.

Somit hat Richard Geis eigentlich nicht das Buch geschrieben, das er vorhatte: er blieb auf halbem Wege zwischen Pornographie und ihrer Reduktion auf das spöttisch Absurde hängen. Beide erwähnten Autoren erlebten ein Fiasko: der erste, weil das unbedacht berufene Element der Phantomatik ihm den Text durch Paralogien sprengte; der zweite, weil er – in Übereinstimmung mit der phantomatischen Voraussetzung – diese in Situationen verstrickte, in denen nur herabwürdigende Widerwärtigkeiten geboren werden konnten, die er unbedingt als geschlechtliches Paradies ausgeben wollte. Deshalb schufen beide nichtintendierte Grotesken, Werke, die gerade nicht dort ironisch-spöttisch sind, wo ihre Autoren Wert darauf legten.

Quellenhinweise

Bernd Flessner, *Archäologie im Cyberspace*
aus: *Wirklichkeitsmaschinen. Cyberspace und die Folgen*. Herausgegeben von Karlheinz Steinmüller (Zukunftsstudien 11), Seite 25-38. © Julius Beltz Verlag, Weinheim 1993. Abdruck mit freundlicher Genehmigung des Julius Beltz Verlages Weinheim.

Stanisław Lem, *Test*
Aus dem Polnischen von Caesar Rymarowicz
aus: Stanisław Lem, *Terminus und andere Geschichten des Piloten Pirx*. suhrkamp taschenbuch 740, Seite 7-48. © Insel Verlag Frankfurt am Main 1978

Stanisław Lem, *Die Patrouille*
Aus dem Polnischen von Roswitha Buschmann
aus: Stanisław Lem, *Die Jagd. Neue Geschichten des Piloten Pirx*. suhrkamp taschenbuch 302, Seite 7-31. © Insel Verlag Frankfurt am Main 1973

Stanisław Lem, *Der bedingte Reflex*
Aus dem Polnischen von Caesar Rymarowicz
aus: Stanisław Lem, *Terminus und andere Geschichten des Piloten Pirx*. suhrkamp taschenbuch 740, Seite 123-138. © Insel Verlag Frankfurt am Main 1978

Stanisław Lem, *Die Wonnen der Psychemie*
Aus dem Polnischen von I. Zimmermann-Göllheim
aus: Stanisław Lem, *Der futurologische Kongreß*. suhrkamp taschenbuch 534, Seite 102-139. © Insel Verlag Frankfurt am Main 1974

Stanisław Lem, *Die Phantomologie I*
Aus dem Polnischen von Friedrich Griese
aus: Stanisław Lem, *Summa technologiae*. suhrkamp taschenbuch 678, Seite 319-392. © Insel Verlag Frankfurt am Main 1976

Stanisław Lem, *Die Phantomologie II*
Aus dem Polnischen von Beate Sorger und Wiktor Szacki
aus: Stanisław Lem, *Phantastik und Futurologie I*, Seite 182-197. © Insel Verlag Frankfurt am Main 1977